KB160791

한강 정구와 무흘구곡 이야기

경상대학교 남명학연구소

남명학교양총서 24

한강 정구와 무흘구곡 이야기

정우락 지음

景仁文化社

목차

제2장 한강의 무흘 경영과 장서각

제3장 백리 강산 무흘구곡

머리말

한강송(寒岡松)의 유마청(唯磨靑)

1620년 1월 5일 아침, 사양정사(泗陽精舍) 지경재(持敬齋). 하늘은 싸늘하면서도 맑고 금호강 얼음 밑으로는 유리알 같은 물이 흐르고 있었다. 한강은 평생을 그러하였던 것처럼 그날도 아침 일찍 일어나 서책을 읽었다. 책은 『가례회통(家禮會通)』. 이 책은 모두 10권 4책으로 구성된 것으로 명나라의 유학자 탕탁(湯鐸)이 편찬한 『주자가례』의 주석서다. 한강은 이처럼 예서를 읽으면서 생의 마지막을 가다듬고 있었던 것이다.

멀리 가야산으로 해가 넘어가고 있을 즈음, 한강은 이 세상을 하직해야 한다는 것을 직감하였다. 낮에 예설(禮說) 교정에 참여한 사람들의 이름을 써서 벽에 붙여둔

종이가 바르지 않은 것을 보고 시자를 시켜 다시 바르게 하였는데, 이제 자신의 누운 자리가 바르지 않다는 것을 느꼈다. 그리하여 임종을 지켜보고 있던 제자들에게 조용히 이야기했다. "자리가 바르지 않구나." 제자들이 바로 알아듣지 못하자 손가락으로 자리를 가리키며 두 번을 다시 말했다. 이에 곁에 있던 사람들이 스승을 안아 일으키고 자리를 바르게 해드렸다. 이윽고 편안히 이 세상을 떠났다.

한강은 70세에 회연초당에서 노곡정사로 이주하고, 72세에 노곡정사 화재로 인해 사수로 옮겨와 6년 정도 살다가 78세를 향년으로 세상을 뜬다. 73세에 닥친 풍비로 오른쪽이 마비되었음에도 불구하고, 불에 타나 남은 『오선생예설』 등의 책을 다시 편찬하였고, 학봉 김성일의 행장과 일두 정여창의 실기를 짓기도 했다. 이처럼 사수동은 한강의 마지막 학문적 열정이 서린 곳이다. 이곳은 지금의 대구시 북구 사수동에 해당하며, 내가 근무하는 경북대학교와의 거리는 직선으로 9.6km 쯤 된다.

나는 한강의 15대손이다. 한강 선조가 건립하였던 성주의 회연초당과 숙야재는 어릴 적 놀이터였고, 마을 뒷산에 있는 한강대에 높이 올라 바람을 쐰 것도 한 두 번이 아니다. 그 때 나는 무엇인지를 알 수는 없었지만 무거운 어떤 것이 나의 가슴 속에 조금씩 싹트고 있음을 느꼈다. 조부 후산부군(厚山府君)으로부터 들은 선조에 대한 여러 말씀들이 작용한 결과일 것이다. 그러나 나는 선조에 대한 글을 바로 쓸 수가 없었다. 할아버지의 학문을 손자가 논한다는 것은 커다란 부담이 아닐 수 없기 때문이다.

그동안 나는 한강학의 연원이 되었던 남명학과 퇴계학을 중심으로 영남의 문학사상을 공부해왔다. 『남명문학의 철학적 접근』(박이정, 1998), 『남명학파의 문학적 상상력』(역락, 2009) 등 남명 관련 저서와 『조선의 서정시인 퇴계 이황』(글누림출판사, 2009), 『영남의 큰집, 안동 퇴계 이황 종가』(예문서원, 2011) 등 퇴계 관련 저서가 이를 말해준다. 이 과정에서 재미있는 이야기를 수집하여 『남명과 퇴계 사이』(경인문화사, 2008)라는 책을 내기도 했다.

최근 한강과 관련된 다양한 사업이 진행되고 있다. 무흘정사와 한강종택이 문화재로 지정되었고, 무흘구곡의 승경을 중심으로 경관가도 사업이 추진되고 있다. 그리고 한강이 만년을 보내다 세상을 떠난 자리에는 한강공원(寒岡公園)이 조성되어 거기에 사양정사가 새롭게 건립되기도 했다. 이러한 일련의 사업에 능동적으로 대응하기 위하여 문중에서는 오래전부터 꿈꾸어 오던 한강학연구원(寒岡學研究院)을 설립하여 한강학 발전의 구심체가 되고자 했다.

한강 관련 사업이 진행되면서 문중을 비롯해서, 관청이나 학계에서도 나에게 이런저런 것을 요청을 해왔다. 특히 무흘과 무흘구곡에 대한 논의를 부탁하였는데, 이로써 나는 그동안 수집해두었던 관련 자료를 중심으로 글을 써서 요청에 부응하였다. 무흘정사 연혁을 비롯해서 무흘정사 장서각에 어떤 서적들이 보관되어 있었으며, 무흘구곡은 어떤 과정을 거치면서 정착하게 되었으며, 또한 무흘구곡의 문화적 역량은 어떠한가 하는 것을 주로 다루었다. 문화적 측면에서 무흘을 탐구한 것이라 하겠다. 이 책도 그동안 내가 해온 작업을 바탕으로 하고 있음은 물론이다.

이 책의 제1장은 한강의 삶과 자취를 서술한 것이다. 한강의 삶과 이에 따른 특징을 개략적으로 살펴 이후 논의의 기초를 마련할 필요가 있었기 때문이다. 탄생지 유촌과 새로운 삶의 터전이 된 창평산 기슭의 갓말, 회연초당을 세우고 매화나무 백 그루를 심어 그렇게 불렀던 백매원(百梅園), 처음으로 기와집을 지어 무한한 사치를 느꼈던 사창서당, 삶의 자취를 감추고자 책을 안고 숨어들었던 무흘정사, 주자를 생각하며 인생을 마무리했던 노곡정사와 사양정사를 차례로 다루었다. 그리고 뒷사람들이 한강을 어떻게 그리워하였던가 하는 것도 간략하게 살폈다.

제2장에서는 한강의 무흘 경영과 장서각 서운암에 대하여 다루었다. 주자가 순희 갑진년(1184년)에 무이정사를 세운 것처럼, 한강은 만력 갑진년(1604년)에 무흘정사를 세웠다. 이 때문에 선비들 사이에서는 한강을 주자와 동일시하는 현상까지 생겨나게 되었고, 후인들 역시 이 갑진년을 기념하여 건륭 갑진년(1784년, 정조 8)에 무흘정사를 중건하게 된다. 특히 한강이 남긴 책과 유품들이 무흘정사에 보관되어 있었으므로, 선비들은 이곳을 중심으로 영남의 대표적인 독서문화를 만들어갔다. 칠곡 선비 성섭(成涉)은 서운암에 보관된 기이한 책들을 보면서 페르시아의 보물가게에 들어온 착각에 빠지기도 했다. 이 장에서는 이러한 사정을 두루 살폈다.

제3장에서는 백리 강산 무흘구곡이 서술되어 있다. 제1곡 봉비암에서 제9곡 용추까지를 사람들은 한강의 '백리 강산'이라 불렀다. 한강 스스로가 무흘구곡이라 한 사실은 없었지만, 뒷사람들은 한강이 무흘구곡 실경을 두고 구곡시를 지었다고 보고 여기에 차운하였다. 정교(鄭墧)의 〈경차선조문목공무흘구곡운(敬次先祖文穆公武屹九曲韻)〉이라는 제목은 이러한 사실을 명시적으로 보여준다. 이 장에서 주목할 사실은 무흘구곡의 일부가 새롭게 비정(批正)된다는 것이다. 제5곡 '사인암', 제7곡 '만월담', 제8곡 '와룡암'이 그것이다. 그동안 이 세 곳이 잘못

지정되어 30년 가까이 오류가 진행되어 왔었는데, 이 책을 통해 비로소 바로 잡을 수 있어 다행스럽다.

마지막으로 한강의 주요 연보를 실어 한강 삶의 전체적 맥락을 파악할 수 있게 했다. 어떤 관직에 부임하여 무슨 일을 하였으며, 한강정사 등 많은 서재는 언제 건립되었으며, 주요 서적은 또한 언제 편찬되었는가 하는 것을 한 눈에 볼 수 있게 했다. 부임한 곳마다 편찬한 지방지를 확인할 수 있고, 심학(心學)과 예학(禮學) 관련 서적이 많다는 것도 이로써 알 수 있다. 한강의 생애와 학문적 경향을 일목요연하게 파악할 수 있다는 측면에서 중요하다.

나는 이 책의 발간에 즈음하여 집안 할아버지 한 분을 생각한다. 한강 선조의 12대손 정원용(鄭遠容) 옹이 바로 그 분이다. 조옹(祖翁)께서는 평생동안 위선사업에 매진하였다. 회연서원 복원 사업 등 문중과 관련된 여러 일에 진력하였고, 특히 한강학의 학문적 토대를 마련하기 위하여 꾸준히 노력하였다. 한강학연구원 설립의 결실을 보게 된 것도 조옹의 공로라 해도 과언이 아니다. 이 책에 들어온 일부 자료도 옹이 나에게 전해 준 것이다. 그러나 최근 조옹께서는 급격히 쇠약해져 병원 신세를 지고 말았다. 빠른 쾌유를 빌 뿐이다.

경상대 남명학연구소에서는 남명 관련 교양총서를 꾸준히 내고 있다. 근년에는 남명학파를 염두에 두면서 제자 그룹의 서적을 내고 있는데 이 책 역시 그 일환이다. 게으른 나에게 이 일을 맡긴 윤호진 소장님께 이 자리를 빌려 원망과 함께 감사의 말씀을 전한다. 그리고 나의 거친 원고에 대한 교정은 경북대 한국문학사상연구실의 제생이 하였다. 제생은 김종구, 손유진, 최은주, 김분청, 서정현, 황명환, 전설련, 김소연 등이다. 이들은 나를 따라 공부하지만 가끔 이런 일이 떨어져 대략 난감해 한다. 그러나 자기 공부로 여겨 성심을 다하니 대견하고 고마울 따름이다.

내가 나서 자란 갓말, 마을 동쪽에 거대한 소나무 한 그루가 있다. 어릴 적부터 우리는 그것을 황솔나무라 불렀다. 원래 세 그루였으나 1970년대 중반에 두 그루가 폭우로 쓰러지고 말았다. 번성한 마을이 지금처럼 쇠잔해 갔듯이 황솔나무도 그렇게 쓰러져갔다. 그러나 마지막 남은 한 그루는 아직도 구름 속에 우뚝하다. 그 황솔나무는 갓말의 오랜 역사를 안은 채 한강송(寒岡松)으로 창창하다. 만고청산유마청(萬古靑山唯磨靑)! 만고의 청산은 영원토록 푸르름을 갈아낸다고 하였던가. 푸르름에는 그 푸르름에 대한 근원이 있을 것이므로, 선조는 자손의 가슴 속에 영원하다.

2014년 3월, 새학기를 시작하며

정 우 락

제1장 한강의 삶과 자취들

1. 한강의 삶과 그 특징

한강(寒岡) 정구(鄭逑, 1543-1620)는 1543년 성주의 사월리(沙月里, 유촌)에서 아버지 사중(思中)과 어머니 성주 이씨(星州李氏) 사이에서 3남 1녀 가운데 막내로 태어났다. 정극경(鄭克卿, 1146-1170)을 시조로 하는 그의 조상들은 대대로 벼슬을 하면서 서울에 살았으며 조부 응상(應祥)은 경상도 현풍을 고향으로 하는 한훤당(寒暄堂) 김굉필(金宏弼, 1454-1504)의 문인이자 사위였다. 아버지 사중(思中)이 현풍 외가에 와 있으면서 성주 이씨를 아내로 맞아 성주 사월리에서 한강을 낳게 되었다. 한강의 형은 괄(适)과 곤수(崑壽)

한강 정구(1543-1620)

이며, 아내는 광주 이씨(光州李氏)로 수(樹)의 따님이다. 1남 3녀를 두었는데, 1남은 장(章)이며 3녀는 강린(姜繗), 노승(盧勝), 홍찬(洪燦) 등에게 시집을 갔다.

한강의 가계는 재지사족(在地士族)으로 비교적 넉넉한 경제적 기반을 갖추고 있었다. 이 같은 경제적 기반을 중심으로 학문적 성과를 이룩하게 되는데, 어려서부터 총명하여 7, 8세에 『대학』과 『논어』를 읽어 대의를 통했다고 한다. 그의 학문형성에는 한훤당으로부터 이어지는 혈맥과 백형의 권면 등 가학적 전통, 그리고 사월리라는 환경도 일정한 작용을 하였던 것으로 보인다. 사월리는 덕계(德溪) 오건(吳健, 1521-1574)의 처가이며 칠봉(七峯) 김희삼(金希參, 1507-1560)의 거주지였는데 이들은 모두 남명 조식의 제자로 학문이 넉넉했던 분들이다. 한강은 이 같은 분위기 속에서 어린 시절을 보내면서 학문적 바탕을 마련하였다.

한강의 생애는 대체로 수학기(1세-37세)와 출사기(38세-66

세), 그리고 은퇴기(67세-78세)로 나누어 이해할 수 있다. 이러한 생애사적 흐름 속에서 그는 내직(內職)보다 외직(外職)을 선호하면서 저술과 강학에 특별한 힘을 기울였다. 외직을 통한 지방행정은 부임하는 곳마다 편찬한 읍지(邑誌)를 통해 구체화하였고, 저술은 31세(1573년, 선조 6)에 『개정주자서절요총목(改正朱子書節要總目)』과 『가례집람보주(家禮輯覽補註)』를 엮으면서 시작하였다. 그리고 강학은 37세(1579년, 선조 12)에 학도들을 모아 『소학(小學)』을 강론하면서 시작하였다. 특히 저술과 강학은 그가 세상을 마감하는 날까지 계속되었다. 이러한 한강의 생애사적 흐름 속에서 우리는 학자적 전형을 발견하게 된다.

수학기(1543-1579)는 한강이 가학적 전통 속에서 덕계, 퇴계, 남명 등을 찾아 배움을 청하는 한편 세상에 대한 관심을 드러냈던 시기이다. 17세[『덕계연보』에 의거, 『한강연보』에는 13세로 기록되어 있음]부터 종이모부인 덕계 오건에게 『주역』을 배우게 된다. 당시 한강은 건곤괘(乾坤卦) 두 괘를 겨우 배우고 나머지는 모두 유추하여 막힘이 없었다고 한다. 이에 오건은 제생(諸生)에게 "너희들은 마땅히 정생(鄭生)을 스승으로 모셔야 할 것이다."라 하였다고 한다. 한강은 이어 21세 되던 해에는 안동의 예안으로 퇴계 이황을 찾아가 배알하고 배움을 청하였으며, 24세에는 지리산 기슭으로 남명 조식을 찾아가 출처

대의를 배우게 된다.

이 시기에 그는 진사시에 합격(21세)하기도 하지만, 회시는 포기(22세)한다. 과거를 위한 공부를 하기도 하고, 회시를 포기하기도 하는 등 그는 당시 출처(出處)에 대하여 고민하였던 것으로 보인다. 당시 한강은 부조리한 조정에 벼슬하지 않고 어머니 진씨(陳氏)에게 고하고 과거를 포기했던 송나라 윤돈(尹焞, 1071-1142)의 고사를 떠올리며 그 역시 과거를 포기하였던 것이다. 스승 오건이 벼슬을 먼저 하고 이후 고인의 도를 따라도 늦지 않을 것이라며 출사를 권하였지만, 한강은 그의 뜻을 굽히지 않았다. 윤돈처럼 어머니에게 고하고 고인의 도를 따랐다. 1895년에 편찬한 근대학부(近代學部)의 수신서인 『소학독본(小學讀本)』「근성(勤誠)」에는 한강과 관련된 다음과 같은 기사가 실려 있다.

한강(寒岡) 정선생(鄭先生)이 칠 세에 배움에 들어가면서, 산 속의 방에 홀로 올라가 사십일을 잠도 자지 않고 부지런히 학문의 길을 찾았다. 그러자 일 년 만에 문장(文章)이 이루어졌으니, 사람이 정성스럽고 근면하면 천하에 어려운 일이 없을 것이다. 이 때문에 자사자(子思子)가 말하기를 "다른 사람이 한 번 해서 능하거든 나는 백 번을 하고 다른 사람이 열 번에 능하거든 나는 천 번이라도 해야 할 것이니, 진실로 능히 이렇게 하면 비록 어리석다 하더라도 반드시 밝아지며, 비록 유약하다 하나 반드시 강해진다.” 라고 하였다.

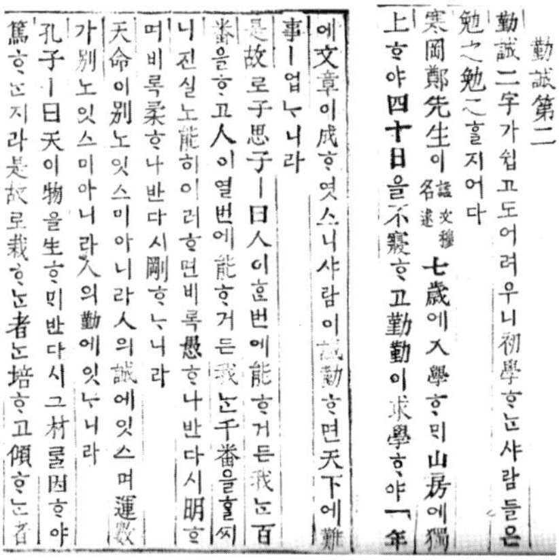
勤誠第二
勤誠二字가쉽고도어려우니初學ᄒᆞᄂᆞᆫ샤람들은
勉之勉之ᄒᆞᆯ지어다
寒岡鄭先生이 名逑 諡文穆 七歲에入學ᄒᆞ미山房에獨
上ᄒᆞ야四十日을不寢ᄒᆞ고勤勤이求學ᄒᆞ야一年
에文章이成ᄒᆞ엿ᄉᆞ니샤람이誠勤ᄒᆞ면天下에難
事ㅣ업ᄂᆞ니라
是故로子思子ㅣ曰人이ᄒᆞᆫ번에能ᄒᆞ거든我ᄂᆞᆫ百
番을ᄒᆞ고人이열번에能ᄒᆞ거든我ᄂᆞᆫ千番을ᄒᆞᆯ찌
니진실노能히이러ᄒᆞ면비록愚ᄒᆞ나반다시明ᄒᆞ
며비록柔ᄒᆞ나반다시剛ᄒᆞᄂᆞ니라
天命이別노잇ᄉᆞ미아니라人의誠에잇ᄉᆞ며運數
가別노잇ᄉᆞ미아니라人의勤에잇ᄂᆞ니라
孔子ㅣ曰天이物을生ᄒᆞ미반다시그材ᄅᆞᆯ因ᄒᆞ야
篤ᄒᆞᄂᆞᆫ지라是故로栽ᄒᆞᄂᆞᆫ者ᄂᆞᆫ培ᄒᆞ고傾ᄒᆞᄂᆞᆫ者

『소학독본』「근성」

『소학독본』은 『숙혜기략(夙惠記略)』과 함께 1906년 통감부(統監府) 설치 이전에 주로 활용된 수신 교과용 도서다. 여기에는 ‘입지(立志)’, ‘근성(勤誠)’, ‘무실(務實)’, ‘수덕(修德)’, ‘응세(應世)’ 등 다섯 가지 주제에 맞추어 관련 내용을 싣고 있는데, 한강 관련 글은 「근성」에 실려 있다. 위에서 보듯이 한강이 어릴 때부터 호학(好學)하여 부지런했기 때문에 문장을 이룰 수 있었다고 했다. 퇴계 역시 구암(龜巖) 이정(李楨, 1512-1571)에게 편지하여 “일찍이 정곤수와 그 아우 정구를 본적이 있는데, 이들은 모두 학문에 뜻을 두고 선을 좋아하는 선비였네. 한훤당(寒暄堂)의 외손이니 어찌 그 유풍이 없겠는가.”라고 하면서, 이정에게 『경현록(景賢錄)』을 만들면서 한훤당의 「외손도(外孫圖)」를 따로 만들 것을 주문하였다. 이처럼 한강은 어릴 때부터 ‘근면하고 성실’하였으며, ‘학문에 뜻을 두고 선을 좋아하는 선비’였던 것이다.

한강의 출사기(1580-1608)는 창녕현감(昌寧縣監, 38세)에 부임하면서부터 시작된다. 출사기 이전에도 관직이 제수되기는 하였으나 나아가지 않았고, 한강의 출사는 이 시기에 집중된다. 동복현감(同福縣監, 42세), 교정랑(校正郎, 43세), 함안군수(咸安郡守, 44세), 통천군수(通川郡守, 49세), 강릉부사(江陵府使, 50세), 강릉대도호부사(江陵大都護府使, 51세), 강원도관찰사(江原道觀察使, 54세), 성천도호부사(成川都護府使, 55세), 충주목사(忠州牧使, 60세), 안동대도호부사(安東大都護府使, 65세), 사헌부대사헌 겸 세자보양관(司憲府大司憲兼世子輔養官, 66세), 형조참판 겸 세자보양관(刑曹參判兼世子輔養官, 66세) 등이 대체로 그것이다.

이 시기 한강은 지방지를 비롯한 다양한 저술활동을 왕성히 했다. 『창산지(昌山志)』(38세), 『관의(冠儀)』(40세), 『동복지(同福志)』(42세), 『함주지(咸州志)』(45세), 『통천지(通川志)』(50세), 『임영지(臨瀛志)』(52세), 『관동지(關東志)』(54세), 『중화집설(中和集說)』(56세), 『주자시분류(朱子詩分類)』(57세), 『오선생예설분류(五先生禮說分類)』(61세), 『심경발휘(心經發揮)』(61세), 『염락갱장록(濂洛羹牆錄)』(62세), 『수사언인록(洙泗言仁錄)』(62세), 『경현속록(景賢續錄)』(62세), 『치란제요(治亂提要)』(64세), 『고금인물지(古今人物志)』(65세), 『유선속록(儒先續錄)』(65세) 등이 대체로 그것이다. 그의 지방행정에 관한 열정과 지역문화에 대한 정리, 그리고 성리학에 대한 조예 등을 바로 알 수 있는 대목이라 하겠다. 이 시기 한강은 율곡(栗谷) 이이(李珥, 1536-1584)에게 다음과 같은 편지를 보낸다.

> 지난해에 소식을 들은 바, 존형(尊兄)께서는 벼슬을 그만두고 서쪽으로 떠나 시론(時論)이 매우 어지럽다고 하였습니다. 그런데 곧 국왕의 부름으로 조정에 돌아와 우계(牛溪)형과 함께 이조의 직무를 수행한다고 하니, 물고기가 물을 만난 즐거움과 뜻이 맞는 벗끼리 힘을 모아 임금을 보좌하는 아름다운 일은 실로 만나기 어려운 좋은 기회입니다. 평소 강구한 원대한 포부와 소망이 빈말이 되지 않고 한 세상을 태평하게 만들 것으로 봅니다.

한강의 교유 범위는 영남으로 제한되지 않았다. 율곡 이이의 형제는 물론이고 우계(牛溪) 성혼(成渾, 1535-1598) 등을 사귀면서 기호의 선비들과 폭넓은 교유를 하였다. 위의 편지에서 '존형'이라 함은 이이를 뜻하고, 우계는 성혼이다. 위 편지에서 알 수 있듯이 한강은 이이의 천거를 한편으로 사양하면서, 다른 한편으로 이이와 성혼이 태평성세를 열어줄 것을 당부하고 있다. 사실 태평성세는 그의 정치적 포부이기도 했다. 선비의 길이 치도에 있다는 것을 잘 알고 있던 그였기 때문이다.

은퇴기(1609-1620)는 한강이 향촌에서 서적을 편찬하면서 제자들을 본격적으로 교육한 시기이다. 66세의 나이

『한강선생문집』 등

로 벼슬에서 완전히 물러난 한강은 지촌(枝村, 갓말)에 숙야재(夙夜齋)와 회연초당을 오가며 저술과 강학에 매진하고, 1612년(광해 4, 70세)에는 사는 곳이 정인홍(鄭仁弘)의 거처와 가깝다면서 팔거현 노곡(蘆谷)으로 이주하고, 이어 1617년(광해 9, 75세)에는 대구의 사양정사(泗陽精舍)로 이주하여 이곳에서 세상을 떠난다. 이 시기에도 그는 저술에 대한 열정이 식지 않았다. 『오선생예설(五先生禮說)』(72세), 『광사속집(廣嗣續集)』(72세), 『예기상례분류(禮記喪禮分類)』(73세), 『오복연혁도(五服沿革圖)』(75세), 『일두실기(一蠹實記)』(75세) 등을 개찬하거나 편찬하였다.

이 시기에는 수많은 제자들이 그의 문하에 모여드는

데, 현재 『회연급문제현록(檜淵及門諸賢錄)』에 등재되어 있는 340여 명의 문인은 이를 증명하기에 족하다. 한강의 제자그룹은 낙동강 중류지역에 두터운 층을 형성하고 있지만 그 분포도는 전국적이었다. 특히 미수 허목을 통한 근기학파의 형성은 영남학파의 성장이라는 측면에서도 매우 주목되는 부분이다. 한강의 활발한 강학활동이 이를 가능케 했을 것으로 보인다. 그는 강학을 매우 엄격히 하였다. 다음 자료에 이러한 사실이 잘 나타나 있다.

> 불통(不通)을 맞은 자는 초(楚) 30대를 때리고 두 가지 책이 다 불통일 경우에는 갑(甲)을 사용한다. 심사를 통과하지 못한 자는 경중을 구분하여 초벌(楚罰)을 행하되 갑벌(甲罰)은 많아도 30대를 넘어가면 안 되고 초벌은 적어도 10대 이상이어야 한다. 벌을 가한 뒤에는 다음 강회 때 소급해서 강하게 하되 그 달의 강을 행하기에 앞서 하도록 한다.

한강은 은퇴기 직전인 64세 때 「강법(講法)」과 「통독회의(通讀會儀)」를 쓴다. 「강법」은 강회의 규칙이고 「통독회의」는 강회의 의식이다. 당시 한강의 강회에 모여든 자제는 70여 인이었다고 하며, 이로써 임란 이후 향중의 자제들이 문자를 깨닫고 배움의 기회를 놓치는 일이 없었다고 한다. 위의 자료는 한강이 정한 강회를 위한 14가지 규칙 가운데 하나이다. 여기에는 경서에 통하지 못한 이에 대한 체벌방법이 매우 구체적으로 제시되어 있다. '초'는 가는 회초리이고, '갑'은 굵은 회초리다. 한강은 이것으로 불통한 자들을 체벌하며 강회의 질서를 잡아 나갔던 것으로 보인다.

한강의 생애를 통해 드러나는 특징은 대체로 네 가지로 요약할 수 있다. 첫째는 퇴계와 남명의 학통을 동시에 계승하면서 실용주의적 노선을 구축했다는 점이다. 한강은 퇴계와 남명이 강조했던 것을 모두 수용했다고 할 수 있다. 『심경발휘』 등 심학에 해당하는 일련의 저술을 남기면서 거경궁리(居敬窮理)에 힘쓰면서도, 박학풍(博學風)에 기반하여 수많은 읍지를 편찬하는 등 치용적(致用的) 자세를 확고히 한 것이 그것이다. 그러나 남명의 노장풍과 퇴계의 사변적 성리학을 동시에 지양하면서 실용주의적 노선을 구축한다. 이로써 낙동강 연안을 중심으로 조성된, 이른바 회통적이면서도 독창적인 강안학풍(江岸學風)이 조성될 수 있었던 것이다.

둘째, 다양한 분야의 서적을 찬술했다는 점이다. 한강은 일생 동안 수많은 서적을 저술 및 간행하는데 여기에는 『가례집람보주(家禮輯覽補註)』와 『혼의(昏儀)』 등의 예학서, 『주자서절요총목(朱子書節要總目)』과 『심경발휘(心經發揮)』 등의 심학서, 『창산지(昌山志)』와 『함주지(咸州志)』 등

의지지(地志), 『고문회수(古文會粹)』와 『낙천한적(樂天閒適)』 등의 문학서, 『고금충모(古今忠謨)』와 『역대기년(歷代紀年)』 등의 역사서, 『의안집방(醫眼集方)』과 『광사속집(廣嗣續集)』 등의 의서가 포함된다. 72세 때 노곡정사의 화재로 인해 거의 불타버렸지만 남은 서적만으로도 퇴계와 남명 문하에서 이 방면의 독보를 이루었다.

셋째, 서재(書齋)를 경영하면서 교육활동을 적극적으로 전개하였다는 점이다. 한강은 한강정사(寒岡精舍, 31세), 회연초당(檜淵草堂, 41세), 사창서당(社倉書堂, 49세), 숙야재(夙夜齋, 61세), 무흘정사(武屹精舍, 62세), 노곡정사(蘆谷精舍, 70세), 사양정사(泗陽精舍, 75세) 등 여러 서재를 경영하면서 제자를 길렀다. 이밖에 지역 선비들과의 강회를 회연초당 근처에 있었던 청천서재(晴川書齋)에서 열기도 했다. 여러 가지 정치적 사정이 개입되었을 수 있으나, 현재 『회연급문제현록』에 등재되어 있는 344인의 문인은 이를 설명하기에 충분하다. 〈계회입의(契會立議)〉나 〈월조약회의(月朝約會儀)〉 등에서 볼 수 있는 것처럼 강안지역을 중심으로 향우와 문인들의 강학계를 조직하여 그 운영을 대단히 체계적이면서도 엄격히 하였던 것으로 보인다.

넷째, 외직을 통한 정치참여를 하고 있다는 점이다. 사헌부(司憲府) 대사헌(大司憲) 등 내직을 수행하기도 하지만 한강의 정치참여는 대체로 외직을 통해 이루어지고 있다. 창녕현감(昌寧縣監)을 시작으로 안동대도호부사(安東大都護府使)에 이르기까지 한강은 다양한 지방행정을 담당한다. 내직은 당쟁의 소용돌이에 휘말릴 수 있고 학문에도 많은 지장을 주는 것에 비해 외직은 학문을 병행하면서 자신이 추구하는 덕치주의의 이상을 한 고을에서나마 실현할 수 있기 때문이었다. 고을 수령으로 부임하면 항상 강회를 열고 향음주례와 향사례 등 고례를 되살리기 위한 열정을 다각적으로 보인 것은 모두 이를 위한 것이었다.

한강학은 두 갈래로 계승된다. 한 갈래는 여헌(旅軒) 장현광(張顯光, 1554-1637)을 통해서 영남 내륙으로 계승되고, 다른 한 갈래는 미수(眉叟) 허목(許穆, 1595-1682)을 통해 근기지방으로 계승된다. 사승관계에 대한 논란이 없지 않으나 장현광의 경우 전통적 입장에서의 사제관계로 보아 무리가 없다. 그는 도일원론(道一元論)의 이기일본설(理氣一本說)을 주장하면서 강한 주리적 경향을 보이는데, 퇴계를 거쳐 한강으로 이어지는 심학적 전통을 자득의 측면에서 계승하고 있다고 하겠다. 허목은 근기지방으로 남명과 한강의 경세적 학문자세를 이어 주는 역할을 했으며, 그의 학문사상은 '성호 이익→순암 안정복→하려 황덕길→성재 허전→소눌 노상직' 등으로 계승되어 실천적 실용주의 노선을 구축하게 된다.

여헌 장현광(1554-1637)과 미수 허목(1595-1682)

한강은 수학기, 출사기, 은퇴기를 거치면서 퇴계와 남명을 스승으로 모시면서 외직을 통해 자신의 정치적 이상을 실현하고자 했다. 그리고 많은 서적을 저술 출판하고 340여 명에 이르는 제자를 양성함으로써 중쇠의 기운을 맞은 조선에 창신한 학풍을 조성하고자 했다. 그는 심학(心學)과 예학(禮學)을 바탕으로 실천적 실용주의 노선을 굳건히 하였는데, 이는 16세기 이후 낙동강 연안지역의 학문인 강안학(江岸學)의 중요한 특성 가운데 하나이다. 한강의 이 같은 학문은 퇴계와 남명의 학문을 발전적으로 성취한 것으로 보이며, 나아가 장현광과 허목을 통해 영남 및 근기지방으로 계승되게 했다는 점에서 사상사적 의의가 크다고 하지 않을 수 없다.

한강학은 심학과 예학으로 요약된다. 심학은 '명체(明體)'를 위한 것이고, 예학은 '적용(適用)'을 위한 것이다. 일찍이 장현광은 한강의 행장에서, "선생은 명체적용의 학문으로 스스로 기약하였다."라고 하면서 스승의 학문을 요약했다. 명체는 적용을 위한 것이고, 적용은 명체에 의해 비로소 가능하다. 우리는 여기서 거경궁리(居敬窮理)와 응용구시(應用救時)를 함께 강조하며 이를 온전히 할 수 있었던 한강을 만나게 된다. 한강은 스스로 심학과 예학에 대하여 이렇게 말했다.

사람은 오직 하나의 미미한 마음에서 모든 것이 갈린다. 요(堯) 임금이 되느냐 순(舜) 임금이 되느냐 하는 것이 여기에 달려 있고, 걸(桀)이 되느냐 도척(盜跖)이 되느냐 하는 것도 여기에 달려 있다. 상등 인물로서 천지와 함께 만물의 화육(化育)을 돕는 것도 여기에 달려 있고, 하등 인간으로서 초목이나 다름없고 짐승과 같아지는 것도 여기에 달려 있다. 아, 경계할 것이로다.

예(禮)라는 것은 천리(天理)의 문채이며 인사(人事)의 법칙이다. 분산시키면 삼백 가지와 삼천 가지로 질서정연해지고, 집약시키면 각자의 몸과 마음의 근간이 되는 것이어서, 잠깐이라도 군자의 몸에서 떠나지 않는다.

〈심경발휘서〉 비(한강공원 내)

앞의 글은 〈심경발휘서(心經發揮序)〉의 들머리이고, 뒤의 글은 〈오선생예설분류서(五先生禮說分類序)〉의 들머리이다. 한강은 여기서 마음을 어떻게 가지는가에 따라 성군과 폭군이 나누어진다고 했다. 그리고 인간의 모든 행동은 천리에 근거하여 인사에 나타난다고 했다. 한강은 일생동안 근본이 되는 마음과 그것의 현실적 적용을 중용지도(中庸之道)에 맞게 하고자 했다. 이에 대한 자재(自在)자 성인(聖人)이라고 볼 때, 그는 성인을 지향했다고 할 수 있다. 한강이 공자의 화상을 그려두고 어릴 때부터 경배했던 것이 효과로 드러난 것으로 보아도 좋을 것이다.

대구 사수동에 있는 한강공원(寒岡公園), 거기에 가면 위에서 제시한 글이 비에 새겨져 있다. 한강학의 핵심이 심학과 예학임을 보이기 위함이다. 나는 여기서 어떻게 인식하고 어떻게 실천할 것인가 하는 문제를 다시 생각한다. 바른 실천이 동반되지 않는 인식은 공허하고, 바른 인식에 기반하지 않은 실천은 위태롭다. 한강은 이러한 자각 속에 심학과 예학을 탐구했다. 물론 우리시대와는 또 다른 국면이 있을 것이다. 그러나 이 문제는 '우리'가 '지금' '여기'서 심각하게 고민하고 또 해결할 문제가 아닐 수 없다.

2. 한강의 탄생지 유촌

『한강연보』는 "명(明)나라 세종 숙황제(世宗肅皇帝) 가정(嘉靖) 22년 우리나라 중종 공희대왕(中宗恭僖大王) 38년 계묘(1543년) 7월 9일 임자 자시(子時)에 선생이 성주(星州) 사월리(沙月里) 본가에서 출생하였다."로 시작한다. 당시 사월리는 성주부 소재지에서 남쪽으로 9리 지점에 있었는데, 지금의 성주군 대가면 칠봉리 유촌(柳村)에 해당한다. 한강의 관향은 서원(西原)인데, '서원'으로 관향을 삼은 까닭은 서원[청주] 정씨 7세인 설헌(雪軒) 정오(鄭頫, ?-1359)가 서원군(西原君)으로 봉호를 받았기 때문이다. 서원은 오늘날의 청주(淸州)를 말한다. 연보에서는 한강이 성주에서

'유동서당'과 '백곡한강정선생태지' 표석

출생하게 된 까닭을 이렇게 설명하고 있다.

선생의 선대는 서원(西原) 사람이며 대대로 서울에서 살았다. 조부 승지공(承旨公)이 한훤당(寒暄堂) 김 선생(金先生)의 딸에게 장가들었고, 승지공이 세상을 떠난 뒤에 부친 판서공(判書公)이 모부인(母夫人)을 모시고 서울에서 내려와 현풍(玄風)에 살던 외조모 박씨(朴氏)를 찾아뵙고, 성주 이씨(星州李氏)에게 장가들어 마침내 이 고장에 자리를 잡았다.

한강의 조부 승지공은 정응상(鄭應祥, 1476-1520)을 말한다. 그는 한훤당 김굉필의 제자인데, 한훤당이 그의 지행을 특별히 사랑하여 사위로 삼았다고 한다. 응상이 타계하자 아들 정사중(鄭思中, 1505-1551)은 어머니를 모시고 현풍 솔례촌으로 내려오게 된다. 거기에 외조모, 즉 한훤당의 부인 박씨가 살고 있었기 때문이다. 이러한 과정을 통해 정사중의 경상도살이가 시작되었고, 특히 이환(李煥, 1482-1552)의 따님인 성주 이씨에게 장가들면서 처가인 유촌에 정착하게 된다. 그는 여기서 3남 1녀를 두게 되는데 괄(适), 규(逵), 구(逑)와 노엄(盧儼)에게 시집간 딸이 바로 그들이다. 둘째 규는 이름을 곤수(崑壽)로 바꾸었으며, 종숙인 정승문(鄭承門)의 양자가 되어 서울로 갔다.

성주군 대가면 칠봉리 유촌에 가면 유동서당(柳東書堂)이 있다. 이 서당의 뜰에는 '백곡한강양선생태지(栢谷寒岡兩先生胎地)'라는 표석이 있다. 한강의 12대손 정윤용(鄭允容, 1928-2013)은 〈유동서당기(柳東書堂記)〉에서, "생각건대 우리 선조께서 태어나신 집이 수백 년을 지나오는 동안 썩어서 무너지고 다만 빈터만 남아 있으니 애석할 따름이었다. 후손들이 가난하여 이 태실을 복구할 수 없었는데, 다행히 경진년(1940) 왜정말기에 여러 자손들이 다시 세울 것을 합의하여, 대나무밭을 정하여 땅을 고르고 1년 동안 경영하여 한 동의 집이 이루어졌는데 4간 5량의 집이었다. 일을 마치고 편액을 달아 유동서당(柳東書堂)이라 하였다."라고 적고 있다. 이로 보아 유동서당은 1941년에 완성되었던 것으로 보인다.

그러나 유동서당은 얼마 되지 않아 소실되고 만다.

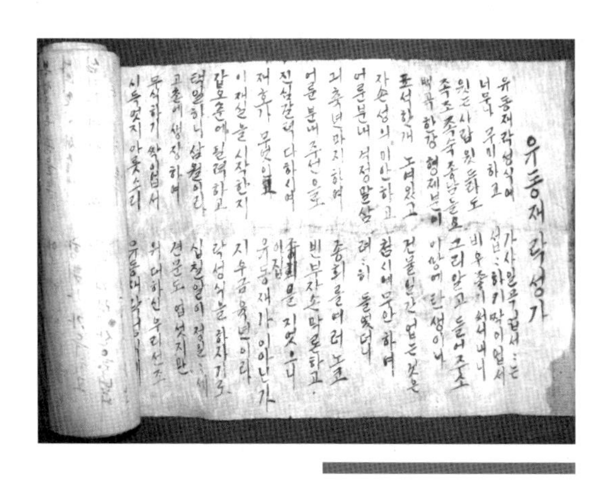

김실이 지은 〈유동재낙성가〉

이에 후손들은 1949년에 중건에 대한 논의를 다시 시작하여, 6년 후인 1954년 봄에 완성하게 되는데, 이때 이름을 '유동재'로 고친다. 낙성식을 거행할 때는 원근의 자손들이 모여 커다란 잔치를 벌였다. 멀리 시집간 딸네들도 이 낙성식에 참여하여 선조에 대해 깊이 추념하였다. 의성 김씨에게 시집을 간 김실(金室)도 그 가운데 한 사람이었다. 김실은 가사를 잘 지었는데, 이 중요한 행사에 가사 한 마리가 없을 수 없었다. 가사의 제목은 〈유동재낙성가(柳東齋落成歌)〉인데 그 들머리는 이렇다.

유동재(柳東齋) 낙성식(落成式)에	유동재락성식에
가사(歌辭) 일곡(一曲) 없어서는	가사일곡업서"는

너무나 무미(無味)하고	너무나 무미하고
섭섭하기 짝이 없어	섭"하기 짝이업서
웃는 사람 웃더라도	윗는사람윗드라도
비위(脾胃) 좋게 써서 내니	비우좋기써서내니
족조(族祖) 족숙(族叔) 종남(從男)들요	족조족숙종남들요
그리 알고 들어 주소	그리알고 들어주소
백곡(栢谷) 한강(寒岡) 형제분이	백곡 한강 형제분이
이 땅에 탄생(誕生)했으나	이땅에 탄생이나
표석(標石) 한 개 놓여 있고	표석한개 노여있고
건물 일간(一間) 없는 것은	건물일간 업는것은
자손(子孫) 성의(誠意) 미안하고	자손성의 미안하고
첨시(瞻視)에 무안(無顔)하여	첨시에무안하여
어른분내 걱정 말씀	어룬분내 걱정말삼
여여(如如)히 들었더니	려"히 들었더니
기축년(己丑年) 맞이하여	긔축년마지하여
종회(宗會)를 열어놓고	종회를여러노코
어른분네 주선(周旋)으로	어룬분내 주선으로
빈부(貧富) 자손(子孫) 막론(莫論)하고	빈부자손막론하고
진심갈력(盡心竭力) 다하시어	진심갈력 다하시여
이 집을 지었으니	이집을 지엇으니
재호(齋號)가 무엇인고	재호가 무엇인고
유동재(柳東齋)가 이 아닌가	유동재가이아닌가

이 재실(齋室)을 시작한지	이재실을 시작한지
지우금(至于今) 육년(六年)이라	지우금 육년이라
갑오(甲午) 춘(春)에 필역(畢役)하고	갑오춘에 필력하고
낙성식(落成式)을 하자기에	락성식을 하자기로
택일(擇日)하니 삼월(三月)이라	택일하니 삼월이라
십칠일(十七日)이 정일(定日)일세	십칠일이 정일"세

위의 가사에는 백곡과 한강이 태어난 곳에 표석만 하나 있는 것이 미안하여, 1949년(기축)에 종회를 열어 재실을 짓기로 결정한 일, 이름은 유동재로 한 일, 6년이 지나 1954년(갑오) 봄에 낙성한 일, 길일을 잡아 3월 17일에 낙성식을 한 일 등이 두루 제시되어 있다. 이렇게 지은 것을 2009년에 다시 중수하여 오늘에 전하고 있다. 위의 가사에서 보듯이 '백곡 한강 형제분이, 이 땅에 탄생이나, 표석 한 개 놓여 있고, 건물 일간 없는 것은, 자손 성의 미안하고, 첨시에 무안하여' 종회를 열어 재실을 지었다. 오늘날도 여기서 매년 석채례(釋菜禮)를 거행하고 있으니 당초의 위선의식이 지속적으로

'백곡한강정선생태지' 표석

'유동재' 낙성

계승되고 있다는 것을 알 수 있다.

〈유동재낙성가〉는 유동재를 짓게 된 내력, 낙성식에 참석한 여러 사람들, 유동재의 웅장한 모습, 석채례를 행하는 광경, 한강 자손으로서의 자부심, 석채례를 마치고 종족의 돈목을 위하여 윷놀이를 하는 광경, 윷놀이의 승패에 따라 희비가 엇갈리는 모습, 윷놀이가 끝나고 뒷날을 기약하며 석별하는 장면 등이 유려한 문체로 기술되어 있다. 친정에 온 김실은 시집으로 돌아가 가사를 짓게 되는데, 낙성식을 한 날로부터 3일 뒤인 3월 20일이었다. 〈유동재낙성가〉에서 제시하는 다양한 모습 가운데, 석채례를 행하는 광경과 한강 자손으로서의 자부심을 드러내는 부분만 적출해 보이면 다음과 같다.

현대어	원문
집례(執禮) 소임(所任) 정할 적에	집례소임정할적에
문벌(門閥) 가별(家別) 찾아가며	문벌가별차자가며
의론(議論)이 구구(區區)하다	의론이구"하다
강당(講堂) 대청(大廳) 소제(掃除)하고	강당대청소지하고
위패(位牌)를 모셔 들여	위폐를 모셔드려
진설(陳設)을 끝마치고	진설을 긋마치고
집례(執禮)로 들어갈 적	집례로 드으갈적
처량(凄凉)한 창홀성(唱笏聲)에	처량한 창홀성에
헌관(獻官)은 분향(焚香) 헌작(獻爵)	헌관은분향헌작
축관(祝官)이 독축(讀祝)한 후	촉관이 독축한후
오백여명(五百餘名) 제관(祭官)들이	오백여명 제관들이
엄숙(嚴肅)을 지키면서	음숙을지키면서
배례(拜禮)를 하는 양(樣)은	배리호하는양은
대해(大海)에 조수(潮水)같고	대해에 조수갓고
떼백로(白鷺)가 노는 것 같다	씌백로가노는갓다
위대(偉大)하고 장하시다	위대하고 장하시다
우리 선조(先祖) 장하시다	우리선조 장하시다
나라에서 시호(諡號)하사	나라에서시호하사

문목(文穆)이라 하셨으며	문목이라하싯으며
도덕군자(道德君子) 한강선생(寒岡先生)	도덕군자 한강선생
우리 선조(先祖) 아니신가	우리선조안이신가
오현(五賢)집 자랑마소	오현집 자랑마소
우리 선조(先祖) 당할쏘냐	우리선조당할소냐

앞부분은 석채례를 하는 광경이 제시되어 있다. 소임을 정하는 한편 대청을 청소하고 제물을 진설한 후 구체적인 예에 들어간다. 집례자는 구성진 목소리로 홀기를 부르고, 헌관은 분향과 헌작을, 독축은 축을 읽는다. 그리고 엄숙히 배례를 행한다. 김실은 그 배례의 모습을 "대해에 조수갓고 씌백로가 노는 갓다."라고 하였다. 500여 명의 제관들이 모였으니 이들이 일어서고 허리를 굽혀 절을 하는 모습이 큰 바다에 조수가 들어왔다 나가는 듯하고 백로 떼가 노니는 듯하다는 것이다. 조수는 그 수의 많음을, 백로는 선비들의 고상한 품격을 말한 것이라 하겠는데 비유가 절묘하다.

뒷부분은 한강의 위대함과 선조에 대한 자부심을 드러낸 부분이다. 작자 김실은 한강에 대하여 나라에서 문목이라 시호를 내린 점, 도덕군자로 일컬어진 점을 특기하면서 선조에 대한 더없는 존경심을 표하였다. 백곡을 제시하지 않은 것은 그녀가 한강의 자손이며 백곡은 양자를 가서 유촌과 일정한 거리가 있다고 보았기 때문이다. 나아가 한강이 한훤당 김굉필, 일두 정여창, 정암 조광조, 회재 이언적, 퇴계 이황 등 조선 5현과 견주어보더라도 전혀 손색이 없다고 하였다. 한강이 이들과 나란한 반열에 있다면서, 스스로 강한 자부심을 드러내었던 것이다.

유동재 석채례

유촌에는 유동서당 외에도 단산서당(丹山書堂)과 모은정사(慕隱精舍)가 더 있다. 단산서당은 원래 단산계의 모체인 오로계(五老契)에서 1797년에 대가면 칠봉리 군장리 마을 위에 세웠던 것이다. '오로'는 담옹(澹翁) 정동우(鄭東羽), 보리(甫里) 박홍승(朴弘昇), 제남(霽南) 도상욱(都尚郁), 지애(芝厓) 정위(鄭煒), 동호(東湖) 권남기(權南紀) 등 다섯 선비를 말한다. 이 건물은 일제강점기를 거치면서 허물어졌다가 1988년에 지금의 자리로 이건하게 된다. 정면 5칸, 측면 2칸으로 된 'ㄱ자형'의 팔작지붕이다. 건물 정면에 '단산서당(丹山書堂)'이라 편액되어 있고, 동쪽 방의 문미에는 '습비재(習飛齋)', 서쪽 방의 문미에는 '다길재(多吉齋)'라 편액되어 있다.

모은정사는 조선후기의 유학자 모은(慕隱) 정하(鄭壈,

1820-1902)가 서재로 세운 것이다. 오랜 세월이 흐르는 동안 퇴폐하여 무너진 것을 1954년 문중에서 다시 건립하였으며, 지금은 추모를 위한 재사로 사용하고 있다. 정하는 자가 지숙(支叔)인데 모은은 그의 호이다. 그는 한강의 8대손으로 자연에 은거하면서 학문에 뜻을 두고 잠심강학(潛心講學)하였다고 한다. 모은정사의 규모는 정면 4칸, 측면 1칸 반의 팔작지붕인데, 중앙에 '모은정사(慕隱精舍)'라는 편액이 있고, 동편 문미에 '지헌서재(芝憲書齋)', 서편 문미에 '한천정(寒川亭)'이라는 편액이 있다.

3. 적장자의 세거지 갖말

한강의 아들 정장(鄭樟, 1569-1614)은 창녕(昌寧) 조씨 평안도 도사(平安道都事) 광익(光益)의 따님에게 장가들어 아들 넷과 딸 둘을 낳았다. 아들 넷은 진남(眞男) 유희(惟熙) 유숙(惟熟) 유도(惟燾)인데, 진남은 일찍 죽었다. 딸은 둘을 낳았으나 한 명은 일찍 죽고 나머지 한 명은 광주인(光州人) 노증(盧增)에게 시집을 갔다. 이 때문에 한강의 후손은 그 손자 대에 이르러 자연스럽게 '백파'와 '중파', 그리고 '계파'로 나누어진다. 백파인 유희 계열은 주로 성주군 수륜면 수성리 갖말을 중심으로 살고, 중파인 유숙 계

갓말 전경

열과 계파인 유도 계열은 성주군 대가면 칠봉리 유촌과 성주읍 삼산리(三山里)에 집성촌을 이루고 산다.

백파가 갓말을 중심으로 살게 된 것은 한강이 부모의 묘소를 창평산(蒼坪山) 기슭에 쓰면서부터다. 한강의 어머니 성주 이씨는 1568년 11월에 세상을 떠났는데, 1552년 1월에 돌아가신 아버지를 성주부의 서쪽 회봉산(回峯山)에 모셨다가 1569년 5월에 성주부 남쪽 대리(大里) 창평산 기슭으로 이장한 후 어머니와 합장(合葬)하였다. 한강은 항상 아버지의 묘소가 좋은 자리가 아니라고 생각하였다. 이 때문에 새로운 산에 다시 터를 잡아 어머니와 합장하고 싶어 하였는데, 이때 그 뜻을 이루었던 것이다. 이와 관련하여 제자 심원당(心遠堂) 이육(李堉, 1572-1637)은 다음과 같은 말을 전하였다.

선생은 젊어서 대부인의 상을 당하였는데, 슬픔이 예법보다

성주에서 본 가야산

지나치고 모든 행동을 법도대로 하여 조상(弔喪)하는 이들이 감동하고 기뻐하였다. 선생은 판서공(判書公)의 묘가 좋은 자리가 아니라 여기고 새 산에 다시 터를 잡아 대부인과 합장하고 싶어 하였다. 그런데 마침 가까운 마을에 사는 사족(士族) 노인이 그 산[창평산(蒼坪山)을 말한다]을 선생에게 양보하고 스스로 집을 헐어 이주하니, 사람들은 효성으로 감동시킨 결과라고 하였다.

이처럼 한강이 창평산 기슭에 부모의 묘소를 자연스럽게 잡게 된 것은 그의 지극한 효성의 결과라 하였다. 한강의 효성은 어머니의 상여가 호령(狐嶺, 일명 야시고개)을 넘을 때도 나타났다. 호령은 유촌과 갓말 사이에 있는 높은 고개를 말한다. 고개가 험하기 때문에 도적들이 자주 출몰하였고, 이 때문에 선비들이 이 길을 넘어 다닐 때면 무사(武士) 등 장정들을 데리고 함께 넘었다고 한다. 한강이 쓴 〈유가야산록(遊伽倻山錄)〉에서도, "나는 양군(兩君)과 늦게 출발하여 호령을 넘어가려 할 때 날이 이미 저물었는데, 마침 같은 길을 가는 무인(武人)과 동행하여 무사히

재를 넘어갔다[1579년 9월 11일조]."라고 기록하고 있다. 이때 '양군'은 이인제(李仁悌)와 곽준(郭䞭)을 말한다.

호령

한강은 또한 어머니를 장사 지내기 위하여 호령을 넘어야만 했다. 그런데 상여가 호령에 이르렀을 때 극심한 더위를 만나 상여꾼들이 모두 지쳐서 주저앉고 일어나지 못하였다고 한다. 이에 한강은 몸소 작은 부채를 들고 상여꾼 앞에 가서 슬프게 울부짖으며 부쳐 주었다. 제자 사옹(槎翁) 박명윤(朴明胤, 1566-1650)의 증언에 의하면, 이때 사람들이 모두 감격하여 눈물을 흘리고는 단숨에 호령을 넘어 묘소에 이르게 되었다고 했다. 과장일 수도 있겠지만 여기서 우리는 한강의 효성을 충분히 감지할 수 있다.

부모를 창평산에 모시고, 1573년(선조 6) 31세에는 선영을 돌보기 위하여 한강대 위에 한강정사(寒岡精舍)를 지었다. 이것이 계기가 되어 한강의 후손들은 창평산 기슭 갓말[枝村]에 대대로 살게 되었던 것이다. 그러나 1572년(선조 5)부터 바로 세거에 들어갔다고 하기는 어렵다. 한강정사를 이 시기에 세우지만, 한강은 주로 유촌에 살고 있었기 때문이다. 1579년(선조 12)에 있었던 가야산 유람도 유촌에서 시작하여 호령을 넘는다. 한강의 적장자가 언제부터 창평산 일대에 본격적으로 살게 되었는가 하는 것이 문제이겠는데, 그 중요한 기점으로 회연초당 건립을 들 수 있다. 즉 1583년(선조 16) 한강의 나이 41세 때의 일이다. 이와 관련하여 백천(白川) 이천봉(李天封, 1567-1634)이 전하는 다음 증언이 유효하다.

선생은 흉금이 활달하고 깨끗하여 평소에 고상한 취향이 있었는데, 특히 아름다운 산수를 좋아하였다. 젊은 시절에는 예전에 살던 곳이 성시(城市)와 관청에 가깝다는 이유로 거처를 옮겨 회연(檜淵) 가에 백매원(百梅園)을 수축하고 매일 문도들과 그곳에서 글을 읽고 의리를 강론하였다.

사실 유촌은 성주부와 지근의 거리에 있기 때문에 시끄러울 뿐만 아니라 산수를 좋아하는 그의 고상한 취향에 견주어 볼 때 적당한 곳이 아니었다. 이 때문에 창평산에서 1리 남짓한 곳인 회연으로 옮겨 거주하게 된 것이다. 장현광(張顯光, 1554-1637) 역시 한강의 행장에서 "계미년(1583, 선조 16)에 거주지를 회연(檜淵)으로 옮겨 정하고 초당을 지은 뒤에 대나무와 매화나무를 심고 이름을 백매원(百梅園)이라 하였다."라고 기록하고 있다. 여기서 말하는 '거주지를 회연으로 옮겨'라고 하는 것은 한강이 가솔을 이끌고 이곳을 중심으로 본격적인 생활을 시작하였다는 것을 의미한다. 이 때문에 한강이 세상을 뜬 후 그 후손들은 회연서원이 있는 양정과 선대의 묘소가 있는 갓말에 주로 살게 되었고, 종손들 역시 이 두 곳을 중심으로 생활의 거점을 마련하게 되었던 것이다.

그렇다면 '갖말'이라는 이름은 어디서 온 것일까? 갖말은 고촌(孤村) 배정휘(裵正徽, 1645-1709)가 〈숙지촌(宿枝村)〉이라는 제목의 시를 짓는 것으로 보아, 한강 당대부터 '갖말'로 불리면서 한자로는 '지촌(枝村)'이라 표기되었던 것으로 보인다. 갖말은 오늘날 '간말', '갓말', '감말' 등 다양하게 일컬어지고 표기되기도 하지만 '갖말'이 정확하다. 이것은 '가지 마을'을 줄인 표기인데 '가지'는 '갖'으로, '마을'은 '말'로 축약되었다. 순우리말 '갖말'이 한자로 표기되면서 '지촌'이 되었다고 볼 때, 창평산은 버려둔 산이 아니라 가지 등을 사용하기 위하여 가꾸는 산이었다는 것을 알 수 있다. 이러한 산을 경상도에서는 '까끔'이라 하였다.

'산(山)'이라는 한자어가 들어오기 전에 우리는 산을 '갓', '재', '뫼' 등으로 구분해서 불렀다. 전 경상대 교수 김수업(金守業) 선생의 논의에 의하면, '갓'은 집을 짓거나 연장을 만들거나 보를 막을 때 쓰려고 일부러 가꾸는 '뫼'다. 나무를 써야 할 때가 아니면 함부로 들어갈 수 없으므로 일부러 '갓지기'를 세워 지키기도 했다. '재'는 마을 뒤를 둘러 감싸는 '뫼'로, 자주 오르내리고 넘나들며 길이 생기기도 했다. '뫼'는 '갓'과 '재'를 싸잡고 이보다 높고 큰 것까지를 포괄해서 부른 명칭이다. 이로 보아, '갓'에 있는 '마을'이라는 뜻으로 '갓말'이라 할 수도 있을 것이다. 그러나 이를 한자로 표기하면 '산촌(山村)'이 되는데, 그렇게 하지 않고 '지촌(枝村)'이라 하였다. 이로써 '갓말'의 원시 형태는 '사용을 목적으로 나무를 키우던 산에 형성된 작은 마을'이었음을 알 수 있다.

갓말은 한강의 선영을 중심으로 구성되었기 때문에 이와 관련한 다양한 재실이 있었다. 이는 제3장 '백리 강산 무흘구곡'의 '제2곡 한강대' 부분에서 자세하게 다룰 것이다. 다만 한강 재세시에는 지금의 갓말 마을 더욱 가까운 곳에 '모암(慕庵)'이라는 재실이 있었다. 모암은 한강이 67세 되던 해인 1609년(광해 1)에 지은 것인데, 한강은 이곳에서 빈객을 사절하며 공부하였다고 한다.

1609년(광해 1)에 모당(慕堂) 손처눌(孫處訥, 1553-1634)이 모암으로 스승을 찾아간 적이 있었는데, 그 때 한강은 "나는 지금 조야(朝野)에 죄를 얻은 몸으로 빈객을 사절하려 하는데, 그대는 어찌 요로(要路)에 있는 사람을 찾아가지 않고 이곳으로 왔는가."라고 하면서 미소를 지었다고 한다. 이것은 손처눌 자신의 전언이다. 이 모암은 18세기 후반에 다시 중건하였고 이름도 '모고재(慕古齋)'로 바꾸었다. 지애(芝厓) 정위(鄭煒, 1740-1811)는 〈모고재명(慕古齋銘)〉을 써서 이를 기념하였다. 그러나 모고재는 현재 남아 있지 않고 산기슭에 그 터만 존재할 따름이다.

갓말에는 한강 종택이 있다. 한강이 41세에 회연초당을 짓고 사월에서 이곳으로 거주지를 옮겼으니 한강의 강학공간은 이곳을 중심으로 형성된다. 한강에게 갓말은 한강정사에서 볼 수 있듯이 처음에는 추모의 공간이었다. 그러나 61세(1606년, 선조 39) 되던 해 홍주목사(洪州牧使)를 사임한 후 고향으로 돌아와 숙야재(夙夜齋)를 지었으니 갓말은 강학공간으로 그 성격이 조정된다. 이때 한강정사는 이미 임진왜란으로 소실된 후였기 때문이다. 이러한 사실로 미루어 보아, 한강 당대에는 주 거주지가 회연초당이 있는 곳이었으나, 그의 후손들은 갓말에 다수 살았다는 것을 알 수 있다.

갓말에 언제부터 종손이 살게 되었는 지는 명확하지 않다. 그러나 한강이 여기에 머물며 강학을 하였으므로 이후 그 후손의 일부가 살기 시작하였을 것으로 생각되며, 18세기 이후의 자료를 통해 종손들이 주로 갓말에 거주하였음을 확인할 수 있다. 한강의 8대종손 정위의 시

창평산에 위치한 이건 전의 '숙야재'(1960년대)

대는 한강 후손들에게 있어서는 중흥의 시기였다. 정위는 경헌(警軒) 정동박(鄭東璞, 1732-1792) 등과 함께 다양한 위선사업(爲先事業)을 벌였으며, 당시 갓말을 중심으로 한 추모사업도 적극적으로 추진하였다. 앞서 말한 모고재 뿐만 아니라 숙야재와 재실 등을 다시 짓고, 이와 관련한 상량문 등 다양한 글을 남긴다.

조선 후기로 내려오면서 많은 학자들이 배출되었음에도 불구하고 종택은 쇠잔해갔다. 현재의 종택 옆에 있는 후산고택(厚山古宅)이 한 때 한강 종택 역할을 하기도 했고, 한강을 모시는 불천위 사당도 후산고택의 동편에 있었다. 그러나 후산고택이 너무 협소해 지금의 종택 자리로 옮기고 사당도 북동쪽 언덕 위에 새롭게 지어 품위를 갖추었다. 1960년대 중반의 일이다. 종택 자체는 경상도의 여느 종가처럼 '口'자 형태를 갖추지 못하고 있다. 안채는 정면 5칸, 측면 1.5칸의 맞배지붕이고, 사랑채는 정면 2칸 측면 2.5칸의 팔작지붕이다. 현재의 불천위 사당은 정면 3칸, 측면 1.5칸의 맞배지붕으로 1992년에 중건한 것이다.

한강의 8대 종손 지애(芝厓) 정위(鄭煒, 1740-1811)는 초명이 집(墶), 자는 사집(士集)이다. 뒤에 이름을 위(煒)로, 자를 휘조(輝祖)로 고쳤다. 그는 갖말에 살면서 강한 가문의식을 지니고 활동하였다. 어릴 때부터 재주가 있어 스스로 독서하였으며, 조금 자라면서 목재(木齋) 홍여하(洪汝河, 1621-1678)의 손자로 문장과 행의에 이름이 있었던 죽옹(竹翁) 홍우귀(洪禹龜, 1701-1767)에게 나아가 배우게 된다. 천체의 운행과 위치를 제대로 알기 위해 기형지설(璣衡之說)을 배웠는데 이해력이 매우 빨랐다고 한다. 그의 학문은 1771년(영조 47) 32세 되던 해에 대산(大山) 이상정(李象靖, 1711-1781)을, 이듬해인 1772년(영조 48)에 백불암(百弗庵) 최흥원(崔興遠, 1705-1786)을 만나면서 더욱 깊어졌고 아울러 영남학파의 주요 일원이 된다. 그리고 한강과 만오(晩悟) 정장(鄭樟, 1569-1614)을 통해 내려오는 가학적 전통을 착실하게 계승하면서 가문학을 어떻게 발전시킬 것인가에 대하여 깊이 고민하였다.

정위는 온릉참봉(溫陵參奉)에 제수되어 잠시 봉직한 바

있으나, 평생을 고향에서 가문을 위한 사업으로 일관하였다. 그는 성리학의 여러 서적들을 탐독하면서 잠완체인(潛玩體認)하였다. 진리가 바로 여기에 있다는 것을 알고 세상의 잡사나 영리(榮利)에 대해서는 담박하였다고 한다. 조선 심학의 조종이자 남인 예학을 대표하는 한강의 8대손이라는 자부심과 함께, 가문을 발전시키고자 하는 어떤 사명감으로 무장하고 있었다. 정위는 가문학을 심학과 예학으로 규정하고 이에 대한 특별한 관심을 가졌다. 심학은 한강의 『심경발휘』를 중심으로 이 책에 대한 '고이(考異)'를 쓰면서 구체화되었고, 예학은 『가례휘통(家禮彙通)』을 저술하면서 분명히 나타났다. 이로써 우리는 그의 학문적 귀착점이 어디에 있었던가 하는 것을 이해하게 된다.

갓말에서 태어나지는 않았지만 고헌(顧軒) 정래석(鄭來錫, 1808-1893) 또한 특기할 만한 인물이다. 그는 자가 치인(致仁)으로 아버지 돈(墩)과 어머니 광주 노씨(光州盧氏) 사이에서 1남 3녀 중 장남으로 태어난다. 탄생지는 유촌이며 이곳에서 자라지만, 갓말과 밀접한 인연을 가진다. 대조 한강의 숙야재를 특별히 사랑하여 1844년 이후 아예 이곳으로 거주지를 옮기기 때문이다. 당시 그는 〈갑진이거지촌우숙야재(甲辰移居枝村寓夙夜齋)〉라는 시를 짓기도 하고, 숙야재 주위의 아름다운 풍경 10곳을 지정하여 〈숙야재

십영〉을 읊조리기도 한다. 〈취령조람(鷲嶺朝嵐)〉, 〈야산석조(倻山夕照)〉, 〈원촌연광(遠村烟光)〉, 〈한계월색(寒溪月色)〉, 〈소담어화(梳潭漁火)〉, 〈강대조옹(岡臺釣翁)〉, 〈장교행인(長橋行人)〉, 〈근교농가(近郊農歌)〉, 〈봉암화개(鳳巖花開)〉, 〈평원설비(平原雪飛)〉 등이 바로 그것이다.

『성산지』에서는 그에 대하여, "타고난 자질이 순수하고 바르며 젊은 나이에 학문에 뜻을 두었다. 빈궁하여 시름겹기가 이루 형언할 수 없을 지경이었으나 도를 믿음이 더욱 독실하였다. 성리학의 여러 책들을 읽고 사색하며 실천하고 체인하여 드디어 한 시대의 무거운 명망을 짊어지게 되었다. 고종 신사년(1881)에 유일로 천거되어 선공감(繕工監) 감역(監役)에 제수되었다가 돈녕도정(敦寧都正)으로 승진하였다. 동지돈녕부사를 거쳐 자헌대부(資憲大夫) 대호군(大護軍)에 이르렀다."라고 기술하고 있다.

갓말의 근세 인물로는 성재(省齋) 정재기(鄭在夔, 1857-1919)를 대표적으로 들 수 있다. 그의 자는 성노(省老)인데, 아버지 정세용(鄭世容, 1834-1879)과 어머니 옥산 장씨(玉山張氏) 사이에서 2남 1녀 중 차남으로 태어난다. 7세 때 아버지로부터 『십구사략(十九史略)』을 받아 읽었고, 이후 외삼촌 농산(農山) 장승택(張升澤, 1838-1916)에게 『중용(中庸)』과 『대학(大學)』을 배우며 난해한 곳을 물었다. 그리고 숙야재에서 강학을 하고 있던 족조인 정래석에게 문장을 배

성재선생서원정공묘도비

워 크게 진보한 바가 있었다고 한다.

정재기는 문미(門楣)에 옛날의 나쁜 습관을 없앤다는 뜻인 '괄구습(刮舊習)'과 '닭이 울면 일어나 부지런히 선을 하는 이는 순임금의 무리'라는 말에서 따온 '청순계(聽舜鷄)'를 써 붙여 두고 스스로를 경계하였다. 성리학에도 조예가 깊었는데, 만년에는 한강의 『심경발휘(心經發揮)』 한 권을 잡고 놓지 않으면서 말하기를, "어찌 우리 집안의 학문 연원이 아니겠는가."라고 하면서 『심경』을 가학의 핵심으로 삼았다. 그는 조선의 독립청원서인 파리장서에 서명한 후, 이것이 발각되어 경찰서의 출두 통보가 있자, "짐승들의 감옥에서 자진(自盡)하기보다는 온전히 죽는 것이 더 낫지 않겠는가."라고 하면서 음독 자진한다. 이로 인해 성재는 1991년에 건국훈장 애족장을 추서받았으며, 그의 유품과 자료 944건 1,128점은 독립기념관에 기증하였다. 현재 갓말에는 문생이자 사종제(四從弟) 정재화(鄭在華)가 지은 '성재선생서원정공묘도비(省齋先生西原鄭公墓道碑)'가 세워져 있다.

뇌헌 정종호(1875-1954)

뇌헌(磊軒) 정종호(鄭宗鎬, 1875-1954)는 정재기의 조카이다. 그는 자가 한조(漢朝)로 노하(老下) 정재설(鄭在卨, 1852-1896)과 광주 이씨(廣州李氏) 사이에서 2남 1녀 중 장남으로 태어났다. 삼촌인 정재기를 따라 가학을 연마하였으며, 소눌(小訥) 노상직(盧相稷, 1855-1931)에게 사사하면서 성재(性齋) 허전(許傳, 1797-1886)의 근기학맥도 함께 잇게 된다. 그는 무흘과 숙야재 등에서 강학을 하였는데, 특히 숙야재에서는 한강의 〈독서첩(讀書帖)〉 30여 조를 벽에 붙여두고 스스로를 단속하는 한편, 이로써 학생들을 가르쳤다고 한다.

정종호는 정재기가 파리장서에 서명하자 이를 제대로 전달하기 위하여 많은 노력을 기울였다. 회당 장석영이 『흑산록(黑山錄)』에서 "지촌(枝村)의 정종호(鄭宗鎬)가 와서 말하기를, 대구에 거제군수 윤상태(尹相泰)라는 지사가 있는데, 요사이 파리장서의 일이 있다는 것을 듣고 그 의를 함께 하기를 원하며, 또 미국인에게 빠른 길로 가게 하여 파리에 전달하게 할 수 있다고 하니 그 글을 얻어서 부치자고 했다."라 기술한 데서 이를 확인할 수 있다. 이러한 사유로 그는 대구감옥에 투옥되어 옥고를 치루었으며, 석방 후에는 망국의 시름을 안고 갓말에서 학문에만 정진하였다. 〈이기변(理氣辨)〉〈대학정심장존양성찰변(大學正心章存養省察辨)〉 등을 통해 그의 학문적 깊이를 알 수 있다. 뇌헌은 2010년 독립유공자로 선정되어 건국포장(建國褒章)을 받았으며, 갓말 창평산록에는 장재영(張在泳)이 지은 '뇌헌선생사적비(磊軒先生事蹟碑)'가 세워져 있다.

후산(厚山) 정재화(鄭在華, 1905-1978)는 자가 자실(子實)로 정복용(鄭福容, 1866-1918)과 서흥 김씨(瑞興金氏) 사이에서 1남 1녀 중 장남으로 태어났다. 어릴 때부터 영민할 뿐만 아니라 뜻이 견고하였다고 한다. 일찍이 그는 족형 정재기의 문하에 나아가 『한사(漢史)』를 읽었으며, 이후 정종호의 문하에서 가르침을 받아 가학 및 근기학적 전통을 이었다. 일제가 단발령을 내리고 경찰이 그의 상투를 자르고자 할 때, 일경(日警)을 벼루로 타격하고 두 차례나 만주로 피신하여 자정(自靖)의 장소로 삼고자 했다. 그러나 노모가 계셨으므로 고국으로 다시 돌아오지 않을 수 없었다. 정종호 문하에서 함께 공부한 여기동(呂箕東)은 이러한 사실을 전하며, 세속를 초극한 자질과 꺾을 수 없는 기절을 들어 그의 인품을 '강개(剛介)'와 '인영(人英)'으로 요약하기도 했다.

후산 정재화(1905-1978)

정재화는 사서육경 외에도 한유, 유종원, 구양수, 소식의 문장 등 읽지 않은 것이 없었다고 하며, 특히 선조 한강의 『심경발휘』와 『오선생예설분류』 및 지애의 『가례휘통』을 소중히 여겨 항상 책상 위에 두고 읽으면서, 이를 가학의 본원지지(本原之地)로 삼았다고 한다. 세도의 타락을 한탄하며 예학에 특별한 조예를 보였는데, 『부위장자복해(父爲長子服解)』를 저술하는데서 사실의 이러함을 충분히 알 수 있다. 채산(茱山) 권상규(權相圭, 1874-1961)는 이를 두고 "경전의 뜻을 발휘한 것이 이보다 밝고도 극진한 것은 없다."라고 평가하였다. 갖말에는 현재 정재화

후산고택

가 강학을 하던 후산고택(厚山古宅)이 있어 후손들이 그를 추모하는 장소로 삼고 있다.

최근 한강 종택이 경상북도 문화재자료 제614호로 지정되었다. 문화재의 건축적인 측면보다 역사적인 측면에 중점을 두었기 때문인데, 때가 늦은 감이 있지만 다행스런 일이다. 이 밖의 문화재로는 한강 종택의 왼편에 있는 중매댁(경상북도 민속자료 제86호)이 있다. 이 집은 정재철(鄭在哲, 1883-1934)이 1903년에 건립한 집이다. 안채, 사랑채, 대문간채, 고방채가 현존해 있는데, 집을 완성하기까지 12년이 소요되었다고 한다. 그리고 마을 안쪽으로 들어가면 숙야재(夙夜齋)가 있다. 이 건물은 한강대 근처에 있던 것을 1970년대에 마을로 옮겨온 것이다. 이에 대해서는 뒤에서 다시 다루기로 한다.

4. 매향 가득한 회연초당

한강은 41세 때 지금의 유촌 옛터에서 양정(陽亭)으로 거처할 곳을 옮기고 집의 이름을 회연초당(檜淵草堂)이라 했다. 창평산에 있는 한강정사와는 1km 정도의 거리이다. 가야산 한 줄기가 북쪽으로 뻗어 가다가 다시 동쪽으로 방향을 꺾어 돌아 가천(伽川)에 이르러 멈추어 서는데, 이곳에서 절벽이 시내 위에 높이 솟는다. 여기에 회연(檜淵)이라는 연못이 있었고 수석(水石)과 연하(煙霞)로 일대의 승경을 이루었다.

회연(檜淵)이란 이름은 어디서 온 것일까? 여기에는 네 가지 설이 있다. 첫째, 회오리처럼 도는 깊은 소가 있어

회연서원

중국 곡부의 '선사수식회'

회연(回淵)이라 하다가 '회(檜)'로 고쳐 부르게 되었다는 것이다. 〈봉비암도〉에도 봉비암 아래 그 '회연'이 표현되어 있다. 둘째, 공자가 손수 심은 나무인 회(檜)에 근거한다는 것이다. 지금도 중국 곡부(曲阜)의 공묘(孔廟)에 가면 '선사수식회(先師手植檜)'가 있다. 여기에 근거를 두면 회연초당은 공자를 연원으로 하는 초당이 된다.

셋째, 근처 가야산에 잣나무가 많기 때문에 이를 염두에 두면서 붙인 이름이라는 것이다. 『성산지』에서도 '잣나무 밭이 가야산 남쪽에 있었는데 동불암부터 심원사(尋源寺)까지 수십 리나 되었다.'라고 기록하고 있다. 넷째, 전나무[檜]가 연못 가에 있었기 때문에 회연이라고 한다는 것이다. 최세진의 『훈몽자회(訓蒙字會)』에는 회(檜)를 '젓나모 회'로 풀이하고 있다. 이 나무에서 우윳빛 액이 나오기 때문에 이렇게 불렀는데, '젓'이 '전'으로 바뀐 것이다.

지역민은 첫 번째의 설이 옳다고 하고, 일부 학자는 세 번째 설을 강조한다. 그러나 나는 네 번째 설에 신빙성이 있다고 생각한다. 지금 회연서원의 송단(松壇)이 있는 자리에 전나무가 자생하였고 1980년대까지만 해도 오래된 전나무가 존재하였다. 이렇게 보면 회연은 '전나무가 있는 연못'이 된다. 이것이 확장되어 두 번째 설을 성립시킨다. 한강은 어릴 때 벽에다 공자의 화상을 손수 그려놓고 날마다 절을 하며 성인의 기상을 닮고자 했다. 그가 세상을 떠난 곳인 사수동(泗水洞)도 곡부의 사수와 이름이 같으며, 한강은 그 이름을 특별히 사랑하여 집을 사양정사(泗陽精舍)라 명명하기도 하였다.

회연서원의 전[회]나무 고사목

상주에 살았던 정와(靜窩) 조석철(趙錫喆, 1724-1799)은 회연서원이 있는 이곳을 들어 '하늘이 연 승지(天開勝地)'라 극찬해마지 않았다. 한강은 이곳의 밭을 사들여 자리를 잡고, 초당 두어 간을 지어 '회연'이라 처마 끝에 내어 걸었으며, 동산에는 매화나무 100여 그루를 심고 백매원(百

梅園)이라 하였다. 한강은 회연으로 처음 거처를 옮기면서 20가지의 좋은 점이 있다고 했다. 〈회연신천이십의(檜淵新遷二十宜)〉에 그 구체적인 내용이 담겨 있다.

도회가 멀리 떨어져 있고	遠隔城市
선영을 가까이 모신 자리	近陪先壟
뒤로는 구릉을 등지고	後負丘陵
앞에는 늪지와 통하네	前控池沼
오른쪽은 마을과 잇닿고	右接閭閻
왼쪽은 맑은 못이 임하였네	左臨澄潭
푸른 언덕과 흰 바위	蒼崖白石
울창한 숲과 무성한 풀	茂林豐草
나무하고 소 먹이기 모두 편하고	樵牧兩便
나물 캐고 낚시하기 모두 좋다네	採釣俱宜
뭇 산이 에워싸고	群山環擁
두 물길 합쳐 흐르며	兩水交流
산등성이 기묘하고	岡阜奇絶
들판 트여 넓다네	郊原平曠
남향에다 물길 등져	面陽背流
겨울엔 따뜻하고 여름에는 시원하네	冬溫夏涼
토질이 촉촉하여 벼농사 적합하고	濕宜禾稼
들 넓어 뽕나무며 삼 가꾸기도 좋다네	衍合桑麻

남촌 농부 만나보고	南村訪索
서산 신선 찾아가네	西嶽尋眞

한강은 먼저 회연초당의 원근과 전후좌우를 말했다. 멀리 있는 것은 성주읍이요, 가까이 있는 것은 선영이라고 했다. 사실 그가 이곳으로 옮긴 가장 중요한 이유도 첫째, 도회와 떨어진 곳, 둘째, 선영이 가까운 곳이었기 때문이다. 그리고 뒤쪽의 구릉, 앞쪽의 늪지, 오른쪽의 마을, 왼쪽의 맑은 연못을 제시하며 회연초당이 가장 좋은 위치에 있음을 밝혔다. 그리고 주위의 언덕과 바위, 울창한 숲과 풀, 여러 산과 두 줄기 물, 기묘한 산등성이와 들판 등 하나도 나무랄 것이 없었다. 이러한 가운데서도 집이 남향이어서 겨울은 따뜻하고 여름은 시원하기까지 하였으며, 벼농사와 뽕나무와 삼도 가꾸기가 좋다고 했다. 마지막으로는 '남촌의 농부'과 '서악의 신선'을 제시하여 일상과 함께 초월이 모두 온전하다고 했다. 한강은 회연초당에서 다음과 같은 시를 짓기도 했다.

자그마한 산 앞의 자그마한 초당	小小山前小小家
동산 가득 매화 국화가 해마다 늘어나네	滿園梅菊逐年加
다시 구름과 냇물이 그림같이 화장하니	更敎雲水粧如畫
이 세상에서 내 생애가 가장 호사스럽네	擧世生涯我最奢

〈회연우음〉 석각

가천은 나에게 깊은 인연 있나니 伽川於我有深緣
한강에다 회연까지 얻었노라 占得寒岡又檜淵
흰 돌과 맑은 시내를 왼 종일 즐기나니 白石淸川終日翫
세상사 어떤 일이 내 마음에 들어오리오 世間何事入丹田

앞의 작품은 〈제회연초당(題檜淵草堂)〉이고, 뒤의 작품은 〈회연우음(檜淵偶吟)〉인데, 뒤의 것은 회연 가의 바위에 새겨져 오늘에 전한다. 이들 시에서 한강은 화초와 나무들, 흰 돌과 맑은 시내가 어우러진 곳에 회연초당을 짓고 그 속에서 생활하니, 어떤 세상의 잡사도 마음에 들어오지 않는다고 했다. 이 때문에 그의 생애가 이 세상에서 가장 호사스러운 것 같다고 했다. 한강은 맑은 자연과 함께 하는 지점에서 내면적으로 일어나는 뿌듯함을 느낀다. "내 생애가 가장 호사스럽네."라고 하거나, "세상사 어떤 일이 내 마음에 들어오리오?"라고 한 것이 그것이다.

회연초당을 짓고 한강이 가장 먼저 한 일은 문하의 제생과 함께 매달 초하룻날 강회(講會)를 열기 위하여 계(契)를 결성하는 것이었다. 또한 회연초당 근처에 청천서재(晴川書齋)가 있어 이곳을 오가며 강석(講席)을 열기도 했다. 강회의 규칙은 모두 여씨향약(呂氏鄕約)을 본떴으며, 서로 권면하고 경계할 것을 강조했다. 계원으로 들어온 사람은 각자 마음을 가다듬고 행실을 닦아야 하며, 도(道)를 밝히고 공(功)을 계산하지 않아야 할 것이나, 그렇지 못하면 이미 함께 어울릴 사람이 아니라고 하면서 도덕을 증진하고 행실 삼가기를 강조하였던 것이다. 여기에 대하여 외재(畏齋) 이후경(李厚慶, 1558-1630)은 다음과 같이 전했다.

> 계미년(1583, 선조16)에 선생이 회연(檜淵)으로 거처를 옮겨 초당을 짓고 여러 벗들과 약속하여 문도들을 거느리고 다달이 초하루에 강회(講會)를 열었다. 강회 날에는 일찍 일어나 약정(約正), 부정(副正), 직월(直月)이 모두 심의(深衣)를 입고 강회에 나오면 나이순

으로 동서(東序)에서 절을 하였다. 그러고는 선성선사(先聖先師: 공자)의 초상을 북쪽 벽 아래에 배설하고 모두 재배한 다음, 약정이 당에 올라 향을 올리고 동쪽 섬돌로 내려와 자리에 있는 사람들과 함께 모두 재배하였다. 그러고는 선성선사의 초상을 도로 보관한 다음 절하고 읍한 뒤에 자리로 나아갔다.

공자의 초상에 예를 올린 후 자기 자리로 되돌아 간 제생은 직월이 약장(約章)을 한 번 읽고 부정이 그 뜻을 미루어 설명한 다음 질문을 받았다. 약장의 조목은 한결 같이 여씨(呂氏)의 옛 규약과 같았으며, 약장을 읽은 뒤에는 주자의 〈백록동규(白鹿洞規)〉, 〈동몽수지(童蒙須知)〉 등을 비교하면서 강의하고, 한 달 동안 익힌 공부를 서로 살펴보았다. 회연초당의 강회는 이처럼 엄격하였다. 그러나 한강의 회연초당은 이러한 긴장만 감도는 것이 아니었다. 그는 여기서 율곡(栗谷) 이이(李珥, 1536-1584)의 동생인 옥산(玉山) 이우(李瑀, 1542-1609)에게 다음과 같은 편지를 보내기도 했기 때문이다.

저는 요즘 가야산(伽倻山) 아래 가천(伽川) 가에 초당을 새로 지었는데, 매화나무 100그루와 대나무 10여 뿌리를 심고 거문고와 서책을 갖추어둠으로써 이들을 한적한 생활의 벗으로 삼을 생각입니다. 혹 형께서 그린 매화와 대나무 그림 너덧 폭을 얻어 저의 청아한 감상을 도울 수 있도록 해 줄 수 있겠는지요? 몇 이랑의 안개 낀 강, 몇 겹의 구름 깔린 산과 포도 한두 그루며, 물풀 한두 잎까지 포함하여 가슴 속에 있는 기발한 착상을 아끼지 말아 주시기 바랍니다. 초당 벽에 붙여두고 이 흐린 눈을 맑게 하기를 원하는데 어떻게 생각하시는지요? 이러한 사물은 다 이곳에 있는 것들이기 때문에 감히 말씀드린 것입니다. 거기에다 갈매기와 해오라기가 물풀 사이에 한가로이 노닐게 하여 세상의 잡념을 잊은 벗의 느낌이 들도록 해 주시면 더욱 좋겠습니다.

이우는 시(詩), 서(書), 화(畵), 금(琴) 4절로 유명하다. 어머니 사임당(師任堂) 신씨(申氏, 1504-1551)의 예술적 감각을 이어받아 초충(草蟲), 사군자(四君子), 포도(葡萄) 등을 잘 그렸다고 한다. 한강은 위와 같이 회연초당 백매원에 가장 잘 어울리는 그림을 이우에게 부탁하였던 것이다. 이 글에 의하면 한강은 회연초당에 금서(琴書)를 비치해 두고, 이우에게 그의 청아한 감상을 도울 수 있도록 그림을 부탁한다고 했다. 화폭에 그려야 할 것도 구체적으로 제시했다. 안개가 낀 강, 구름 깔린 산, 포도 한두 그루, 물풀 한두 잎을 그리고, 여기에 갈매기와 해오라기가 물풀 사이를 한가롭게 노니는 모습을 그려달라고 했다. 이를 통해 세상의 잡념을 잊고 싶었던 것이다.

한강이 회연초당에 비치해 둔 거문고는 감상을 위한

회연서원과 매화

것이 아니었다. 그는 거문고 연주에 상당한 조예가 있었던 것으로 보이는데, 무흘정사에 들어갔을 때는 손수 거문고를 제작하기 위하여 오동나무 널빤지를 구하기도 했다. 원천(原泉) 전팔고(全八顧, 1540-1612)에게 편지하여, "짧은 거문고를 만들어 구름이 자욱한 숲과 물이 흐르고 달빛이 내리비치는 가운데서 가끔 한번씩 어루만지고 싶은데, 나이 예순 살의 노인이 되어 거문고를 타 보겠다는 계획이 다소 때늦은 감이 있기는 합니다만, 끝내 아예 시도하지 않는 것보다야 낫지 않겠습니까?"라고 하면서 오동나무 널빤지를 구하였던 것이다. 이 거문고가 만들어지면 〈아양곡(峨洋曲)〉 한 가락을 연주해보고 싶었던 것이다. 우리는 여기서 한강의 예술적 감각에 대해서도 간취해 낼 수 있게 된다.

1589년(선조 22) 한강이 47세 되던 봄 어느 날 수우당(守愚堂) 최영경(崔永慶, 1529-1590)이 회연초당으로 찾아 왔다. 당시 음력 2월이라 백매원에는 매화가 만개해 있었다. 이를 보고 최영경은 동자(童子)를 불러 도끼를 가져오라고 한 뒤 온 뜰의 매화나무를 모두 찍어서 넘어뜨리라고 했다. 그 자리에 있던 사람들이 깜짝 놀라며 만류하였다. 그제사 최영경은 껄껄껄 웃으며 "매화를 귀하게 여기는 것은 눈 내린 골짜기의 추위 속에서 온갖 꽃들에 앞서 피기 때문입니다. 그런데 지금은 도리(桃李)와 봄을 다투고 있으니 어찌 귀할 것이 있겠습니까? 제공(諸公)들이 만류하지 않았으면 매화가 거의 베어짐을 면키 어려웠을 것입니다."라고 하였다. 이렇게 수우당과 한강은 백매원의 봄을 즐기기도 했던 것이다.

회연초당은 임진왜란을 거치면서 한강정사와 함께 소실된다. 1605년(선조 38) 당시 한강은 63세였는데, 4월에 해주목사(海州牧使)에 제수되었으나 부임하지 않았고, 10월에는 백씨(伯氏) 정괄을 창평(蒼坪) 선영의 왼쪽으로 반장(返葬)하였다. 또한 소실된 회연초당을 재건하는가 하면 초당의 동쪽에 초가 한 칸을 따로 짓고 편액을 망운암(望雲庵)이라 하였다. 망운암은 '망운지정(望雲之情)'의 그 '망운'이다. 이것은 구름을 바라보며 고향에 계신 부모를 그

미수 허목이 쓴 '망운암' 현판

리워한다는 의미이니, 가까이 선영이 있었기 때문이다.

회연초당에는 망운암과 함께 다양한 이름이 있었다. 침실은 불괴침(不愧寢), 창문은 매창(梅窓), 헌(軒)은 정관(靜觀)과 옥설(玉雪)이라 하였고, 또 죽유(竹牖)니 송령(松欞)이니 하는 이름도 더 있었다. 이 가운데 망운암은 미수 허목이 87세(1681, 숙종 7) 때 전서로 쓴 것인데 현재 회연서원 강당에 걸려 있고, '불괴침'과 '옥설헌'도 걸려 있다. '불괴침'의 '불괴'는 『시경(詩經)』「대아(大雅) 억(抑)」에서 취한 것인 바, 남이 보지 않는 곳에서도 부끄러운 일을 하지 않는다는 것을 의미한다. 그리고 '옥설헌'은 미수의 전서를 모방해서 '광효(廣孝)'라는 분이 쓴 것이다. '옥설'은 원래 옥과 같이 흰 눈이란 뜻이지만 결백(潔白)하고 순수한 마음을 가리킨다.

1620년(광해 12) 한강은 78세의 나이로 타계한다. 그리고 2년 뒤인 1622년(광해 14)에 전국유림이 서원 건립을 발의하여, 1627년(인조 5) 9월에 한강을 주향으로 봉안하고 배향에는 석담(石潭) 이윤우(李潤雨, 1569-1634)를 받들었다. 초대 원장에는 죽헌(竹軒) 최항경(崔恒慶, 1560-1638)이 천망되었다. 이때 장현광(張顯光)은 〈한강 선생을 회연서원에 봉안하는 글〉을 지어, "아, 우리 선생은 선현의 학문을 계승하시어 도가 참으로 높으셨나니, 그것은 한결 같은 사론이었네."라고 하면서 한강의 높은 도덕을 칭송해마지 않았다.

한강은 회연초당 부근에 있었던 청천서재를 청천서원으로 승격시켜 동강(東岡) 김우옹(金宇顒, 1540-1603)의 위패를 봉안하고자 했다. 그러나 내암(來庵) 정인홍(鄭仁弘, 1535-1623)과의 복잡한 구도 속에서 한강이 세상을 떠나게 되고, 이후 한강의 제자들은 회연초당 자리에 회연서원을 건립하여 한강의 위패를 봉안한다. 이에 우복(愚伏) 정경세(鄭經世, 1563-1633)와 창석(蒼石) 이준(李埈, 1560-1635)이 회연서원에 연명으로 편지를 보내 한강과 동강의 관계를 생각하며 함께 봉향할 것을 건의했고, 한강의 제자들은 이를 받아들여 1628년(인조 6)에 김우옹 역시 회연서원에 봉안하게 된다. 이렇게 하여 회연서원에는 한강과 동강이 병향되고, 1677년(숙종 3)에 석담이 이들을 종향하여 세 위가 함께 모셔진다.

'회연서당' 현판

이후 회연서원은 1690년(숙종 16)에 조정으로부터 '회연(檜淵)'이라는 이름으로 사액되고 토지와 노비를 하사받는다. 그리고 조정에서는 12월에 예조 정랑 권만제(權萬濟)를 보내 문목공 정구와 참판 김우옹(金宇顒), 참의 이윤우(李潤雨)의 영전에 제사를 내린다. 숙종은 이 치제문에서 한강에 대해서는 한훤당의 기풍을 잇고 퇴계의 적통을 이어 받아 체용(體用)과 지행(知行)이 함께 온전하다고 했고, 동강에 대해서는 유림의 태산이자 북두로 사리에 맞는 상소문은 임금이 따를 만한 교훈이라고 했다. 그리고 이윤우에 대해서는 스승을 잘 섬겨 학문의 요체를 배워 학통에 연원이 있다고 했다. 조정의 치제문은 1709년(숙종 35)에 추각(追刻)되어 사당 앞에 게시되기도 했다.

회연서원에 봉안되었던 김우옹의 위패는, 1729년(영조 5) 9월에 성주군 대가면 사도실에 있는 지금의 청천서원으로 이안(移安)된다. 이후 조정으로부터 서원철폐령이 있었으나 강당은 훼철되지 않았다. 도한기(都漢基, 1836-1902)의 『읍지잡기(邑誌雜記)』에 이러한 사실이 적기되어 있다. 이에 의하면, 1868년(고종 5) 대원군의 서원철폐령으로 나라의 서원들이 훼철될 당시, 성주에서는 회연서원의 강당을 훼철하지 않기로 결정하였다고 한다. 조정에서 성주로 내려오는 사신들을 머물게 하는 지참관(支站館)으로 사용하기 위해서였다.

회연서원의 여러 현판들

대원군의 서원철폐령에도 불구하고 회연서원의 강당은 그대로 유지되었지만, 이름은 그대로 사용할 수 없었다. 따라서 회연서당(檜淵書堂)으로 한 등급 낮추어 부르게 되었던 것이다. 근대로 들어서면서 서원의 이름은 회복하였고, 1974년 12월에는 경상북도 유형문화재 제51호로 지정되었으며, 이후 1977년에는 정부의 보조와 지방유림의 협조로 동서재를 짓는 등 예전의 모습으로 복원되었다. 지금 보이는 강당 '경회당(景晦堂)'과 동재 '지경재(持敬齋)', 서재 '명의재(明義齋)' 등의 현판은 모두 한강이 사양정사에서 사용했던 당호(堂號)와 재호(齋號)들이다.

회연서원에는 한강의 신도비도 있다. 한강이 1620년에 세상을 뜨고, 그해 여름에 창평산에 장사를 지낸다. 14년이 지난 1633년(인조 11)에 신도비를 묘소 아래에 세우게 된다. 1663년(현종 4)에 한강의 묘소가 성주의 인현산으로 옮겨가게 되자, 여러 장로(長老)들이 논의하여 도동서원과 옥산서원의 예를 참고하여 한강의 신도비를 회연서원에 모신다. 때는 1668년(현종 9)이었다. 회연서원으로 옮겨올 때는 한강이 부모를 그리워하며 지었던 망운암 옛터에 단을 높이 쌓고 그 위에 신도비를 세웠다. 한강의 영혼이 가장 많이 오르내리던 곳이기 때문인데, 단을 높인 것은 선비들로 하여금 예를 취하게 하기 위함이었다. 근년 한강의 신도비는 서원 앞쪽으로 다시 옮겼다. 2009년 7월 6일 경상북도 유형문화재 제412호로 지정됨에 따라, 사람들에게 알리고 더욱 보호할 필요가 있었기 때문이다.

회연서원의 문루는 '현도루(見道樓)'다. '현도'는 한강의 도를 알현한다는 의미인데, 현재 무흘산방에 있는 응와(凝窩) 이원조(李源祚, 1792-1871)가 쓴 '현도재(見道齋)'에서 그 이름을 취한 것이다. 동쪽에는 새로 이건한 신도비가 있고, 그 옆에 향현사(鄕賢祠)가 있다. 여기에는 한강이 "우리 고을의 선배로서 깨끗한 생활 속에 꿋꿋한 절개를 지키는 자세가 매우 존경스럽다."라고 하면서 존경해 마지 않았던 송사이(宋師頤)와 처남 이홍기(李弘器), 이홍량(李弘量), 이홍우(李弘宇), 그리고 이홍우의 아들이자 문인인 이서(李䈕)의 위패가 봉안되어 있다.

서쪽에는 유물관 숭모각(崇慕閣)이 있다. 이곳에는 『한강집』 목판 등 목판 1,381장이 보관되어 있었다. 원래 장판각(藏版閣)을 따로 두어 목판을 여기에 보관하였으나, 숭모각이 건립됨에 따라 모든 목판을 이곳으로 옮겨 일괄 보관하였다. 여기에는 『한강집』(616판) 외에도 『오선생예설』(323판), 『태극문변』(37판), 『심경발휘』(97판), 『백곡집』(107판), 『만오집』(38판), 『지애집』(127판), 『소학집주』(1판)를 비롯해서 다양한 괘도(掛圖)가 있었다. 지금은 한국국학진흥원에 기탁 보관 중이다.

5. 와가로 지은 사창서당

사창서당은 경북 성주군 수륜면 오천리 324-1번지에 있다. 수륜면은 원래 지사면(志士面)과 청파면(青坡面)으로 나누어져 있었으나 1934년에 2개 면을 합하여 면의 이름을 '수륜'이라고 하였다. 사창서당은 수륜면으로 합쳐지기 전에는 지사면 오천동에 속하였다. 오천동에는 재물

'사창서당' 현판

과 곡식을 모아두던 사창(社倉)이 있어 그 마을 이름을 아예 사창이라 하기도 한다. 사창은 원래 주자가 1171년 중국의 건녕부(建寧府) 숭안현(崇安縣) 오부리(五夫里)에 설립한 것으로, 기근이 들었을 때 빈민을 구제하기 위한 곡식 저장 시설이었다. 1181년 주자의 건의로 사창법(社倉法)이 시행되었는데, 이것이 주자학과 함께 우리나라에 유입되어 세종 때부터 점차 확대 실시되었다.

사창서당은 회연초당에서 자동차 길로 8.6km 정도의 거리이다. 당시 한강은 함안군수직을 사임하고 회연초당으로 돌아와 주로 강학에 열중한다. 『한강연보』에 의하면 주로 제자들에게 『심경(心經)』과 『근사록(近思錄)』 등을 강론하였다고 한다. 이처럼 성리서를 중심으로 강론에 열정을 보이던 한강은, 회연초당 근처에 주자의 '사창'과 일치하는 지명이 있음을 알고 이곳으로 옮겨 강계

(講契)를 결성한다. 그의 나이 49세(1591년, 선조 24) 때였다. 이후 여기에 흥학비(興學碑)가 세워지는 것에서도 알 수 있지만 이주의 가장 큰 목적은 학문을 일으키기 위한 것이었다. 한강은 여기서 처음으로 와가(瓦家)를 짓게 되는데, 이를 기념하여 지은 〈제사창신구(題社倉新構)〉에 당시의 감흥이 잘 나타나 있다.

변변찮은 생애를 위한 변변찮은 집	小小生涯小小家
뜻은 앉을 자리 있으면 족하니 무엇을 더 바라랴	志存容膝更無加
반평생을 초가집에서 익숙히 살아왔으니	半生已熟茅茨下
기와 얹어 새로 사니 문득 호사스러움을 느끼겠네	瓦覆新居便覺奢

한강은 반평생을 초가집에 살아 초가가 익숙하다고 했다. 회연초당의 이름에서도 볼 수 있듯이 그가 이전까지 살아왔던 집은 모두 초가였다. 이 때문에 49세부터 처음으로 기와집에 살게 되니 문득 호사스러움을 느낀다고 하였던 것이다. 한강은 여기서도 회연초당과 마찬가지로 엄격한 강규를 구비하여 강회를 열었다. 그러나 사창서당에서의 강회는 오래가지 못했다. 1591년 11월에 통천군수(通川郡守) 직을 제수받아 서울로 올라가게 되고, 12월에는 부임에 앞서 임금에게 하직인사를 드린 후, 1592년(선조 25) 1월에 통천 임지로 부임하기 때문이다.

사창서당

이후 임진왜란이 일어나 회연초당과 함께 사창서당은 병화(兵火)로 소실되고 만다. 그러나 고로(古老)들은 사창서당 일대를 한강대(寒岡臺)라고 하면서 기려오다가, 1735년(영조 11)에 와서 이 곳을 새롭게 주목한다. 사창서당이 세워진 지 144년이 지난 뒤였다. 그동안 임란으로 황폐화되었던 국토가 조금씩 복구되고 영조의 숭문주의 정책 아래, 지역의 선비들 역시 한강의 사창서당을 새롭게 자각하게 되었던 것이다. 이에 1735년 처음으로 회연서원에서 문회를 열어 사창서당의 중건을 발의하고, 이 발의에 입각하여 일을 착실하게 추진해 나갔다. 『사창서당사실(社倉書堂事實)』에는 이와 관련한 고문서들이 정리되어 있는데, 이에 의거하여 그 연혁을 정리해 보면 다음과 같다.

① 1591년(신묘, 선조 24): 한강이 사창에 처음 기와집을 짓고 강학계를 마련하여 강학에 힘씀

② 1735년(을묘, 영조 11) 11월: 회연서원에서 문회 열 것을 알리고, 이어 사창서당 건립을 발의, 12월 7일에 사창 유허에서 모임을 갖기로 함

③ 1735년(을묘, 영조 11) 12월: 7일, 사창 유허에 모여 정침(正寢)과 곡랑(曲廊)이 있었던 곳을 둘러보고, 정월 17일을 개기(開基)의 날로 정함

④ 1736년(병진, 영조 12) 1월: 17일, 재물을 모아 5칸의 서당을 건립하기 위하여 약간의 주찬을 갖추어 제를 지내고 개기를 함(감역원 4인, 목수 2인)

⑤ 1736년(병진, 영조 12) 2월: 20일에 기둥을 세우고, 22일에 상량을 함

⑥ 1736년(병진, 영조 12) 4월: 월 초에 기와를 이고, 서당 뒤의 텃밭을 이 고을 사람으로부터 사들임

⑦ 1736년(병진, 영조 12) 5월: '사창서당'을 새겨 편액으로 걸고, 동쪽에는 경산재(景山齋), 서쪽에는 낙영재(樂英齋)라 편액함

⑧ 1736년(병진, 영조 12) 6월: 한강이 만든 옛 강규(講規)에 따라

강학을 시작하였는데, 수강에 응한 사람은 28인이었고 나이는 30세 이하로 제한함

⑨ 1736년(병진, 영조 12) 7월: 초7일에 낙성연을 베풀고 한강의 〈사창신구(社倉新構)〉 시와 계회입의(契會立議)를 새겨 벽에 걸기로 함

⑩ 1736년(병진, 영조 12) 11월: 한강의 사창서당 구지에 '한강선생유허(寒岡先生遺墟)'비 세우기를 발의함

⑪ 1737년(정사, 영조 13) 2월: 회연서원에서 한강성생유허비 건립을 위한 문회를 열어 통과시킴

⑫ 1737년(정사, 영조 13) 7월: 길이 다섯 자, 너비 두 자, 측면 반 자의 돌을 구하여 전면에 '문목공한강정선생유허비(文穆公寒岡鄭先生遺墟碑)'라 새기고 유허의 동쪽에 세움

⑬ 1737년(정사, 영조 13) 8월: 유허비 건립을 기념하여 시회를 개최하였는데 수많은 사람들이 모임

⑭ 1749년(기사, 영조 25) 9월: 묵헌 이만운이 쓴 〈사창서당기(社倉書堂記)〉를 새겨 게판함

⑮ 1987년 12월 29일: 경상북도 문화재자료 제200호로 지정됨

한강이 사창에 처음으로 서숙을 건립한 것은 ①에서 보듯이 49세 되던 1591년이었다. 그 후 100년이 훨씬 지나 중건에 대한 논의가 일어나, ②에서 ④에 이르는 터를 닦고 제를 지내기까지의 과정을 거쳤다. 1735년 11월에

처음으로 회연서원에서 사창서당 중건을 위한 회합을 가졌는데, 우선 사창서당 유허를 답사할 필요가 있었다. 이 때문에 ③과 같이 구체적으로 답사할 필요가 있었다. 당시 지역의 선비들은 1735년 12월 7일에 정침과 곡랑이 있던 자리를 정확히 둘러보고, 이듬해 1월 좋은 날을 받아 터를 닦기로 했다. 3칸으로 지을 것인가 5칸으로 지을 것인가에 대하여 논란이 벌어지기도 하였는데, 향음주례 등을 실시하기 위해서는 3칸이 좁다는 이유로 5칸으로 결정하여 감역원 4인, 목수 2인을 중심으로 공사를 시작하였다. 이 공사를 시작하기 전에 개기제(開基祭)를 지냈는데, 당시 읽었던 제문은 다음과 같다.

산은 겹겹이오 물 또한 흐르니	山重水流
인과 지의 형상이로다	仁智之象
한 구역에서 터를 닦으니	中開一區
원기가 길러지는구나	元氣所養
읍의 이름은 신안이요	邑號新安
마을 이름은 사창이로다	村名社倉
아득히 한천을 우러러 보니	緬仰寒泉
백세토록 명성이 길구나	百世聲長
우리 선사께서는	曰我先師
대개 그 뜻을 취하셨도다	盖取其義

경영을 하시어　經之營之
이에 거주하였으니　爰居爰止
땅은 중외로 막혀있지만　地隔中外
일은 예나 지금이나 같다네　事同今昔
경전을 잡은 당일은　執經當日
고정를 보는 듯하였네　考亭如覿
우리 도가 불행하여　吾道不幸
목가가 생기고 서거하셨도다　木稼告凶
군자가 살던 곳에　君子攸宇
무성한 풀이 에워싸서　茂草因封
많은 선비들이 모두 한탄하여　多士咸嗟
이곳에 서당을 세우기로 했네　爰謀建塾
이미 선사를 사모하며　旣慕羹墻
또 강독하기에 편하도다　又便講讀
이에 좋은 날을 받아　玆涓吉辰
장차 그 터를 닦는다네　將開厥基
일을 좇아 공을 권하니　趨事勸功
여러 사람이 기대하는 바라네　衆心所期
당우의 칸과 도리가　堂宇間架
옛 터를 본뜬 것은 아니지만　莫倣舊居
목석을 배치한 것은　木石排置
모두 유허를 따른 것이라네　悉遵遺墟

희생과 술을 정결히 하여	牲酒孔蠲
일에 앞서 고유하노니	先事告由
신께서는 보우하시어	神其保佑
우리에게 천년을 열어주소서	開我千秋

이 제문에는, 한강이 사창에 집을 지었던 이유가 언급되어 있다. 즉 주자와 한강 두 분 사이에는 유사성이 많기 때문이라는 것이다. 신안, 사창, 한천[한강]이 바로 그것이다. 지역적으로 보면 중외(中外)로 막혀있지만 사업으로 보면 주자와 한강이 서로 같다면서, 한강이 경전을 잡고 강학을 열고 있을 때 마치 주자를 보는 듯하다고 했다. 한강이 서거한 후 풀만 무성한 것을 안타깝게 여겨 터를 닦아 중건하기로 하였지만, 구제를 따르지는 않았다고 했다. 그러나 목석(木石)을 배치한 것은 모두 유허에 근거했다고 하면서 천년의 터를 열어 달라고 신에게 빌었던 것이다.

앞서 제시한 연혁 가운데 ⑤에서 ⑨까지는 공사를 시작한 때로부터 낙성식을 한 때까지다. 이 사이 다양한 일이 있었다. 집을 짓는가 하면, 서당 뒤편을 고을 사람으로부터 사들여 대지를 넓히고, 서당의 전면 중앙에는 '사창서당(社倉書堂)'을, 동서쪽 문미에는 경산재(景山齋)와 낙영재(樂英齋)라는 현판을 각각 걸었다. '경산'은 '경행고산

사창서당 '문목공한강정선생유허비'

(景行高山)'을 줄인 표현이다. 사람이 마땅히 가야할 큰 길과 우러러 보는 산을 제시하여, 한강을 큰 산으로 생각하며 한강이 갔던 길을 그들도 가고자 했다. '낙영'은 천하의 영재를 얻어 교육을 시키는 즐거움을 말하는 것이다. 낙성식 때는 한강의 〈사창신구(社倉新構)〉시와 계회입의(契會立議)를 나무판에 새겨 벽에 걸기로 하고 실천에 옮겼다.

⑩에서 ⑬까지는 '문목공한강정선생유허비(文穆公寒岡鄭先生遺墟碑)'를 세운 사연을 정리한 것이다. 이 역시 회연서원에서 문회를 열어 통과시켰는데, 당시 논란도 많았다. 즉 천천히 도모하자는 측과 속히 거행하자는 측의 의견이 엇갈려 한참을 논란하다가 결국 바로 실천에 옮기자는 의견이 받아들여졌다. 비는 1737년(영조 13) 7월 17일에 건립하였는데, 비의 앞면 대자는 붉은 색으로 써서 위엄을 더하였다. 같은 해 8월 2일에는 시회를 열었는데, 수많은 사람들이 모여 한강의 덕을 칭송하였다. 이때 사람들이 너무 많이 모였기

때문에, 임시로 들어선 고기 가게와 술집이 좌우에 배열되었고, 혹은 돌아다니며 혹은 앉아서 물건을 파는 사람도 있었다. 마치 시장을 방불케 했다.

이로부터 12년 뒤 묵헌(默軒) 이만운(李萬運, 1736-1820)에게 부탁하여 〈사창서당기〉를 받아 나무판에 새겨 걸었다. 묵헌은 여기서 주자와 한강의 동질성을 여러 측면에서 부각시키며 어떤 사람은 한강을 주자의 후신이라고까지 한다고 했다. 그는 여기서, '무흘(武屹)'과 '무이(武夷)', 한강(寒岡)과 한천(寒泉), 양정(陽亭)의 회연(檜淵)과 자양(紫陽)의 고정(考亭), 낙동강 변의 노곡(蘆谷)과 노봉(蘆峯)의 운곡(雲谷)을 거론하면서 한강과 주자의 유사점을 찾았고, 사창 역시 그러하다고 했다. 특히 이 사창은 지명뿐만 아니라 '주자는 건도(乾道) 신묘년(辛卯年, 1171)에 숭안(崇安)에서 사창(社倉)을 처음 시작했고, 선생은 만력(萬曆) 신묘년(辛卯年, 1591)에 신안(新安)의 사창(社倉)에 살게 되었으니 지명이 같고 연차(年次)도 같다.'고 하면서 특기하고 있다.

이만운이 〈사창서당기〉를 쓴 뒤에도 여러 사업은 진행되었다. 그 대표적인 것은 문중에서 '사창팔경(社倉八景)'을 정하고 이에 대한 차운시를 얻는 것이었다. 사창의 8경은, 〈오부허연(五夫墟烟)〉, 〈고정교목(考亭喬木)〉, 〈숭산석봉(崇山夕烽)〉, 〈검령반조(劒嶺返照)〉, 〈현평목적(賢坪牧笛)〉, 〈도암야등(道庵夜燈)〉, 〈법천평사(法川平沙)〉, 〈서탄어화(書灘

漁火)〉 등이었다. 대표적인 예로는 호암(蒿庵) 정엽(鄭爗, 1752-1814)이 입재(立齋) 정종로(鄭宗魯, 1738-1816)에게 편지하여 〈사창팔경〉에 대하여 차운시를 짓도록 한 것을 들 수 있다. 이에 입재는 짧은 서문을 곁들여 시를 짓는데, 서문의 일부는 이렇다.

사창은 성주의 회연 하류 10리 쯤에 있다. 원래 마을의 이름이었는데, 한강 정선생이 주자가 건립한 사창과 우연히 합치되는 것을 사랑하여 일찍이 땅을 정해 집을 지었으나, 용사(龍蛇)의 난리를 만나 길이 살 수가 없었다. 그러나 지금 남아 있는 터가 완연하여, 고로(故老)들이 서로 말을 전하여 한강대라 하면서, 밭가는 것을 금하여 사람들로 하여금 감히 범하지 못하게 했다. 범하는 자는 마을 사람들이 함께 그를 배척하였다고 한다. 지난 영조 을묘년(1735년)에 고을의 선비들이 그 곳에 서숙과 유허비를 건립하고, 춘추로 모여 강독을 한다고 하니 참으로 성대한 일이라 하겠다.

마을 주위에는 오부리, 고정촌, 미숭산, 검산령 등이 있어 그 이름이 모두 주자와 밀접하게 관련되어 있고, 또한 도원암, 낙평, 볍산, 서탄 등이 그 근처에 있어 유가에서 숭상하는 이름을 두루 갖추고 있었다. 정종로는 이를 특별히 기록하면서, "내 평생에 한 번 회연에 가서 선생의 유촉을 밟으며 노닐어 보는 것이 소원이었는데 지금까지 가보지 못한 것이 항상 한탄스러웠다."라고 하였다. 그리고 시를 써서 보내면서 한강이 보여준 고산경행(高山景行)을 깊이 생각한다고 했다.

한강이 사창에 집을 지어 강규를 만들고 강학을 연 것은 사창이라는 지명의 동일성에만 있는 것이 아니다. 한강이 평소 존경해마지 않았던 지지당(止止堂) 김맹성(金孟性, 1437-1487)이 살았던 곳도 사창 가까이 있었기 때문이다. 김맹성은 가천 가에 위치한 지사 마산촌(馬山村)에 살았는데, 수륜동의 건너편 마을이 바로 마산이다. 그의 묘소도 수륜동 뒷산에 있다. 뒷날이기는 하지만, 한강은 지지당의 묘소를 찾아 제문을 지어 올렸고, 『지지당집』 뒷부분에 점필재 김종직의 시를 추가하여 후세 사람들로 하여금 김맹성의 사업을 알도록 했다. 이처럼 한강은 동향인 김맹성에 대하여 극진하였다. 이 역시 한강이 마산촌 옆에서 사창을 경영한 이유가 아닌가 한다.

6. 은거를 위한 무흘정사

한강이 무흘동천의 승경을 사랑하여 답사한 것은 정사를 지은 1604년(선조 37, 62세)보다 훨씬 앞선다. 구체적인 기록은 1579년(선조 12, 37세) 매당(梅堂) 이인개(李仁愷, ?-1593)

무흘산방(1982년)

등과 가야산을 유람하고 쓴 〈유가야산록(遊伽倻山錄)〉에서부터 나타난다. 여기에는 현재 무학정으로 알려진 주암(舟巖)을 비롯하여, 입암(立巖)과 사인암(舍人巖, 捨印巖) 및 옥류동(玉流洞) 주변이 자세히 묘사되어 있다. 그렇다면, 한강이 회연초당에서 거처를 옮겨 무흘로 들어가 살게 된 결정적인 이유는 무엇일까? 다음 자료는 그 실마리를 제공하기에 충분하다.

무흘은 성주의 서쪽 수도산(修道山) 속에 있는 곳으로, 천석이 맑고 깨끗한데 사람이 사는 마을과 멀리 떨어져 있다. 선생이 이곳에 초가 3간을 세워 서책을 보관하고 편히 쉬는 장소로 삼았지만 그 깊은 뜻은 사람들을 피해 있고 싶었기 때문이다.

구(逑)는 둔하고 서투르며 어둡고 게으른데도 세속의 일이 많

'무흘산방' 현판

아, 깊고 외진 곳에서 학문에 힘써서 글을 읽고 성품을 기르며 천신의 도움을 받아 나아가기를 바랐습니다. 무흘산 아래 정사를 지은 지가 이제 8년이 되었으나 아직 한 개비의 향을 피우며 산신령께 예를 올린 적이 없었습니다.

앞이 글은 『한강연보』 62세조 '무흘정사(武屹精舍)가 완성되었다.'에 대한 주석의 일부이고, 뒤의 글은 1612년에 지은 〈제무흘산문(祭武屹山文)〉의 들머리다. 이 둘을 종합해보면, 한강의 무흘행은 사람을 피하기 위한 '피지의식(避地意識)'에 입각하여 학문과 심성수양을 위한 '독서양성(讀書養性)'에 있었던 것을 알 수 있다. 독서양성은 당대의 다른 문인들에게도 많이 나타나는 것이지만, 피지의식은 한강에게 있어 특별한 것이었다. 피지의식은 사는 지역을 피하는 것으로 피인(避人)과 상통한다. 즉 정인홍과의 불편한 관계로 인해 한강이 무흘행을 단행했던 것으로 보인다. 위 인용문의 '그 깊은 뜻'은 바로 이를 말한 것이다. 한강은 무흘정사에서 다음과 같은 시를 지었다.

내 스스로 궁벽한 산속에 숨어	自竄窮山
세상과 길이 하직하였네	與世長辭
그림자를 지우고 자취도 끊고	滅影絶迹
남은 세월 여기서 보내볼거나	以盡餘年

산봉우리 지는 달 시냇물에 어리는데	峯頭殘月點寒溪
나 홀로 앉아 있노라니 밤기운만 싸늘하네	獨坐無人夜氣凄
벗들을 사양하노니 찾아올 생각 말게	爲謝親朋休理屐
어지러운 구름 쌓인 눈에 오솔길 묻혔나니	亂雲層雪逕全迷

앞의 시는 무흘정사의 벽에 써서 붙인 〈무흘제벽(武屹題壁)〉이다. 우리는 여기서 '멸영(滅影)'과 '절적(絶迹)'을 통해 한강의 강한 고독감을 읽을 수 있다. 그림자를 지우고 자취도 끊고 그는 학문세계로 깊이 침잠해 들어가고자 했다. 사빈시(辭賓詩)로 널리 알려진 뒤의 작품 〈무흘야영(武屹夜詠)〉에도 이 같은 사정이 잘 나타나 있다. 이에 의하면 한강은 싸늘한 밤기운을 홀로 느끼면서 자아를 온전히 회복하고자 했다. 그리하여 친한 벗까지 사양하며 찾아올 생각은 아예 하지 말라고 했다. 우리는 여기서 무흘

정사가 바로 자신의 은거처라는 사실을 강조하는 한강을 만나게 된다. 한강은 청암사에 기거하면서 무흘정사의 공사 감독을 하게 되는데, 이때 이런 일화가 있었다.

선영 곁의 새집이 마을과 가까워 자못 사람들과 수응해야 하는 어려움이 있어 깊은 산 속에서 지내며 여생을 마치고자 하여, 입암(立巖) 상류로 20리 쯤 들어가고 청암(淸庵) 옛 절과 7-8리 쯤 떨어진 곳에 뜻밖에 아름다운 산수가 있어 그곳에 자그마한 초가집을 짓고 있습니다. 공역을 끝내기 전에는 머물러 잘 곳이 없으므로 하는 수 없이 청암에서 왕래하고 있습니다. 그런데 우연히 어느날 말이 놀라 가파른 산길에서 떨어지는 바람에 몸이 몇 번이나 굴러 매우 심하게 다쳤습니다. 그런 지가 지금 석 달이 되었으나 기거가 아직도 불편하고 어혈(瘀血)이 허리와 배 사이에 뭉쳐 밤낮으로 아프니 그 괴로움이 어떠하겠습니까?

이 글은 대암(大庵) 박성(朴惺, 1549-1606)에게 답하는 편지의 일부이다. 한강은 1603년과 1604년 사이에 여러 채의 집을 짓는다. 한강 북쪽에 숙야재(夙夜齋, 1603년)와 오창정(五蒼亭, 1604년)을, 한강 서쪽에 천상정(川上亭, 1604년)을 지었다. 선영이 한강의 북쪽에 있으니 위에서 말한 새집은 1604년에 지은 오창정임을 알 수 있다. 위의 글에 의하면 많은 사람들과 수응해야 하는 곳을 떠나 수석이 아름다운 무흘에 정사를 짓는데, 공사를 감독하기 위하여 청암사에서 왕래하는 과정에 말에서 떨어져 심하게 다치기도 한다. 우리는 여기서 무흘정사를 짓기 위한 한강의 정성에 대하여 충분히 알게 된다.

그렇다면 무흘동천 어디쯤 무흘정사가 있었을까? 바로 만월담 위였다. 이러한 사정은 1784년(정조 8)에 영재(嶺齋) 김상진(金尙眞, 1705-?)이 그린 〈무흘구곡도(武屹九曲圖)〉 제7곡 〈만월담(滿月潭)〉 그림에 자세하다. 이 그림은 1784년(정조 8)에 무흘정사를 이건하고 그것을 기념하기 위하여 경헌(警軒) 정동박(鄭東璞, 1732-1792)의 요청으로 그린 것이다. 그림을 그릴 당시는 36간의 규모로 여러 채의 부속건물이 있었을 것으로 추정되나, 그림에서는 이를 한 채로 표현하였다. 뒤에서 다시 언급하겠지만, 이 그림은 한강이 처음 잡은 터를 표시하기 위하여 화면 중앙에 주춧돌을 일(一)자 형태로 표시해 두었다. 무흘정사가 만월담에 가까웠으므로 달밤에도 산보할 수 있었는데, 다음 자료는 이러한 사정을 잘 말해준다.

오장(吳長)과 내가 무흘에서 선생을 모시고 잠을 잘 때, 밤이 깊어져 사방이 고요한 가운데 달빛이 대낮처럼 밝았다. 선생은 만월담(滿月潭) 가에서 산보하다가 우리들을 돌아보며, "이것이 곧 천년을 전해온 군자의 마음이다. 유자(儒者)는 이를 마음속으로 이해하지 않으면 안 된다."라고 하셨다. 제생이 그 뜻을 이해하지 못하자, 오장(吳長)에게 감흥시(感興詩)의 "가을달이 차가운 못을 비추네."라는 구를 외우게 하고 감탄하면서 돌아갈 줄을 몰랐다.

백천(白川) 이천봉(李天封, 1567-1634)이 전한 것이다. 이에 의하면 이천봉이 사호(思湖) 오장(吳長, 1565-1617)과 함께 스승 한강을 모시고 달밤에 만월담을 소요하면서 '천년을 전해온 군자의 마음'에 관한 대화를 나누었다고 했다. 달밤에 바로 산보할 수 있는 곳이니 무흘정사와 만월담의 거리가 지근(至近)이었다는 것을 알 수 있다. 스승이 못에 비친 달을 통해 천년을 전해온 군자의 마음을 제시하고, 오장으로 하여금 주자의 감흥시를 읊조리게 했다. 주자의 감흥시는 〈재거감흥20수(齋居感興二十首)〉를 말한다. 한강은 오장으로 하여금 "삼가 생각건대 천년을 이어온 성인의 마음(恭惟千載心), 가을 달빛이 차가운 못을 비추네(秋月照寒水)."라고 한 것을 읊게 하고 감탄하며 돌아가기를 잊었던 것이다.

피지의식과 독서양성에 입각하여 한강은 무흘행을 선택하고 따라서 무흘정사를 지었다. 이 때문에 평소 친분이 두터웠던 사람들의 방문까지 사양하며 소요(逍遙) 독서(讀書)하였고 이를 통해 심성을 기르고자 하였다. 처음에는 초가로 된 3간의 집을 짓고 서운암(棲雲菴)이라 편액하였는데, 여기에 서적을 보관해 두고 인근의 승려를 불러 정사와 함께 관리하게 하였다. 그러나 무흘정사는 홍수로 인해 피해를 입는 등 한강 당대부터 여러 곡절이 있었고, 한강이 세상을 떠난 후에는 이건과 중건을 거듭하며 오늘에 이른다. 그 과정을 정리하면 다음과 같다.

① 1604년(갑진, 선조 37): 만월담 위에 초가 3간의 정사를 건립하고 서운암(棲雲菴)이라 편액하여 서책을 보관함, 주위에 2간으로 된 산천암(山泉庵)도 세움

② 1607년(정미, 선조 40): 홍수로 산천암이 파손되어 승려 인잠(印岑)이 정사의 서쪽에 다시 세움

③ 1633년(계유, 인조 11): 배상룡(裵尙龍) 등 성주 선비들이 중심이 되어, 무흘정사 옛 터의 아래쪽으로 수백 보를 옮겨 무흘정사를 36간의 규모로 확장하고, 남쪽 10보쯤 되는 곳에 장서각 서운암 3동을 세움

④ 1784년(갑진, 정조 8): 무흘정사를 옛터 가까이로 옮겨 세우고 장서각 서운암은 그대로 둠

⑤ 1810년(경오, 순조 10): 장서각을 무흘정사가 있는 곳으로 옮겨 세움

⑥ 1854년(갑인, 철종 5): 화재가 크게 일어나 무흘정사는 소실되었으나 장서각은 다행히 보존됨

⑦ 1862년(임술, 철종 13): 기존의 위치에서 10여 리 위쪽으로 옮

겨 옛날과 거의 같은 규모로 무흘정사를 새로 지음

⑧ 1871년(신미, 고종 8): 사액서원 가운데 1인(人) 1원(院)에 근거하여 전국에서 47개소만 남기고 나머지 서원과 사우는 모두 훼철되었는데, 이때 무흘정사도 훼철됨

⑨ 1922년(임술, 임정 4): 아래쪽으로 내려와 무흘정사 옛터 가까운 곳에 무흘산방 4간과 포사 약간 동을 지음

⑩ 2011년 12월 22일: 무흘산방이 한강무흘강도지(寒岡武屹講道址)라는 명칭으로 경상북도기념물 제168호로 지정됨

이상의 정리에서 보듯이 한강의 무흘정사는 1604년 창건 이래 여러 차례의 곡절을 겪는다. 당초 서운암 3간과 산천암 2간이었던 것이 한강 사후에는 무흘정사 36간과 장서각[서운암] 3동으로 확장되었다. 이후 수해와 화재를 겪으면서 아래쪽과 위쪽으로 이건 혹은 중건하다가, 결국에는 4간의 정사와 조그마한 포사로 오늘에 이르게 되었다. ③에서처럼 아래쪽으로 내려간 것은 넓은 부지를 확보하기 위한 것으로 보이며, ④와 같이 옛터 가까이로 다시 옮긴 것은 수해를 염려하였기 때문일 터이다. 안전성을 더욱 확보하기 위하여 상류로 옮기기도 하였으나, 마침내 규모를 대폭 축소하여 현재의 위치로 옮겨 짓게 된다.

무흘동천은 1710년대 후반과 1780년대 전반에 대대

적인 정비작업이 이루어진다. 즉 한강이 지었던 〈앙화주부자무이구곡시운십수(仰和朱夫子武夷九曲詩韻十首)〉를 한강의 〈무흘구곡시〉라 명명하며 작품과 실경(實景)이 밀착되는 곳을 찾아 각각의 이름을 돌에 새겼다. 1716년 7월의 일이었다. 이는 한강이 주자의 무이구곡을 상상하며 구곡시를 지은 듯하지만, 자신이 정사를 지어 깃들어 살고 있는 무흘의 실경을 작품화한 것으로 보았기 때문이다. 돌에 새긴 것은 사인암(舍人巖)처럼 한강 이전부터 이미 불리어졌던 것도 있고, 와룡암(臥龍巖)처럼 한강이 직접 명명한 것도 있으며, 무학정(舞鶴亭)처럼 당시에 명명한 것도 있었다.

무흘정사의 대대적인 중건사업은 1784년인 갑진년(甲辰年)에 이루어진다. 주자가 무이정사를 지은 것도 갑진년이고, 한강이 무흘정사를 지은 것도 갑진년이기 때문이다. 이에 한강의 후손들은 지애(芝厓) 정위(鄭煒, 1740-1811)처럼 공사를 감독하며 시를 짓거나 무흘정사와 장서각의 상량문을 짓기도 하고, 경헌(警軒) 정동박(鄭東璞, 1732-1792)처럼 10폭의 〈무흘구곡도〉를 그리게 하여

나귀를 타고 다리를 건너는 선비
(〈봉비암도〉 일부)

당시의 역사(役事)를 기념하기도 했다. 그리고 수많은 문인들이 이에 대한 시를 남겨 다시 한강을 추념하였다. 특히 〈무흘구곡도〉에 대해서는 산옹(散翁) 이규수(李奎壽)와 묵헌 이만운이 발문을 써서 기념에 동참하였는데, 그 일부는 다음과 같다.

정광원(鄭光遠) 군은 선생의 후손으로 성정이 담박하고 소연(蕭然)하여 산수의 정취가 있었다. 무흘이 서쪽 지경에 있어 한가로운 때가 있으면 가서 노닐었다. 무릇 산이 물과 함께 고리처럼 돌아 100리 주위를 오르내림에 선생이 남긴 유적과 여운 아닌 것이 없었다. 광원 군이 선조를 추모하면서 감흥을 일으킨 것은 우뚝이 서 있는 산과 조화롭게 흐르는 물에 있을 뿐만이 아니었다. 대개 봉우리 서른여섯과 구비 아홉이 만정봉(幔亭峯)과 대왕봉(大王峯)처럼 선명하게 보였다. 절뚝거리는 나귀로 나막신을 끌며 구경하는 여가에 유명한 화공을 시켜 무흘구곡(武屹九曲)을 그리게 하여 굽이를 따라가며 시 한 수를 짓고 작은 화첩을 만들어 무이구곡도(武夷九曲圖)와 짝을 이루게 했다. 아! 광원 군은 선조를 높이고 현인을 공경하는 정성과 산수로 인지(仁智)를 즐기는 이 두 가지의 아름다움을 다하였다고 하겠다.

선생은 일찍이 『무이지(武夷志)』를 증보하여 지으시고 또 구곡시에 화답하셨는데 그 뜻이 미묘하다. 후인들이 이에 무흘구곡(武

김상진의 〈무이구곡도 · 제2곡 옥녀봉〉

屹九曲)이라 이름하고, 바위에 새기고 그림을 그려서 화첩을 만들어 무이(武夷)의 고사를 모방하였다. 무이정사는 순희 갑진년(1184)에 완성되고 무흘정사는 만력 갑진년(1604)에 창건되어 지금 중건하여 새기고 그린 것이 마침 갑진년(1784)이다. 하늘이 두 현인을 내면서 지명이 이미 같고 전후로 경영한 해가 또한 같으니 우연이 아니다.

앞의 글은 이규수가 쓴 〈서정경헌무흘구곡첩후(書鄭警軒武屹九曲帖後)〉의 일부이고, 뒤의 글은 이만운이 쓴 〈무흘구곡도발(武屹九曲圖跋)〉의 일부이다. 이 둘은 주자와 한강을 여러 측면에서 동일시하였다. 성주의 고호인 신안(新安)과 무이(武夷)[屹]라는 지명, 갑진년이라는 무이정사와 무흘정사의 건립 연차는 물론이고, 구곡시를 지은 것도 동일하다고 했다. 뒤의 글에서 보듯이 무흘정사는 1784년(갑진, 정조 8)에 이건하였으며, 그 보다 앞서 무흘구곡에 대한 이름을 바위에 새기기도 했다. 그리고 그림을 그린 사람은 현전하는 〈무흘구곡도〉에서 밝히고 있는 것처럼 영재 김상진이고, 그림을 의뢰한 사람은 앞의 글에서 보듯이 광원(光遠), 즉 경헌 정동박이었다. 앞의 글에서 보듯이 당시 김상진은 〈무이구곡도〉도 함께 그렸는데, 이 그림은 현재 국립중앙박물관에 소장되어 있다.

나는 무이정사와 무흘정사가 건립된 갑진년을 주목한다. 여기에 근거하여 무흘정사는 갑진년에 중건되기 때문이다. 이렇게 보면 내가 특별히 무흘구곡에 관심을 갖고 무흘정사를 주목하는 것은 우연이 아닌 듯하다. 나 또한 갑진년에 태어났기 때문이다. '진(辰)'은 용이다. 이와 특별한 연관성이 있는 것은 아니지만 무흘구곡에도 용이 많다. 흰비늘로 굽이치며 물결을 이루는 구곡 자체가 백룡(白龍)의 형상이기도 하지만, 제8곡의 와룡암(臥龍巖)이 그러하고, 용추(龍湫)가 또한 그러하다. 용은 우리에게 신령한 동물로 인식되어 오는 것처럼, 용이 산다고 믿어왔던 무흘동천 역시 그 신령스러움으로 영원할 것이다.

7. 노곡정사와 사양정사

1612년(광해 4)은 한강이 70세 되던 해이다. 이 해 1월

가실성당

에 한강은 팔거현(八莒縣) 노곡(蘆谷)으로 거처를 옮겼다. 팔거현은 지금의 칠곡군에 해당하며, 노곡은 왜관읍 낙산1리로, 서당이 세워진 곳은 지금의 가실성당 자리였을 것으로 추정된다. 칠곡의 낙산리는 원래 가실과 배태 등 두 마을이 있었다. 이 가운데 '가실'은 노곡의 순 우리말인 '갈실'에서 'ㄹ'이 탈락한 것이다. 옛날 낙동강 변에 큰 습지가 발달되어 갈대가 많았기 때문이다. 『한강연보』에 의하면 "선생이 평소에 선영 밑에서 떠나지 않다가 선영이 정인홍이 사는 곳과 가깝다는 이유로 마침내 단안을 내려 팔거현으로 옮겨 잡았다."라고 기록해두고 있다.

한강이 노곡으로 거처를 옮기는 데는 문도들의 노력에 힘입은 바 컸다. 상촌(象村) 신흠(申欽, 1566-1628)이 한강의 신도비에서 "노곡(蘆谷)과 사양(泗陽) 등지에 거처할 곳을 정하기도 하였다. 문인들 가운데 선생을 흠모하는 자들이 선생을 위해 정사(精舍)를 지어놓고 맞아들이는 등 소강절(邵康節)의 행와(行窩)와 같은 풍치가 있었다."라고 한 것은 이 때문이었다. '행와'는 송나라 소옹(邵雍)을 사모하는 사람들이 소옹의 안락와(安樂窩)와 똑같은 모양의 집을 지어 놓고, 그가 수레를 타고 찾아와 주기를 기다렸는데, 그 집을 '행와'라고 하였다는 고사에서 유래한다. 노곡정사의 건립과 관련하여 다음 기록을 주목할 필요가 있다.

늘그막에 머물러 살 만한 곳이 마땅치 않아 잠시 노곡(蘆谷) 기슭에 머물러 있을까 합니다. 그곳이 비록 형의 집과 약간 가까운 것이 다행이기는 하지만 새집을 짓는 그 고생이 어찌 이처럼 늙고 병든 사람이 감당할 일이겠습니까. 이 때문에 그 일이 이루어질 수 있을지의 여부를 실로 예측할 수가 없습니다. 날씨가 조금 따뜻해지면 병을 무릅쓰고 한번 찾아갈 생각입니다.

임자년(1612, 광해 4) 정월에 선생이 노곡(蘆谷)으로 거처를 옮겨 장차 정사를 지을 예정으로 있었다. 이에 배중부(裵仲夫) · 이이직(李以直) · 장덕우(張德優)는 제반 진행을 담당하고 송학무(宋學懋) · 이군현(李君顯) · 이무백(李茂伯) 및 몇몇 사람은 칸을 각기 나누어 맡아 집을 지었다. 강절(康節)이 낙양(洛陽)에 들어갔을 때 낙양 사람들이 그가 살아갈 집을 사주기도 하고 새로 지어 주기도 하였는데, 곧 이와 같은 의미일 것이다.

앞의 글은 한강이 대구의 대표적인 제자 서사원(徐思遠, 1550-1615)에게 보낸 편지의 일부인데, 그는 여기서 노곡으로의 이주를 서사원과 상의하고 있다. 뒤의 글은 역시 대구의 제자 손처눌(孫處訥, 1553-1634)이 전한 것이다. 이를 종합해 보면, 한강이 먼저 서사원에게 노곡으로 이주할 뜻을 보였고, 이 일에 대한 실무는 누가 담당했는가 하는 것을 알 수 있다. 즉 이서(李紓) · 장현도(張顯道) · 송원기(宋遠器) · 이언영(李彦英) · 이윤우(李潤雨) 등이 구체적으로 담당했던 것이다.

정사가 건립된 후 한강은 스스로를 노곡노인(蘆谷老人)이라 부르면서 강학을 이어나갔고, 문도들은 자주 스승 한강에게 찾아가 안부를 여쭙고 학문을 강마해 나가는 등 노곡정사는 한강학파의 새로운 구심점이 되었다. 예컨대 이윤우(李潤雨, 1569-1634)가 함경도의 수성찰방(輸城察訪)

으로 부임할 때 노곡정사로 스승 한강을 찾아뵙고 부임 전 이사를 드린 것도 그 일환이었다. 제문에서 "이내 몸 북방 수령 부임에 앞서, 노곡으로 찾아가 하직할 때, 송별의 술자리를 마련하시어, 당부하신 말씀이 간곡하였네."라 한 것에서 이를 확인할 수 있다.

노곡정사에서 한강은 둘째형인 서천군(西川君) 정곤수(鄭崑壽, 1538-1602)의 행장을 쓰거나 〈광사속집서(廣嗣續集序)〉를 쓰기도 하지만 왕성한 집필활동은 현격히 줄어든다. 그것은 다름 아닌 1613년(광해 5)에 일어났던 계축옥사 때문이라 하겠다. 박응서(朴應犀)의 무고로 말미암아 영창대군(永昌大君)이 강화로 유배되고, 국구(國舅) 김제남(金悌男)이 죽임을 당하고, 1618년에는 인목대비(仁穆大妃)마저 서궁에 유폐된다. 이에 한강은 광해군에게 은혜를 온전히 베풀라는 전은론(全恩論)을 주장하면서, 옥사의 부당성에 대하여 강하게 비판하는 차자를 전후 세 차례나 올린다.

한강이 올린 첫 번째 차자는 영창대군과 인목대비가 연루되어 사태가 예측할 수 없게 되었을 때, 두 번째 차자는 김제남이 죽고 대군이 여염집에 안치되는가 하면 대비가 서궁에 유폐되었다는 소식을 들었을 때, 세 번째 차자는 두 번째 상소가 조정에 들어가지 않았다는 소식을 듣고 같은 내용으로 올리며 그 이유를 간단히 썼을 때이다. 두 번째 상소가 올라갔을 때, 한강의 아들 장(樟,

1569-1614)이 서울에 있으면서 화가 장차 아버지에게 미칠 것을 두려워하여 상달하지 않았다. 손처눌은 첫 번째 차자와 관련하여 다음과 같은 말을 전했다.

일찍이 노곡(蘆谷)으로 가서 선생을 뵈었는데, 먼 걸음을 한 뒤인데도 지친 기색이 전혀 없었다. 밤이 되어 등불을 밝히고 상소문 초고를 꺼내 보이셨는데, 읽어 보니 말씀이 엄중하고 의리가 치밀하여 광명정대한 힘이 글 전체에 넘쳤다. 충성(忠誠)과 의열(義烈)이 사람을 감동시키기에 충분할 뿐만 아니라 문장의 사명(司命)이라 할 만하였다.

손처눌이 여기서 '먼 걸음'이라 한 것은 한강이 서울로 갔다가 영동(永同)에서 돌아온 것을 말한다. 당시 한강은 사태의 심각성을 깨닫고, 조정에 직접 나아가 선처를 호소할 생각으로 상소문을 써서 영동까지 올라갔다. 그러나 병이 들어 더 이상 나아갈 수가 없어 부득이 차자를 봉해 올리고 돌아왔기 때문이다. 한강은 자신이 쓴 초고를 마침 노곡정사에 온 손처눌에게 보여주었는데, 손처눌은 여기서 상소문에 광명정대(光明正大)한 힘이 넘쳐나고 충성과 의열이 사람을 감동시키는 것을 보고, '문장의 사명(司命)'이라 극찬하였다. 손처눌은 이 상소문에서 천하의 명문을 본 것이었다.

1614년(광해 6)은 한강이 72세 되던 해이다. 이 해 1월에 하인의 실수로 노곡정사(蘆谷精舍)에 큰 불이 나고 말았다. 이때 한강은 "하늘이 나를 버린다."며 탄식하였고, 『한강연보』에서는 "선생이 저술한 많은 서적이 전부 잿더미가 되었고 몇몇 책만 다행히 화를 면했을 뿐이다."라고 하였고, 동호 이서는 이에 대해 "노곡에 산 지 몇 해 뒤에 화재를 당하여 가옥과 서책이 모두 재가 되어 버렸는데, 선생이 저술한 문자와 편지 등이 남김없이 다 사라졌다."라며 안타까워 하였다.

노곡에 화재가 나 더 이상 살 수 없으므로 한강은 노곡 동쪽 수십 리 지점에 있는 사빈(泗濱)으로 옮겨 이름을 사수(泗水)라 하였다. 『칠곡지(漆谷誌)』에 의하면 "사수는 칠곡부 서남쪽 18리에 위치하고 있다. 금호강 하류가 돌아 흘러 모가연(慕可淵)이 되고 모가연 바위 가에 조어대(釣魚臺)와 관어대(觀魚臺)가 있어 한강 정구가 노닐며 완상하던 곳이다."라고 적고 있다. 이곳은 평야가 널리 펼쳐져 있고 여러 산들이 사방을 둘러 에워쌌으며 금호(琴湖) 일대가 눈앞에 가로 놓여 있는 곳이었다. 한강은 '사수'라는 이름을 특별히 사랑하여 마침내 늙은 뒤 물러나 은거할 장소로 정하였던 것이다. 동호 이서는 당시의 상황에 대하여 다음과 같이 서술하였다.

갑인년(1614, 광해 6) 화재를 당한 뒤로 선생은 문도 몇 사람을 거느리고 여러 곳을 두루 유람하였다. 그러다가 금호(琴湖) 가 사수(泗水) 마을에 이르러서는 "이곳이 자리 잡고 살 만하다." 라고 하고, 다시는 노곡(蘆谷)으로 돌아가지 않고 그곳에 두어 칸 집을 짓고 살았다. 낙재(樂齋) 서사원(徐思遠)공은 그 즉시 그의 문도를 거느리고 선생의 문 밖에 서실을 세우고는 수시로 와서 강학하고 돌아가곤 하였다.

노곡정사 화재 이후 문도들과 사수에 터를 찾는 과정이 잘 나타나 있다. 불이 난 1614년을 전후하여 그에게는 여러 불행이 닥쳐왔다. 이해 10월에는 아들 장(樟)이 세상을 떴고, 이듬해 1615년(광해 7) 가을에는 박이립(朴而立)이 상소하여 한강을 무함(誣陷)하였기 때문이다. 내암(來菴) 정인홍(鄭仁弘, 1535-1623)의 제자인 박이립이 감사에게 한강이 자신을 해치려 할 뿐만 아니라 그의 전은설(全恩說)은 군주를 무시한 데까지 이르렀다는 주장을 폈다. 이것은 한강을 역모와 은근히 접목시켜 군주를 자극하고 향권을 장악하려는 기도였다고 할 것이다.

불행은 지속되어 1615년(광해 7) 5월에는 중풍으로 오른 쪽이 마비되고 말았다. 이에 대한 치료를 위하여 이후 영주의 초정(椒井), 동래의 온천, 울산의 초정(椒井)에 가서 목욕을 하기도 한다. 이 와중에도 한강은 학문을 위한 노력을 그치지 않았다. 특히 화재로 그동안 저술한 것이 많이 없어졌으니, 불에 타다 남은 것을 수습하여 정리하는 것이 커다란 과제였다. 당시 그는 예설에 특별한 관심을 기울이는데, 사수로 거처를 옮긴 다음에 바로 착수한 것이 『오선생예설』과 『예기상례분류(禮記喪禮分類)』의 새로운 찬집이었다. 이밖에 1617년 10월에 학봉(鶴峯) 김성일(金誠一, 1538-1593)의 행장을 짓기도 했다.

사수동 한강고택(1980년대초), 추모계에서 건립

사양정사가 완성된 것은 1617년(광해 9)이다. 사수로 옮긴 지 3년만이었다. 사양정사는 세 칸으로 되어 있었는데, 서쪽 두 칸은 서재로 지경재(持敬齋)와 명의재(明義齋)라 하였고, 동쪽 한 칸은 대청으로 경회당(景晦堂)이라 하였다. 그리고 남쪽 행랑채는 누각으로 망로헌(忘老軒)이라 하였는데, 이를 합쳐 사양정사라 하였다. 또 마을 남쪽에 못 두 개를 팠는데, 군자담(君子潭)과 어영담(魚泳潭)이었다. 군자담은 주돈이(周惇頤)의 〈애련설(愛蓮說)〉에서 취했고, 어영담은 한유(韓愈)의 "물고기가 냇물에서 헤엄을 친다[川泳]."라는 말에서 취하였다. 못 위 바위틈에는 대(臺)

하나를 쌓고 포금대(抱琴臺)라 이름하였다. "거문고 홀로 안고 옥계를 지나가서(獨抱瑤琴過玉溪)"라는 주자의 시에서 취한 것이다. 사양정사에 터를 닦으면서 한강은 사수(泗水) 주산(主山)의 신령께 제문을 지어 올리기도 하고, 가묘를 봉안하면서 고유하기도 했다. 다음은 당시에 지은 제문과 고유문이다.

삼가 고하나이다. 구(逑)는 일찍이 노곡(蘆谷) 남산촌(南山村)에 살 때 겨우 두 해를 넘기고 뜻밖에 화재를 만나 서적이며 가재도구들이 모조리 잿더미가 되어 버렸습니다. 너무나 비참한 나머지 차마 그 자리에 계속 머물러 있을 수 없었기 때문에 지금 본 산의 기슭에 와서 새로 터를 잡아 사당을 세우고 살림집을 지어 노년을 마칠 계획을 하였습니다. 신령께서는 보호하고 도우시어 저로 하여금 편안하게 생업을 영위하게 해 주신다면 아마도 큰 허물없이 평생의 뜻을 온전히 이룰 것이라 생각합니다. 이에 술과 과일로 신령께 호소하오니 굽어 살피시고 흠향하소서. 삼가 고하나이다.

노곡(蘆谷)에 자리 잡고 살아온 지 겨우 두 해가 지났는데 뜻밖에 화재를 만나 그 정상이 참혹하기 그지없는 데다 우물이 마르고 가을바람이 차가워 그 자리에 계속 살기가 불안하였습니다. 그래서 집을 옮길 것을 꾀하여 사수(泗水) 북쪽에 자리를 잡아 초가집이 이미 완성되고 초가로 된 사당도 이루어졌습니다. 이에 신주를 받들어 감히 그곳으로 옮겨 봉안할까 합니다. 삼가 술과 과일을 갖추어 그 사유를 고하는 의식을 행합니다. 삼가 고하나이다.

한강은 노곡에 화재가 나서 옮기지 않을 수 없었던 사실을 고하고, 신령께서 보우해 주실 것을 바라는 제문을 올렸다. 첫 번째 글이 그것이다. 또한 초가로 사당을 세우고 옮겨 봉안하는 것에 대한 사유를 선조께 고하기도 했다. 두 번째 글이 그것이다. 사양정사로 옮긴 다음 한강은 스스로의 호를 사양병수(泗陽病叟)라 하였는데, 사양에 사는 병든 늙은이라는 의미이니 자신의 처지를 이 이름에 함축시켰다고 하겠다.

한강이 사양정사를 짓고 당호를 정할 때는 그가 소년 시절에 읽었던 주자의 〈명당실기(名堂室記)〉에 근거하였다. 〈명당실기〉는 주자가 41세 때 건양(建陽)의 운곡(雲谷)에 회당(晦堂)과 그 곁에 경재(敬齋)와 의재(義齋)라는 두 협실(夾室)을 짓고 이와 같은 이름을 붙이게 된 사유를 적은 글이다. 한강은 이 글의 주요 내용을 병풍으로 만든 후 그 뒤에 〈서경회당병후(書景晦堂屛後)〉를 썼다. 사양정사가 세워지기 10년 전인 1607년(선조 40)의 일이다. 구체적인 글은 다음과 같다.

나는 소년 시절에 주 부자(朱夫子)의 〈명당실기(名堂室記)〉를 읽고 경(敬)과 의(義) 두 자가 학문을 하는 데에 중요한 방도가 된다는 것을 알고 내심 기뻐하였다. 그리하여 나도 역시 그에 따라 당(堂)을 '경회(景晦)'라고 이름하고 '지경(持敬)'과 '명의(明義)'의 칭호를 두 협실(夾室)에 내걸어야겠다고 생각하였다. 그리고 아울러 〈명당실기〉에서 논한 『대학(大學)』, 『중용(中庸)』, 〈태극도설(太極圖說)〉 등에 관한 말을 병풍에 나열해 놓고 본다면 그 의미를 깊이 이해하고 받들어 따름으로써 어디로 나아가야 할지 몰라 헤매지 않을 수 있겠다는 생각이 들었다. 그래서 감히 이 선생에게 그 뜻을 여쭙고 글씨를 써 달라고 청하였더니, 선생께서 안 된다고는 하지 않으셨으나 글자를 배열하는 간격을 적절히 조절하기가 어려워 글씨를 쓰지 못하셨다.

그 후 어느덧 50년이 흘렀다. 이제는 나이가 많아 몸은 쇠약하고 학문은 얻은 것이 없으니, 쓸쓸하고 초라한 모습으로 비감에 젖어 한탄하는 신세를 어찌 면할 수 있겠는가. 하지만 지난날의 그 염원을 일찍이 잊은 적이 없었다. 이에 옛 뜻을 실현하여 병풍을 만들어 좌우에 펴 두고 아침저녁으로 마주 대함으로써 젊었을 적에 이루지 못한 공부를 늘그막에나마 성취하자는 계획을 세웠다. 그런데 내가 죽기 전에 과연 그 힘을 실제로 다 들여 결국 지금의 뜻을 크게 저버리지 않게 될지 모르겠다. 아, 성인께서도 경의(敬義)의 도를 깨친 나이가 87세였다. 그런데 더구나 평범한 사람으로서 아직 7, 8십세도 안 된 자가 어찌 감히 게으름을 피울 수 있겠는가.

위의 글을 통해 우리는 한강의 사상이 어린 시절부터 경의(敬義)로 집약되었음을 알 수 있다. 그가 15세에 지은 〈취생몽사탄(醉生夢死嘆)〉에서도 보이듯이 "천군(天君)의 바른 이치 밝게 밝혀 되찾은 뒤(天君正理要明誠), 동과 정 사이에서 경의(敬義)를 함께 지켜야 한다(敬義夾持動靜間)."라고 하였듯이, '경의'는 한강이 소년 시절부터 간직하였던 매우 중요한 문제의식이었다. 위의 글에서는 주자의 〈명당실기〉를 통해 생활 속에서 경의를 실천하는 것을 보고, 그 역시 집을 지어 당호를 주자의 '회당(晦堂)', '경재(敬齋)', '의재(義齋)'에 의거하여 '경회당(景晦堂)', '지경재(持敬齋)', '명의재(明義齋)'라 하고자 했다. 이를 만년에서야 실천하게 되었던 것이다.

한강은 사양정사 건립 이후에도 여전히 학문에 열중하였다. 『오복연혁도(五服沿革圖)』 만들기, 일두(一蠹) 정여창(鄭汝昌)의 실기(實記) 쓰기, 하락도(河洛圖)와 태극도(太極圖)를 그린 병풍 만들기 등이 그 대표적이다. 또한 미처 마무리를 짓지는 못했지만 동강(東岡) 김우옹(金宇顒)의 행장을 쓰기도 했다. 그러나 1620년(광해 12) 1월 그에게도 운명의 날이 오고야 말았다. 1월 1일 병세가 위독해지고, 2일에는 병문안을 오는 사람을 들이지 않았으며, 5일 아침에는 그 자신의 죽음을 직감하기에 이른다. 제자 최항경은 1620년 1월 1일과 5일 아침을 다음과 같이 기억했다.

경신년(1620, 광해 12) 정월 1일에 병세가 위급해졌다. 5일 아침에 『가례회통(家禮會通)』을 펼쳐 읽으면서 이 책을 완벽하게 잘 등사하지 못한 것을 한스러워하셨다. 그리고 『예설』을 교정할 당시 참여한 사람의 이름을 써서 벽에 붙여 둔 종이가 약간 기울어진 것을 보고 시자(侍者)에게 명하여 정돈하여 다시 붙이게 하셨다. 유시(酉時)에 이르러 선생은 "돗자리가 바르지 않다."는 말을 세 번 연이어 말하셨으나, 기운이 약하고 말이 똑똑하지 않아 손으로 돗자리를 가리킨 뒤에야 곁에 있는 사람이 비로소 그 뜻을 알고는 선생을 부축해 일으키고 바르게 해드렸다. 조금 뒤에 운명하셨다.

사양정사 지경재(持敬齋)에서 일어난 일이다. 한강은 세상을 떠나는 아침에도 『가례회통』을 열람하였고, 자리가 바르지 않다며 세 번을 거듭 말하고 자리를 바르게 해드리자 마침내 운명하였다. 이에 대하여 이천봉은 "예를 좋아한 그 정성은 이처럼 죽는 순간에 이르러서도 더욱 독실하였던 것이다."라고 하거나, "기미년(1619, 광해 11) 가을에 가야산 제일 높은 봉우리의 모서리가 무너졌고 경신년(1620) 초하루에는 사수(泗水) 가의 나무에 상고대가 끼었다. 현인이 세상을 떠날 때는 사실 이변이 있기 마련이다."라고 하면서 큰 스승의 떠나심에 대하여 슬퍼해 마지 않았다.

한강이 지경재에서 세상을 떠나자 문인들이 『의례』

에 따라 초상을 치르는데, 명의재에 빈소(殯所)를 마련하였다. 2월 30일 사손(嗣孫) 유희(惟熙)가 널을 받들어 창평산(蒼坪山) 밑에 이르러 모암(慕庵)을 임시 빈소로 삼았다. 이곳은 한강이 67세에 선영 밑에 지은 재실이었다. 그리고 4월 2일에 부인의 무덤에 합장하였다. 광해군은 예조좌랑 이유일(李惟一)을 보내 제문을 지어 사제(賜祭)하였고, 사양정사가 있던 옛터에는 1651년(효종 2) 11월에 사양서원(泗陽書院)을 세워 한강을 제향하면서 석담 이윤우를 배향하였다.

사양서당(1970년대)

사양서원은 1694년(숙종 20)에 칠곡군 지천면 신리로 옮긴다. 그리고 별사를 지어 송암(松巖) 이원경(李遠慶)도 모신다. 건립 당시에는 묘우(廟宇)를 비롯하여 강당(講堂), 폄우재(貶遇齋), 정완재(訂頑齋), 봉하문(鳳下門), 양현청(養賢廳), 주고(廚庫) 등이 있었다. 그러나 1864년(고종 1) 대원군의 서원 철폐령이 내려왔을 때 대부분의 건물이 헐리고 지금처럼 강당인 경회당(景晦堂)과 솟을대문만 남게 된다. 이름도 사양서당(泗陽書堂)으로 고쳤다. 경회당은 경상북

사양정사(한강공원 내)

도 문화재자료 제117호로 지정되어 있으며, 정면이 5칸 측면이 2칸으로 맞배지붕이다. 이에 대하여 경재(景齋) 우성규(禹成圭, 1830-1905)는 〈운림구곡(雲林九曲)〉에서 이렇게 노래했다. 원제는 〈용무이도가운부운림구곡(用武夷棹歌韻賦雲林九曲)〉이다.

구곡이라 서림이 깊고도 맑나니	九曲書林藹藹然
봄 오자 꽃과 버들이 앞 시내에 가득하네	春來花柳滿前川
한강과 석담이 향기를 남긴 땅	岡翁潭老遺芬地
하나의 이치로 밝고 밝아 고요 속의 천리라네	一理昭昭靜裏天

우성규는 대구의 화원에서 낙동강을 거슬러 올라오며 구곡시를 지었는데, 제9곡이 바로 칠곡군 지천면의 〈사양서당〉이다. 여기서 그는 한강과 그의 제자 이윤우를 떠 올리며 이들의 덕을 기리고 있다. 나아가 운주(雲洲) 이

원석(李元奭, 1859-1906)은 이에 대한 차운시를 지었는데, 〈운림구곡차무이도가운(雲林九曲次武夷櫂歌韻)〉이 그것이다. 이보다 앞서 작가의 이설이 있기는 하지만 서호(西湖) 도석규(都錫珪, 1773-1837)는 〈서호병십곡(西湖屛十曲)〉을 지었는데, 제10곡이 바로 〈사수빈(泗水濱)〉이다. 여기서 그는 "열째 구비 사수가에 배를 대니(十曲維舟泗水濱), 크고 넓은 우리 도가 만년토록 새롭도다(汪洋吾道萬年新)."라고 하면서 한강의 덕을 높혔다. 이처럼 한강은 후대인에게 끊임없는 기림의 표상처럼 되었던 것이다.

대구의 사양정사에 있었던 경회당, 지경재, 명의재 등의 이름은 성주의 회연서원이 복원되면서 강당과 동서재의 이름으로 대신 사용되었고, 한강이 만년을 살았던 사양정사는 현재 금호택지개발지구로 지정되어 아파트가 들어섰다. 다행히 한강을 기념하기 위하여 이곳 택지에 일곽을 설정하여 '한강근린공원'을 조성하고, 그 안에 사양정사를 건립하였다. 한강공원에는 한강을 기념하기 위해 전 성균관대 교수 이우성(李佑成) 박사가 지은 유허비와 함께 한강의 시비를 세웠다. 원래의 사양정사와 비교해 볼 때 많은 변형이 일어나기는 하였으나, 한강을 기념할 수 있는 공간이 마련되었다는 측면에서 여간 다행한 일이 아닐 수 없다.

8. 여타의 기림 공간들

1620년 1월 5일, 한강은 대구의 사양정사(泗陽精舍) 지경재(持敬齋)에서 세상을 떠난다. 2월 10일에 사손(嗣孫) 유희(惟熙)가 할아버지 한강의 널을 받들어 창평산으로 모시고 가서 모암(慕庵)에 빈소를 차렸다. 4월 2일에 할머니의 묘소에 합장하였는데, 이때 도내는 물론이고 경기(京畿), 관동(關東), 호서(湖西)로부터 와서 장례에 참여한 선비들이 460여인이나 되었고 한다. 이어 8월에 광해군이 예조 좌랑 이유일(李惟一)을 보내 한강을 사제(賜祭)하고, 학령서원, 연경서원, 회연서원 등 다양한 서원에 한강의 위판을 봉안한다. 여기서 한강 사후의 주요 연보를 약간만 만들어 보자.

① 1623년(계해, 인조 1): 6월에 자헌대부이조판서겸지의금부사(資憲大夫 吏曹判書 兼 知義禁府事)에 증직 됨

② 1625년(을축, 인조 3): 9월에 '문목(文穆, 勤學好問曰文 抱德執義曰穆)'이라는 시호를 받음

③ 1627년(정묘, 인조 5): 9월에 회연서원이 완성되어 위판을 봉안함

④ 1633년(계유, 인조 11): 4월에 창평산(蒼坪山) 아래에 신도비(神道碑)를 세움

⑤ 1636년(병자, 인조 14): 최현(崔晛)의 발문(跋文)으로 문집을 초간함

⑥ 1657년(정유, 효종 8): 10월에 대광보국숭록대부영의정(大匡輔國崇祿大夫 領議政)에 증직됨

⑦ 1663년(계묘, 현종 4): 3월에 성주(星州) 인현산(印懸山)으로 이장함

⑧ 1668년(무신, 현종 9): 2월에 신도비(神道碑)를 회연서원 옆으로 옮겨 세움

⑨ 1678년(무오, 숙종 4): 3월에, '근학호문(勤學好問)'의 문(文)을 '도덕박문(道德博聞)'의 문(文)으로 개시(改諡)하고 사제(賜祭)함

⑩ 1680년(경신, 숙종 6): 허목(許穆)의 서문으로 문집을 중간(重刊)함

⑪ 1690년(경오, 숙종 16): 12월에 임금이 치제(致祭)하고 회연서원에 사액(賜額)함

한강 사후 그를 추모하는 작업은 다양하게 진행되었다. 위는 조정과 창평산 묘소 일대를 중심에 두고 정리한 것이지만, 한강에 대한 추모는 위로는 평안도 성천에서, 아래로는 경상도 함안까지 이어지고 있었다. 그가 제향되고 있는 사우(祠宇)나 서원(書院)은 이를 여실히 보여준다. 그와 밀접한 연고가 있거나 그의 제자들이 주로 활동

하는 곳을 중심으로 이 서원들이 건립되었고, 스승 한강을 중심으로 문화가 재구성되었다. 우선 역대로 한강이 제향되었거나, 되고 있는 사우나 서원을 조사해보면 다음과 같다.

순번	사우 및 서원	제향인물	봉안연도	소재지
1	생사당 (生祠堂)	정구	1581년경 (선조 14)	경남 창녕군
2	학령서원 (鶴翎書院)	정구, 조호익, 박대덕	1607년 (선조 40)	평남 성천군
3	연경서원 (硏經書院)	이황, 정구, 정경세 (별사: 전경창, 이숙량)	1622년 (광해 14)	대구광역시
4	천곡서원 (川谷書院)	정이, 주희, 김굉필, 이언적, 정구, 장현광	1623년 (인조 1)	경북 성주군
5	회연서원 (檜淵書院)	정구, 이윤우 (별사: 송사이, 이홍기, 이홍량, 이홍우, 이서)	1627년 (인조 5)	경북 성주군
6	회원서원 (檜原書院)	정구, 허목	1634년 (인조 12)	경남 창원시
7	용천서원 (龍泉書院)	정구	1635년 (인조 13)	평남 성천군
8	관산서원 (冠山書院)	정구 (별사: 강흔, 안여경)	1638년 (인조 16)	경남 창녕군
9	도동서원 (道東書院)	주희, 김일손, 정구, 황종해	1649년 (인조 27)	충남 천안시
10	죽림서원 (竹林書院)	주희, 정구	1649년 (인조 27)	충남 목천군
11	사양서원 (泗陽書院)	정구, 이윤우 (별사: 이원경)	1651년 (효종 2)	대구광역시/경북 칠곡군

12	운곡서원 (雲谷書院)	주희, 정구	1661년 (현종 2)	충북 충주시
13	도원서원 (道源書院)	최산두, 임억령, 정구, 안방준	1668년 (현종 9)	전남 화순군
14	도림서원 (道林書院)	정구, 이정, 이칭, 박제인	1672년 (현종 13)	경남 함안군
15	삼양서원 (三陽書院)	정구	1677년 (숙종 3)	충남 옥천군
16	도동서원 (道東書院)	김굉필, 정구 (별사: 곽승화, 원개, 배신, 곽율)	1678년 (숙종 4)	대구광역시
17	경덕사 (景德祠)	정구	1683년 (숙종 9)	강원 통천군
18	도연서원 (道淵書院)	정구, 허목, 채제공	1693년 (숙종 19)	경북 봉화군
19	반구서원 (盤龜書院)	정몽주, 이언적, 정구	1712년 (숙종 38)	울산광역시

창녕현감을 그만둔 1581년(선조 14)경부터, 한강은 생사당에 제향되는 등 다양한 곳에서 기림을 받았다. 그 수는 무려 19곳이나 된다. 그리고 한강을 제향하고 있는 서원은 그 범위의 측면에서 가히 전국적이라 해도 과언이 아니다. 이 가운데는 회연서원, 천곡서원, 연경서원, 도동서원, 도원서원, 학령서원 등과 같이 사액된 서원이 많고, 서원철폐 이후에도 사당(祠堂)이나 서당(書堂)의 형태로 남아 있는 곳도 더러 있었다. 물론 회연서원이나 도동서원, 그리고 반구서원과 회원서원 등 지금도 춘추로 석채

창녕 관산서당

례(釋菜禮)를 모시는 곳이 있으며, 김천시 대덕면에 있는 석곡서당(石谷書堂)의 선비들처럼 '한강선생장구지대(寒岡先生杖屨之臺)' 등의 기념물을 세우고 한강을 기리는 곳도 있다. 이러한 사실을 염두에 두면서 여기서는 한강과 특별한 인연이 있는 지역인 창녕, 함안, 창원을 중심으로 살펴보자.

먼저, 창녕의 경우이다. 창녕은 한강이 처음으로 부임한 곳이라는 측면에서 매우 의미가 있는 지역이다. 때는 1580년(선조 13)으로 당시 한강의 나이 38세였다. 한강은 그해 2월에 창녕현감(昌寧縣監)에 제수되자 상소하여 사양하였으나 '윤허하지 않는다.'는 비답으로 부득이 나아가게 된다. 4월에는 부임에 앞서 선조를 만나게 되는데, 이때 선조는 한강에게 "오래 전에 그대의 이름을 듣고 만나 보지 못해 한스러웠다."라고 하면서, 첫째, 스승 퇴계와 남명에 대하여, 둘째, 읽은 책에 대하여, 셋째, 고을을 다스릴 방도 등에 대하여 질문했다. 첫 번째 질문인 스승 퇴계와 남명에 대하여 한강은 "신은 두 사람의 문장(門墻)에 출입하면서 의심나는 부분을 물어본 일은 있으나 책을 들고 글을 배우지는 못했습니다." 라고 하였다. 선조가 다시 이들의 학문적 요체를 묻자 한강은 다음과 같이 대답했다.

이황은 덕량(德量)이 혼후(渾厚)하고 실천이 독실하며 공부가 매우 숙련되어 그 단계가 분명하므로 배우는 자가 그 길을 쉽게 찾아 들어갈 수 있는 반면, 조식은 기량(器量)이 엄정하고 재기(才氣)가 호탕하며 초연히 스스로 도를 깨달아 우뚝 서서 혼자 나아가므로 배우는 자가 그 요체를 파악하기 어렵습니다.

한강의 이 발언은 오늘날에도 퇴계와 남명의 학문적 특징을 이해하는 데 있어 매우 중요한 잣대로 활용된다. 그는 읽은 책에 대해서는 『대학』을 이야기했고, 그 본령

관산서당 현판

은 '근독(謹獨)'에 있다고 했다. 이어 선조가 "그대는 고을에 부임하여 어떻게 백성을 다스릴 것이며, 또 무엇을 먼저 시행할 것인가?"라고 하자 한강은, "신은 본디 재능이 모자라고 학문이 얕아 맡은 소임을 감당하지 못할까 두려울 뿐입니다. 다만 옛사람의 말에 '어린아이를 보살피듯 하라.'라는 말이 있습니다. 신이 비록 어리석지만 이 말을 실천하도록 노력하겠으며 먼저 학교의 교육을 진흥시키겠습니다." 라고 하였다.

한강이 창녕현감에 부임한 것은 윤 4월이었다. 이 고을에 와서 한강이 가장 먼저 생각한 것은 홍학(興學)이었다. 선조에게 한 말을 실천으로 옮긴 것이다. 이 때문에 옛날 가숙(家塾)의 제도를 본떠 사방 각지에 서재(書齋)를 설치하고 많은 선비를 양성하였다. 이른 바 창녕 팔서재(八書齋)가 그것이다. 구체적으로는 옥천정(玉泉亭), 술정(述亭), 관산정(冠山亭), 백암정(白巖亭), 물계정(勿溪亭), 부용정(芙蓉亭), 팔락정(八樂亭), 만진정(蔓津亭) 등이다. 이들 서재를 설립한 후 운영은 이 지역의 유력 가문에게 맡겼다. 이 가운데 관산정은 관산서원으로 발전하였고, 부용정은 현재 복원되어 전해진다. 그리고 술정은 '술정리'라는 서재 이름이 지명으로 남아 있다가 2013년 2월에 유허에 정자를 건립하고 '술정(述亭)'이라는 현판을 걸었다. 한강은 당시 이런 시를 지었다.

창녕 '팔락정'

관아와 산림 일 그 어찌 같을 수 있나	官府山林事豈同
장부와 문서 속에서 종일토록 시달리네	勞勞終日簿書中
백성 고통 나을 길 없고 나의 병만 깊어가니	民病未醫身病急
돌아가 북창 아래 눕는 것이 더 낫겠네	何如歸臥北窓風

이 시는 〈창산아각우음(昌山衙閣偶吟)〉으로 창녕 관아에서 우연히 읊은 것이다. 특히 제3구에는 백성에 대한 고통을 그 자신의 병으로 여기는 애민의식이 잘 표현되어 있다. 한강은 창녕에 부임한 후 지방행정을 제대로 하기 위하여 인문지리서인 『창산지(昌山志)』를 편찬하고, 홍

창녕 '부용정'

학을 위해 앞서 말한 팔서재를 세운다. 그리고 풍속을 교화하기 위하여 제생들과 문묘에 참배하며 의리를 강론하였으며, 효자와 열녀의 정문(旌門)을 새롭게 수리하였는가 하면, 향사례(鄕射禮), 향음주례(鄕飮酒禮), 양로례(養老禮) 등을 거행하였다. 창녕은 이로써 문명에 눈 뜨게 되었던 것이다. 이 때문에 고을 사람들은 생사당(生祠堂)을 세워 그의 공덕을 기렸고, 한강이 세상을 떠난 후에는 관산서원(冠山書院)을 세워 제향하였다. 이 서원은 창녕 유일의 사액서원이었다.

지난 2009년 7월 관산서원에 많은 사람들이 모여들었다. 서원을 헐고 신주를 묻으라는 홍선대원군 서원철폐령의 실체가 여기서 처음 드러났기 때문이다. 사액서원 관산서원도 서원훼철령을 피해가지 못했다. 이때 창녕의 선비들은 한강의 위패를 사당터에 묻지 않을 수 없었는데, 당시 묻었던 위패가 발굴된 것이다. 당시 선비들은 마치 옹관처럼 옹기를 맞붙여 세워 그 속에 한강의 위패를 안치하였다. 위패를 묻는 것이지만 장사를 지내는 것처럼 하였던 것이다. 관산서원은 현재 관산서당(경상남도 문화재자료 제335호)이라는 이름으로 전해지며, 정면이 4칸이고 측면이 1.5칸이다.

다음은 함안으로 가보자. 한강이 함안과 인연을 맺은 것은 그가 44세 되던 해인 1586년(선조 19) 8월 함안군수(咸安郡守)에 제수되면서부터이다. 그는 그 해 2월에 경상도 도사(慶尙道都事)에 제수되었으나 부임하지 않고 있었던 터였는데, 8월에는 다시 함안군수에 제수되었던 것이다. 상소로 사양하였으나 사정이 여의치 않자 10월에 부임한다. 그리고 목욕제계하고 함안의 사직단(社稷壇)에서 사직의 신에게 참배하게 되는데, 이때 한강은 "단이 기울고 섬돌은 무너졌으며 문과 담은 부서지고 재계하는 집이나 부엌 등이 다 없어져 구차하고 허술하여 모양이 제대로 이루어지지 못했다."라며 당시의 상황을 기록하였다. 〈함안사직단기〉의 내용이다.

함안군수로 부임한 한강은 창녕현감으로 있을 때와 마찬가지로 최선을 다해서 봉직하였다. 특히 조세에 대한 기준을 바로 잡는데 힘썼다고 한다. 한 번은 이러한 일이 있었다. 이웃 고을의 백성이 자기 고을의 관아에 베를 바쳤는데, 수령이 그 길이가 짧은 것에 화가 나서 태형(笞刑)을 가하려고 하였다. 이에 그 백성이 "제 밭이 함안에도 있는데, 이것은 함안 고을에 바칠 것인데 착오로 뒤바뀌어 가지고 온 것입니다."라고 하니, 수령이 부끄러워하였다는 것이다. 그의 공명정대한 관직생활을 알 수 있는 대목이다.

한강은 함안의 풍속을 교화하기 위하여 많은 힘을 기울였다. 무오사화에 화를 당한 오졸재(迂拙齋) 박한주(朴漢柱, 1459-1504)의 사당을 건립하고 그의 무덤에 제사지내는 일, 후술할 최치원이 노닐던 곳인 창원의 관해정(觀海亭)을 짓는 일, 노예이지만 출천(出天)의 효성을 지녔던 다물(多勿)의 무덤에 제사 지내는 일 등이 모두 그러한 것이었다.

박한주는 점필재 김종직(金宗直)의 제자로 연산군의 실정을 직간하다가 훈구파의 미움을 사 무오사화(戊午士禍) 때 평안도 벽동에 유배되었고, 1504년의 갑자사화(甲子士禍) 때 사사(賜死)된 인물이다. 한강은 그의 사당을 세우고 묘제를 치루어 지역민에게 의리(義理)와 기상을 알게 하였다. 또한 노예 다물의 무덤에 제사하여 그의 효성 역시 기렸는데, 우리는 여기서 한강의 풍속교화에 대한 의지가 신분의 고하를 벗어나 있었다는 것을 알게 된다. 다물에 대한 제문은 이렇다.

너는 노예의 신분으로 학식이 없는데도 불구하고 어버이를 사랑하는 정성이 천성에서 우러나와 손가락을 잘라 약에 타 바침으로써 아비의 병을 낫게 하였다. 너의 그 애처롭고 절박했던 심사는 지금까지도 사람들로 하여금 저절로 매우 감격하여 뭔가 마음속 깊이 느끼게 하는 점이 있게 한다. 조정의 명을 받들고 이 고장에 수령으로 부임하여 너의 남다른 행실을 듣고 고을 선비를 보내 술과 고기 등의 제물을 올리는 바이다. 그리고 장차 묘역을 다듬고 네가 살던 마을에 정문을 세울 예정이다. 네 영혼이 있거든 이처럼 고하는 뜻을 살펴주기 바란다.

어떤 군수가 있어 이처럼 일개 노예의 효성을 알아줄까. 한강은 위와 같은 제문을 써주며 선비를 보내 읽게 하고, 그의 묘역을 다듬을 뿐만 아니라 그가 살던 마을에는 정문을 세울 것이라 했다. 묘역을 다듬을 때 역시 손수 글을 써서, "군수로 부임하여 정무를 수행하던 초기에 즉시 네 무덤에 사람을 보내 제사 지낸 적이 있다. 지금 또 묘역을 다듬고 담을 쌓아 나라에서 효행을 표창하는 뜻을 드러내고자 한다. 작업에 들어가기에 앞서 술과 과일로 먼저 그 사유를 고하니, 부디 흠향하고 크게 놀라지 말기를 바란다."라고 하였다.

한강은 부임하는 곳마다 그 지역의 읍지를 편찬하였는데, 함안에서는 『함주지』를 편찬하였다. 이 읍지는 함안지역 사족(士族)의 도움을 받아 군수로 부임한 한강이

함안 정후청덕비각

편찬한 것으로, 가장 오래된 현존 읍지로서의 의의가 크다. 이 책의 서문에, "나는 불민하지만 이 고을에 수령으로 있는데, 만일 나의 후임이 문헌을 묻는다면 나는 또한 장차 무엇으로 대답을 할 수 있을 것인가?"라고 하면서 읍지 편찬의 이유를 밝히고 있다. 고을을 제대로 다스리기 위해서는 그 고을과 관련한 문헌이 구비되어야 하는데, 한강은 이를 깊이 자각하고 읍지 편찬에 진력하였던 것이다.

한강의 함안 고을살이는 지역민에게 감동을 주기에 충분하였다. 이 때문에 함안 지역에 전하는 놀이나 지명 가운데 한강과 관련된 것들이 더러 있다. 예컨대, 매년 4월 초8일에 열리는 이수정 낙화놀이는 한강이 군수로 부임하여 군민의 안녕을 기원하는 뜻에서 시작했다고 하고, 남쪽은 높고 북쪽이 낮은 함안의 지형을 생각하며 한강이 함안의 진산을 여항산(艅航山)이라 명명했다는 등의 이야기가 그것이다. 이것은 사실 여부를 떠나서 함안 군민들이 한강을 어떻게 생각하고 있는가 하는 부분이 드러나 중요하다.

한강은 그의 나이 46세인 1588년(선조 21)에 이 고을을 떠나게 되는데, 당시 함안의 백성들은 청덕비(淸德碑)를 건립하였다. 이 비는 처음 함안의 태평루(太平樓)와 서로 마주보는 곳에 세웠는데, 비각이 허물어져 태평루의 북쪽으로 옮겼다가 다시 향교 앞의 현재 자리로 옮긴 것이다. 비각 전면에는 「청덕비각수선기(淸德碑閣修繕記)」와 「한강선생비각이건기(寒岡先生碑閣移建記)」 등이 게판되어 있다. 청덕비의 내용은 이렇다.

정후청덕비

후(侯)는 이름이 구(逑)이고 자가 도가(道可)이며, 서원(西原)의 명망 있는 가문이다. 학행(學行)으로 발탁되어 창녕 현감(昌寧縣監)에 제수되었다가 얼마 뒤에 자리를 옮겨 사헌부 지평이 되었다. 벼슬길에 나아갔다 물러났다 하였는데 조정에 들어가 있는 날이 비교적 얼마 되지 않았다. 다섯 번에 걸쳐 벼슬을 역임하고 이 고

읍의 수령이 되었다. 때는 만력 병술년(1586, 선조 19) 겨울 10월이었고 3년이 지난 무자년(1588) 가을에 수령직을 그만두고 고향으로 돌아갔다. 후(侯)의 정사는 효제(孝悌)를 독실히 하고 절의를 장려하며 유학(儒學)을 숭상하고 제사를 중히 여기는 것을 우선으로 하였는데, 상벌이 엄격하고 분명하며 몸가짐이 청렴하고 신중하여 아전들은 두려워하고 백성들은 화합을 이루었다. 고향으로 돌아갈 적에는 외로운 배가 가볍게 흔들거렸던 옛사람도 그보다 더 홀가분할 수 없을 정도였다. 아, 산천과 귀신도 못내 그리워할 터인데 더구나 사람이겠는가. 이에 고을 사람들이 가신 이를 사모하는 마음이 일어나 남기신 은택을 칭송하는 뜻을 비석에 새겨 잊지 못해하는 의미를 부치는 바이다. 다음과 같이 칭송한다.

후(侯) 오심 어이 저리 더디셨으며	侯來何遲
후 가심 어이 이리 이르단 말가	侯去何疾
가뭄 끝 구름 일어 단비 뿌리고	沛雲甘雨
맑고 밝은 정사는 얼음이요 달빛	淸氷皓月
끼치신 은택 받은 고을 백성들	民受其賜
가슴속 길이길이 간직하리라	永懷無射

고을의 사람들은 한강이 함안에서 한 일로, 효제를 독실하게 한 일, 절의를 장려한 일, 유학을 숭상한 일, 제사를 중히 여긴 일, 상벌을 엄격하고 분명하게 한 일, 몸

창원 관해정

가짐을 청렴 신중하게 한 일 등을 들어 한강의 치적을 열거하였다. 이 때문에 고을의 아전들은 두려워하였고, 백성들은 화합하였다고 하면서 한강을 청덕(淸德)으로 기렸다. 이러한 종류의 비가 으레 그렇듯이 여기에 다소의 과장이 있다 하더라도, 오늘날 함안 사람들이 갖고 있는 한강관(寒岡觀)을 생각하면, 충분히 이유가 있는 것이라 하겠다.

마지막으로 창원을 보자. 한강이 창원에 관심을 둔 것은 앞서 잠시 언급한 최치원(崔致遠, 857-?)의 유적지에 관해정(觀海亭)을 세울 구상을 하면서 부터다. 현재 이 관해정은 경남 창원시 마산합포구 교방동의 무학산 기슭에 위치하며, 경상남도 문화재자료 제2호로 지정되어 있다. 원래 이곳에 회원서원(會原書院)이 있었는데, 서원이 있었던 곳이라 하여 속칭 서원골이라 부른다. 회원서원은 1634년(인조 12) 지역 사림이 건립하여 한강의 위판을 봉안하였는데, 1708년(숙종 34)에는 한강의 제자 미수 허목의 위판도 함께 모셨다.

한강이 함안군수로 재직하고 있던 1587년(선조 20)에 관해정의 터를 이곳으로 정하였다. 물론 최치원이 노닐었던 유지(遺地)를 기념하기 위함이었다. 이에 대하여 『한강연보』에서는, "회원은 바닷가에 있는데 옛날에 최 문창후(崔文昌侯)가 놀았던 곳이다. 선생이 그 경치를 사랑하였고 또 선현의 유적을 경모하여 이곳에 오가며 놀면서 구경하였다. 고을 선비들이 이 때문에 나중에 정사(精舍)를 세웠는데, 선생이 그 이름을 취백당(聚白堂)이라 하였다."라고 적어두고 있다. 여기서 그는 다음과 같은 시와 글을 남긴다.

내 바닷가에 정자 하나 지으려 하네	我欲爲亭近海灣
좌중에 그 누가 채서산이 되겠는가	坐中誰作蔡西山
치자 유자 매화 대 일찌감치 심어두고	梔橘梅筠須早植
비바람이 여섯 해 동안 불지 않게 하소	莫教風雨六年間

내가 지난 정묘년(1567, 명종 22) 겨울에 조 선생(曺先生: 조식) 함장(函丈)을 분성(盆城: 김해)의 산해정(山海亭)에서 모시고 있었는데, 이는 그곳이 산과 바다의 홍취를 겸하고 있고 은거하기에 적합한 점이 마음에 들어서였다. 그 뒤 정해년(1587, 선조 20) 가을에 비로소 이곳을 얻었는데, 또 이곳에 유선(儒仙: 최치원)의 자취가 배어 있는 점이 마음에 들었다. 그 당시 우연히 벗들이 한자리에 모여 이야기를 나누며 술자리가 한창 무르익을 때 이 시를 지었다. 그러자 좌중에 시에서 말한 의미를 살려 자기가 정자를 짓겠다고 말하는 사람이 있었으므로 그가 일을 벌이기를 좋아하는 자라면 즉시 만들 수 있을 것이라고 생각하였다. 그런데 얼마 안 되어 세상일이 복잡해지고 게다가 임진왜란을 만나 16, 7년의 세월이 훌쩍 지나가 버렸다. 계묘년(1603, 선조 36) 겨울에 나는 비로소 벼슬을 그만두고 고향으로 돌아왔고, 그 이듬해에 함주(咸州: 함안)의 사우(士友)들이 힘을 합쳐 조촐한 초당 한 채를 지었는데, 장문재(張文哉)가 때마침 그 곁에 임시로 기거하며 힘을 도와 집을 완성하였다. 그 뒤 겨우 10년 만에 집이 또 쓰러져 장차 다시 길가의 버려진 땅이 될 상황에 이르자 문재(文哉)가 다시 터를 다듬고 주춧돌을 놓으며 들보를 올리고 기와를 덮는 등 몇 해 동안 집을 짓느라 온갖 고초를 다 겪었다. 내가 바닷물에 목욕하기

관해정의 '취백당' 현판

위해 이곳에 와 보니, 그 겉모습의 아름다움이나 내부 구조의 정밀함이란 지난날 초당의 모습과는 완전히 달랐고 또 내가 당초에 바랐던 규모를 벗어난 것이었다.

이제 30년의 숙원이 결국 이루어지기는 하였으나 내 자신을 돌아보면 이미 극도로 노쇠하여 병에 신음하며 금방 죽을 처지에 놓였으니, 어찌 지난 젊은 시절에 기대했던 것처럼 산이며 바다의 빼어난 경관과 깊숙하고 외진 곳의 장관을 마음껏 즐길 수 있겠는가. 그저 하루 종일 문을 닫고 들어앉아 있을 뿐이다. 그러나 흉금이 호방해지고 산수를 즐기는 그 즐거움은 어찌 다른 장소와 견줄 수 있겠는가. 아울러 생각하니 지난날 그 당시 이곳에서 나와 함께 노닐던 사람은 한 명도 남아 있지 않고 지금 함께 어울리는 자는 대부분 정해년(1587) 이후 사람들이다. 그 어찌 천지를 둘러보며 깊은 생각에 잠기고 서글픈 심정으로 한탄하지 않을 수 있겠는가. 문재가 이 시를 판각하겠다고 청하기에 이 정자의 전말을 대강 정리하여 기록하였다.

앞의 시는 1587년(선조 20, 45세)에 쓴 〈시복해정시동래제군자(始卜海亭示同來諸君子)〉이고, 뒤의 글은 1619년(광해 11, 77세)에 쓴 〈서구시해정시후(書舊時海亭詩後)〉이다. 한강은 함안 군수시절 남명의 산해정 은거를 생각하며 그의 관해정 은거를 꿈꾸었다. 이곳이 최치원의 자취가 깃들어 있는 것도 마음에 들었다. 관해정이 '바다를 본다'는 뜻이지만, 어쩌면 스승 남명을 그리워하는 의미에서 '산해정을 본다'는 뜻도 함의되어 있는지 모르겠다.

그러나 세상의 번거로운 일로 그 꿈을 이루지 못하고 말았다. 1604년 한강은 관계에서 은퇴하게 되는데, 자가 문재(文哉)인 장익규(張益奎) 등이 초가로 집을 지어 놓고 한강을 초빙했다. 이 집이 1610년 경에 허물어지자 장익규는 규모나 품격 면에서 앞의 것보다 훨씬 나은 집을 지어 놓고 한강을 다시 초빙하였다. 이에 한강은 1619년(광해 11) 7월에 77세의 나이로 울산(蔚山) 초정(椒井)과 동래 온천에서 목욕한 뒤에 관해정(觀海亭)에서 머물며 몸조리하다가 10월에 돌아온다. 뒤의 글은 바로 그 때 지은 것이다. 시의 뒤에 적은 것이지만 관해정에 대한 기문의 형식을 취하고 있다.

한강의 유적은 경상도 일원을 중심으로 두루 펼쳐져 있다. 어쩌면 영남의 젖줄이라고 하는 낙동강 자체가 한강 유적이기도 하다. 1588년 7월 함안군수를 그만두고 낙동강을 배로 거슬러 올라와 이기춘(李起春) 등 7명의 벗들과 함께 '만경창파욕모천(萬頃蒼波欲暮天)'을 분운하며 시회를 연 것을 그 예로 들 수 있다. 이를 기념하여 지역의 인사들이 2003년 5월에 고령군 성산면 낙동강 가에 낙강칠현시비(洛江七賢詩碑)를 세우기도 했다. 그리고 안동부사로 부임하기 직전인 64세 되던 해(1607) 1월 28일에는 곽

고령 낙강칠현시비

재우(郭再祐), 장현광(張顯光), 박충후(朴忠厚) 등과 함께 함안 용화산 아래서 배를 띄워 놀기도 했다.

75세 되던 해(1617) 7월 20일에는 지병을 치료하기 위하여 45일간 동래 온천 여행을 떠난다. 그때의 기록이 바로 〈봉산욕행록(蓬山浴行錄)〉이다. 당시 한강은 대구의 사빈을 출발하여 마수원 나루, 도홍탄, 창원 경양대, 남수정, 삼차강까지는 물길로, 신산서원에서 기장을 거쳐 동래까지는 육로를 이용하였으며, 돌아오는 길은 양산 통도사, 언양, 경주 포석정, 하양, 경산 등을 경유하였다. 수많은 사람들이 정구의 온천행을 맞이하고 배웅하였는데, 이 과정에서 자연스럽게 다양한 화차운시가 창작되기도 한다. 이 모두가 한강이 남긴 자취라고 볼 때, 우리는 여기서 그의 발길이 머문 곳을 제대로 찾아 새롭게 정리할 필요성을 느끼게 된다.

제2장
한강의 무흘 경영과 장서각

1. 주자 수양론과 무이구곡

고려 말 주자 성리학이 수입되면서 이 땅은 주자학적 논리로 세계를 이해하고 주자학적 논리에 따라 행동을 규제하게 되었다. 이단(異端)이나 난적(亂賊)도 주자학의 근본주의적 입장에서, 여타의 학문으로부터 사문(斯文)을 보호하고자 하는 의도로 활용했던 용어였다. 세상에 나아가 벼슬하는 논리도 주자학에서 찾았으며, 자연에 물러나 학문을 탐구하는 것도 주자학에서 찾았다. 이에 대한 역사적 공과는 여기서 다룰 문제가 아니지만 조선시대는 주자학으로 시작하여 주자학으로 마감하였다고 해도 과언이 아니다.

주자학은 우주론이나 존재론, 인식론이나 수양론 등에 이르기까지 조선의 지성사를 지배하였다. 이 가운데 수양론은 성인이 되는 논리를 제공하고 있다는 측면에서 조선의 선비들이 가장 중시한 것이었다. 주자는 이를 경사상(敬思想)으로 체계화하고, 4개 조목으로 구체화하였다. 소위 경(敬)의 4개 조목이 바로 그것인데, 정이(程頤, 1033-1107)의 주일무적(主一無適)과 정제엄숙(整齊嚴肅), 윤돈(尹焞, 1071-1142)의 기심수렴(其心收斂), 사량좌(謝良佐, 1050-1103)의 상성성법(常惺惺法)이 여기에 해당한다. 4개 조목은 그 표현에 다소 차이가 있으나 주자는 하나의 의미, '경'으로 귀납시켜 이해하도록 했다.

경사상이 작품으로 구체화 될 때, 그 상상력의 궁극은 동정(動靜)의 문제로 체계화되었다. 즉 '동(動)→정(靜)→동(動)'이라는 시간성에 의하여 정(靜) 속의 동(動)이라는, 차원을 달리한 공간의식이 지향된 것이다. 이 같은 '정중동(靜中動)'의 논리는 변화와 불변의 문제와 함께 주자 수양론에서의 활심(活心)을 가장 적극적으로 나타내기 위한 하나의 인식체계이자 창작체계로 확대 · 적용되었다. 주자의 〈관서유감(觀書有感)〉은 이 같은 과정에서 창작된 것이다.

반 이랑의 모난 못이 한 거울로 열리니	半畝方塘一鑑開
하늘빛 구름그림자가 함께 배회를 하네	天光雲影共徘徊
묻나니 어떻게 하여 같이 맑을 수 있는고	問渠那得淸如許
원두에서 살아 있는 물이 흘러들기 때문이라네	爲有源頭活水來

제1구의 '반묘방당(半畝方塘)'은 인간의 마음을 나타낸 것이다. 그 마음이 맑은 거울처럼 열린다고 하면서 수렴 상태의 내면풍경을 그렸다. 제2구에서는 하늘빛과 구름 그림자가 못에 비쳐 배회한다고 했다. '천광운영(天光雲影)'은 바로 하늘의 운행모습이라고 할 것인데, 이것이 연못 가운데 배회한다고 했으니 이는 마음속에 깃든 천리의 유행으로 이해된다. 거울이 가져다주는 정적인 이미지에 배회라는 동적 이미지를 추가하여 '정중동'의 새로

주자고거 앞에 조성된 '방당'

주자상과 〈자양루기〉(주자고거 내)

운 이미지를 창조하고 있는 것이다.

동과 정은 서로 긴장관계를 갖고 공존한다. 정이 극도에 달해 동을 상쇄시키거나 동이 극도에 달해 정을 상쇄시키지는 않는다. 즉 정은 동 때문에 존재할 수 있으며 동은 정 때문에 성립될 수 있다는 것이다. 이러한 정동의 관계성 속에서 주자는 제3구에 보이는 것처럼 맑음을 자각했다. 그리고 그 맑음을 지속시킬 수 있는 이유는 제4구 '원두(源頭)'에 있다고 했다. 원두에서 '활수(活水)'가 끊임없이 흘러들기 때문이다. 원두가 본성을 뜻하는 것이니 본성을 길러 지속적인 맑음을 유지하자는 것이었다. 이렇게 할 때 비로소 천리가 깃들 수 있다는 생각을 주자는 위의 작품으로 요약해 보였던 것이다.

중국의 복건성(福建省) 무이산시(武夷山市) 오부진(五夫鎭)에는 주자고거(朱子故居, 일명 紫陽樓)가 있다. 주자는 아버지 위재(韋齋) 주송(朱松, 1097-1143)의 유명(遺命)에 따라 우계현에서 이곳으로 나와서 주거처로 삼았다. 주자는 여기에서 적계(籍溪) 호헌(胡憲, 1068-1162), 백수(白水) 유면지(劉勉之, 1091-1149), 병산(屛山) 유자휘(劉子翬, 1101-1147) 등 세 스승으로부터 학문을 닦는데, 위에서 살펴본 〈관서유감〉도 이곳에서 짓는다. 이 시가 수양론에서 매우 중요한 것이므로, 현재 주자고거 앞에 방당을 조성하고 그 속에 주묵으로 활원(活源)이라 써두었다. 그리고 주자고거에서 100m쯤의 거리에 영천(靈泉)이 있어 방당 쪽으로 흘러들게 했다. 물론 주자시 〈관서유감〉에 입각해서 정원을 조성한 결과이다.

주자의 〈관서유감〉이 거주지에 조성된 방당(方塘)을 중심으로 창작한 것이라면, 이를 원림(園林)의 차원으로 확대한 것이 바로 〈무이도가(武夷櫂歌)〉, 즉 무이구곡시(武夷九曲詩)이다. 무이구곡은 주자가 은거했던 무이산 계류를 따라 9.5km의 거리에 펼쳐져 있다. 시냇가에는 36봉우리, 72동천, 99바위가 절경을 이루고 있는데, 주자는

무이구곡의 구곡계 일부

그 사이로 흐르는 물길을 따라 아홉 굽이를 설정하고 각 굽이마다 칠언절구 한 수씩을 지었다. 제1곡은 승진동(升眞洞), 제2곡은 옥녀봉(玉女峯), 제3곡은 선조대(仙釣臺), 제4곡은 금계동(金鷄洞), 제5곡은 무이정사(武夷精舍), 제6곡은 선장봉(仙掌峯), 제7곡은 석당사(石唐寺), 제8곡은 고루암(鼓樓巖), 제9곡은 신촌시(新村市)이다. 주자의 〈무이도가〉는 여기에 서시(序詩)를 더해 도합 10수로 이루어져 있다. 다음이 바로 그것이다.

무이산 위에 선령이 있나니　武夷山上有仙靈
산 아래의 차가운 시내는 굽이굽이 맑다네　山下寒流曲曲淸
그 가운데 빼어난 곳을 알고자 하노라니　欲識箇中奇絶處
뱃노래 두세 소리가 한가롭게 들리네　櫂歌閒聽兩三聲

일곡이라 시냇가에서 고깃배에 오르니　一曲溪邊上釣船
만정봉 그림자가 맑은 시내에 드리워지네　幔亭峰影蘸晴川
홍교 한 번 끊어지자 소식도 없고　虹橋一斷無消息
수많은 골과 바위가 푸른 안개에 잠기네　萬壑千巖鎖翠煙

이곡이라 우뚝한 옥녀봉이여　二曲亭亭玉女峰
꽃을 꽂고 물가에 있으니 누굴 위한 단장인가　揷花臨水爲誰容
도인은 다시 양대의 꿈을 꾸지 않는데　道人不復陽臺夢
흥에 겨워 앞산으로 들어가니 푸르름이 몇 겹이드뇨　興入前山翠幾重

삼곡이라 그대 가학선을 보았는가　三曲君看架壑船
알지 못하겠네, 노 젓기를 멈춘 지 몇 해가 되는 줄을　不知停棹幾何年
뽕나무 밭이 바다로 변한 것이 지금 몇 해던가　桑田海水今如許
물거품과 바람 앞의 등불 같은 인생 스스로 가련하네　泡沫風燈敢自憐

사곡이라 동서로 두 바위가 우뚝한데　四曲東西兩石巖
바위에는 이슬 맺힌 꽃이 어지러이 피어있네　巖花垂露碧㲯毿

금계의 울음소리 그치고 보이는 사람도 없는데	金鷄叫罷無人見
달은 빈 산에 가득하고 물은 연못에 가득하네	月滿空山水滿潭

오곡이라 산은 높고 구름 기운은 깊은데	五曲山高雲氣深
오랫동안 내린 안개비에 평림이 어둑하네	長時烟雨暗平林
숲 속에 객이 있으나 아는 사람은 없고	林間有客無人識
어기영차 뱃노래 소리 속에 만고심만 깊어지네	欸乃聲中萬古心

육곡이라 창병이 푸른 물굽이를 둘러 있고	六曲蒼屛繞碧灣
띠 집은 종일토록 사립문이 닫혀있네	茅茨終日掩柴關
객이 와서 노를 젓자 바위의 꽃은 떨어지지만	客來倚棹巖花落
원숭이와 새는 놀라지 않고 봄뜻만 한가롭네	猿鳥不驚春意閒

칠곡이라 배를 저어 푸른 여울에 오르며	七曲移船上碧灘
대은병과 선장봉을 다시 돌아본다네	隱屛仙掌更回看
어여쁠손, 어젯밤 바위 위에 내린 비가	却憐昨夜峰頭雨
폭포에 더해지니 얼마나 더 차가울까	添得飛泉幾道寒

팔곡이라 바람과 안개가 개고자 하는데	八曲風烟勢欲開
고루암 아래의 물은 휘휘 감도는구나	鼓樓巖下水縈洄
이곳에 멋진 경치 없다고 하지 말라	莫言此處無佳景
이로부터 노니는 사람 올라오지 않을지니	自是游人不上來

구곡이라 막 다하는 곳에서 눈이 확 트여	九曲將窮眼豁然
뽕나무와 삼밭에 비와 이슬 내리는 평천이 보이네	桑麻雨露見平川
어부는 다시 도화원 가는 길을 찾지만	漁郞更覓桃源路
이곳 외에 세상에서 별천지가 따로 있겠는가	除是人間別有天

위의 10수는 주자의 〈무이도가〉로 우리나라 성리학자들이 구곡가 계열의 시적 기원으로 삼았던 작품이다. 이 작품은 앞서 든 〈관서유감〉으로 수렴되기도 하고, 〈관서유감〉이 펼쳐져 〈무이도가〉가 되기도 한다. 거슬러 오르며 시를 짓기 때문에 수양론적인 본성 회복의 의미가 내재되어 있을 뿐만 아니라, 수의 극을 의미하는 9곡에 이르러 '장궁(將窮)' 이후의 '활연(豁然)'을 보여 '넓은 공간→좁은 공간→넓은 공간'을 계기적으로 보여준다. 또한 역대로 논란이 있어왔지만 현실세계에서 이상세계를 구해야 한다는 하학이상달(下學而上達)의 공부법을 제시하는 것이기도 하다.

주자는 무이산에 무이정사를 건립하고 〈무이도가〉 10수를 지어 이른바 구곡문화가 이루어지게 하였다. "동주에서 공자가 나왔고 남송에는 주자가 있으니, 중국의 옛 문화는 태산과 무이(東周出孔丘 南宋有朱熹 中國古文化 泰山與武夷)"라는 널리 알려진 채상사(蔡尙思, 1905-2008) 교수의 말에서도 알 수 있듯이, 우리는 공자의 도맥이 주자에게 계승된 것으로 생각했다. 주자가 공자의 원시유학에 형이상학적 이론체계를 부여하면서 성리학을 완성시켰다는 점을 높인 것이다. 그의 학문은 중국은 물론이고 조선사회에 지대한 영향을 미쳤다. 계류를 거슬러 오르며 지은 그의 〈무이도가〉를 성리학적 수양론의 정수가 담긴 것으로 판단하고 수많은 조선의 선비들은 이를 중심으로 구곡문화를 구축하며 주자가 갔던 길을 따라 걷고자 했던 것이다.

2. 한강의 무이산 인식

한강은 1604년(선조 37) 그가 62세 되던 해에 무흘로 들어가게 된다. 그 바탕에는 주자에 대한 경모(景慕)와 무이산에 대한 혹호(酷好)가 있었다. 그러나 무흘에 대한 관심과 애착은 이보다 훨씬 앞선다. 한강은 외가의 선영이 무흘 호평(虎坪, 범뜰)에 있어 젊은 시절부터 한강정사와 이곳에 지은 초당(草堂) 사이를 자주 오가게 된다. 석담(石潭) 이윤우(李潤雨, 1569-1634)에게 보낸 〈여이무백(與李茂伯)〉에서 "오늘 선비(先妣)의 기일에 곡하기 위해 한강(寒岡) 아래로 돌아온 지 며칠이 되었네. 또 며칠 뒤 선인(先人)의 사당 제사를 마치면 다시 호평으로 들어가 반달 정도 머무르다가 연말 무렵에 돌아올 예정이네."라고 한 데서 사정의 이러함을 알 수 있다.

한강이 37세에 쓴 〈유가야산록(遊伽倻山錄)〉에도 무흘이 자세하게 나타난다. 이때 한강은 주자가 쓴 〈운곡기(雲谷記)〉나 〈무이산기(武夷山記)〉를 휴대하였고, 나아가 자신이 본 가야산 경관을 무이산 경관과 대비시켰다. 1579년(선조 12) 9월 14일 가야산 봉천대(奉天臺)에 올라 주자의 〈운곡기〉를 읽게 되는데, 당시 그는 "가슴속이 더욱 툭 트여 내 몸이 어느새 저 중국의 노봉(蘆峯)과 회암(晦庵) 사이에 놓여 있는 것만 같았다."라고 한 바 있다. 나아가 〈무이산기〉에 대해서는 다음과 같이 적고 있다.

두루 둘러보다가 각자 너무 피곤하여 바위를 베고 잠시 잠을 잤다. 잠에서 깨어난 뒤에는 다시 함께 배회하며 여기저기 바라보다가 또 『주자연보』를 펼쳐놓고 주 부자의 〈무이산기(武夷山記)〉와 〈남악창수서(南嶽唱酬序)〉 및 주(周)·장(張) 두 선생의 시를 읽었는데, 그 가운데는 오늘 관람한 것과 참으로 같은 점이 너무도 많았다. 이를테면 이른 바 '바로 이 마음이 원대해지기를 기대함이지(直以心期遠), 눈앞의 넓은 경치를 탐한 것은 아니라네(非貪眼界寬).'와 같은 구절은 어찌 오늘 산에 오른 우리들이 법으로 삼는 정도에 그치겠는가. 모두가 알지 않을 수 없는 것이다.

무이산의 '옥녀봉'

1579년(선조 12) 9월 14일의 기록인데, 가야산 제1봉에 오른 후 당시의 감동을 기록한 것이다. 이곳에서 한강은 〈무이산기〉와 『남악창수집』 및 주자와 장식(張栻)의 시도 함께 읽었다. 이 과정에서 한강은 자신의 가야산 유람을 주자 등이 형산을 유람할 때와 최대한 같은 분위기 속에서 진행하려고 했고, 갖고 갔던 주자서를 틈틈이 읽으며 그 유람에서 오는 자연의 흥취와 정신 경계를 동일시하고자 했다. '오늘 관람하는 사정과 흡사한 점이 너무도 많았다.'라고 하거나, '직이심기원(直以心期遠) 비탐안계관(非貪眼界寬)'이라는 구절을 인용한 것을 통해 이를 확인할 수 있다.

한강의 무이산에 대한 관심은 날이 갈수록 깊어갔고, 급기야 피지의식(避地意識)과 독서양성(讀書養性)을 위해 무흘을 찾아든 무흘 시대(1604-1612)에는 이 같은 생각이 더욱 간절하였다. 이 때문에 당시 선비들 사이에 떠돌던 명나라의 양긍(楊亘)과 양이(楊易)가 편찬한 『무이지』를 구하여 탐독하기에 이른다. 이 책은 낙재(樂齋) 서사원(徐思遠, 1550-1615)이 김도원(金道源)의 것을 베껴 한강에게 올린 것이었고, 한강은 이에 편지를 보내 감사의 뜻을 표하기도 했다. "전일에 부쳐 주신 『무이지(武夷志)』를 펼쳐 읽으며 마치 대왕봉(大王峯)과 옥녀봉(玉女峯)을 내 발로 직접 밟고 오른 것만 같고, 임씨(林氏)와 원씨(袁氏)가 남긴 작품의 운치를 내 눈으로 직접 보는 것 같은 상상을 하면서 신음하는 가운데 항상 스스로 위안이 되었습니다."라고 한 것이 그것이다. 그러나 한강은 당시의 『무이지』에 많은 문제가 있다고 생각하고, 그 스스로 이를 개편하기로 마음을 먹었다. 무흘로 들어갔던 1604년의 일이다.

한강이 새로 편집한 『무이지』는 현재 그 잔편과 발문이 남아 있어 개편 방향을 대체적으로 알게 한다. 한강은 무이산(武夷山)이 그 자체로도 천하의 명산이지만 이에 더하여 주희가 도를 닦던 산이니 더욱 중요하다고 생각했다. 그리고 그 스스로 "나는 치우친 땅에서 너무 늦게 태어나 주자의 문하에서 학문을 직접 배우지 못하였고 또 무이구곡(武夷九曲)의 하류에서 갓끈을 씻어 볼 길이 없으니, 어찌 너무도 불행하지 않겠는가."라고 하면서 새로 구한 『무이지』를 읽노라면, 정신이 마치 은병봉(隱屛峯)과 철적정(鐵笛亭) 사이에 맴돌며 주자가 끼친 도덕의 향기에 젖어드는 것 같다고 했다.

그러나 한강은 우선 양씨 형제가 편찬한 『무이지』의 편찬체제가 마음에 들지 않았다. 그가 본 책은 사본이었으므로, 오자가 상당히 있었을 뿐만 아니라 책머리에 있어야 할 그림도 빠진 상태였다. 이 때문에 오자는 수정하고 그림은 화공을 찾아 옛 판본에 근거하여 모사해 끼워 넣고자 했다. 이렇게 되면 『무이지』를 그림과 함께 읽을 수 있어, 비록 실경과는 다르다 할지라도 주자가 무이산에 은거하면서 도학을 닦던 일을 상상해 볼 수 있을 것이라 믿었던 것이다. 일찍이 한강은 〈무이구곡도〉에 남다른 애착과 관심을 갖고 있었는데, 이는 퇴계의 발문이 첨부되어 있는 정존(靜存) 이담(李湛, 1510-1575)의 가장본(家藏本)을 보면서 구체적으로 나타났다. 이 그림을 보면서 그는 무이산과 주자에 대한 숭모의 생각을 가졌고, 『무이지』 개편에 적극적으로 반영시켰던 것이다.

한강은 『무이지』의 내용도 너무 소략하다고 생각했다. 그는 『무이지』라면 무이산과 관련된 주자의 모든 것이 수록되어 있어야 한다고 보았다. 이 때문에 "저 두 양씨(楊氏)는 어떤 인물인지 알 수 없으나 주 부자의 시문(詩文)을 감히 이 산의 기록에서 선별해 실었다는 것이 말이 될 일인가."라며 질타하였던 것이다. 주자의 시 가운데 〈앙고당(仰高堂)〉, 〈추진정(趨眞亭)〉, 〈매촌(梅村)〉, 〈월산(月

山)〉 등이 빠져있다며 구체적인 예를 들기도 했다. 따라서 다른 사람의 시문 가운데서도 취할 만한 것이 있으면 싣고 산천 중에 반드시 들어가야 하는 것이 있으면 이 또한 빠뜨리지 말아야 한다고 했다. 이러한 생각에 입각해서 다음과 같이 개편 방향을 정했다.

〈무이구곡지도(武夷九曲之圖)〉

나는 이 책을 옮겨 쓸 때, ①『주자대전(朱子大全)』에 실린 시집에서 이 산에 관계된 작품을 전부 취하여 이것을 기본 내용으로 삼고, ② 아울러 『일통지(一統志)』에서 채집하여 누락된 산천을 해당되는 편에 따라 끼워 넣었으며, ③ 또 부록으로 〈간소(簡霄)〉와 〈호련(胡璉)〉 등의 시를 각 해당되는 부문에 거두어 넣었다. ④ 또 편집한 시문의 형식이 분명치 않아 이전의 예를 약간 변경하여 줄을 나누어 기록하고, ⑤ 구곡(九曲)의 여러 시도 다 해당되는 곡(曲) 밑으로 모았다. ⑥ 그리고 우리나라 퇴계 이 선생의 시와 발문을 그 밑에 달았다.

이처럼 여섯 가지의 개편 방향에 따라 누락된 내용을 보충하거나, 관련 작품을 풍부하게 수집하여 분류 삽입하고, 알아보기 쉽도록 시문의 형식을 체계화하거나, 퇴계의 시와 발문을 실어 우리나라의 주자학 이해에 대한 자부심을 드러내기도 했다. "퇴도(退陶) 선생이 일생 동안 우리 주 부자의 도학에 마음을 쏟았는데, 주 부자를 흠모하여 읊조리고 노래한 작품이 원나라와 명나라 인물들의 작품 속에 끼일 수 없겠는가."라고 한 데서 한강의 생각을 분명하게 읽을 수 있다. 이렇게 만들어진 『무이지』는 그의 문하생 사이에도 비상한 관심의 대상이 되었다. 용담(龍潭) 임흘(任屹, 1557-1620)이 한강의 개편 『무이지』를 빌려가 베낀 것은 그 대표적인 예가 된다.

한강은 '자세하고 분명하게'라는 입장에서 『무이지』를 개편하였다. 이것이 무이산을 제대로 드러내는 방법이라고 생각했기 때문에, 기존의 것도 이에 부합하지 않으면 수정되어 마땅하다고 생각했던 것이다. "명산을 찬양하는 글은 그 주안점이 오직 자세하고 분명히 하는 데에 있는 법이니, 애초에 어찌 한 번 정하면 다시 움직이지 못할 일이 있겠는가."라고 한 데서 사정의 이러함을 쉽게 알 수 있다. '자세하게' 하는 방법은 무이산과 관련된 글을 수집할 수 있는 대로 수집해서 싣는 것이고, '분명하게' 하는 방법은 주자의 작품을 모두 수렴해서 예각화 하는 것이다. 여기에 퇴계의 글을 더하였으니, 퇴계가 명나라 유학자와 견주어 볼 때 훨씬 훌륭한 주자학자라는 것을 보이기 위함이었다. 한강은 1609년에 다음과 같은 기억을 하기도 했다.

나에게 이전부터 〈구곡도(九曲圖)〉가 있었는데, 이는 이 선생이 발문을 쓰신 것으로 이정존(李靜存)이 소장한 중국본의 모사품이다. 이 그림을 대하면 정말이지 이른바 시야에 가득 들어온 구름이며 안개가 정묘의 극치를 다하여 마치 귓전에 소리까지 들리는 듯 황홀하다. 또 중국본 책자 속에서 무이산의 총도(總圖)와 서원도(書院圖)를 발견하였는데, 지난번 화산(花山: 안동)에 있을 때 우연히 화가를 만나 이것까지 아울러 『무이지』에 본떠 그려 넣게 하고 거기에 이 선생의 발문을 첨부하였다.

이 글에 의하면 한강은 일찍이 정존 이담이 소장하고 있었던 중국본 모사품인 〈구곡도〉를 갖고 있었는데 이 그림에는 퇴계의 발문이 붙어 있었다. 그가 안동부사 재임시절인 1607년에 그곳의 화가를 만나 『무이지』를 만들면서 책머리에 〈구곡도〉를 그려 넣고, 〈구곡도〉 말미에 실려 있었던 퇴계의 발문 역시 실었다. 위의 글은 한강이 1609년(광해 1) 3월에 쓴 것이니, 안동부사로 잠시 나갔다가 다시 무흘로 돌아온 뒤였다. 이렇게 간행한 『무이지』를 한강은, "한가로울 때마다 때때로 한 번씩 열람하고 있노라면 내 몸이 외진 조선 땅, 그것도 400여 년 뒤에 살고 있다는 것을 깨닫지 못하곤 한다. 당시 매일 주부자를 모시고 강도하면서 무이구곡에서 노래 부르며 살던 사람들은 그 기상과 흥미가 과연 어떠하였겠는가."라고 하면서, 『무이지』에 첨부하였던 〈구곡도〉의 삽입 전말을 기록하였다.

한강이 무흘로 들어간 것은 만년에 해당한다. 내암 정인홍과의 불편한 관계에서 촉발되어 행동으로 옮긴 것이지만, 이것은 젊은 시절부터 오랫동안 꿈꾸어 오던 주자적 삶을 실천하기 위한 것이기도 했다. 이 때문에 세 칸으로 된 무흘정사를 짓고 가장 먼저 하였던 작업이 바로 양긍(楊亘) 형제가 편찬한 『무이지』를 개편하는 것이었다. 주자학과 관련한 무이산의 중요성을 철저하게 인식한 결과이다. 이 작업에서 한강은 퇴계의 글도 함께 실어 명나라의 주자학자를 비판하면서 조선 주자학의 자부심을 드러내기도 했다. 이로써 조선의 구곡문화는 독자적 가능성을 확보할 수 있도록 했고, 그 자신 무흘을 경영하면서 주자의 〈무이도가〉에 대한 화운시를 주자와는 전혀 다른 방향에서 창작할 수 있었다.

3. 한강의 존주적 무흘 경영

여헌(旅軒) 장현광(張顯光, 1554-1637)은 한강의 행장에서, "성주의 서쪽에 수도산(修道山)이 있었는바, 산의 동쪽에는 샘물과 돌이 맑고 깨끗하며 마을과 멀리 떨어져 있었다. 선생은 궁벽하고 조용함을 좋아하여 다시 작은 서재를 지어 책을 보관하고 놀며 휴식하는 장소로 삼고는 이름을 무흘(武屹)이라 하였다."라고 했다. 이로써 우리는 '무흘'이라는 이름은 한강이 명명한 것임을 알 수 있으며, 그가 여기서 무흘정사를 지어 서책을 보관하며 장수지처(藏修之處)로 삼고자 했던 것도 알게 된다.

1604년 한강은 무흘에 들어가 무흘정사와 함께 산천암을 짓고, 그 주위에 비설교 등의 시설물을 설치하거나 여러 자연물에 만월담 등의 이름을 붙인다. 이로 보아 한강의 무흘 경영은 오늘날 널리 알려진 무흘구곡 전체가 아니라 무흘정사와 그 일대라는 것을 알 수 있다. 이러한 사실은 그의 문도를 통해서도 분명하게 확인된다. 제자 매와(梅窩) 최린(崔轔, 1597-1644)이 무흘정사 주변을 읊은 〈무흘팔영(武屹八詠)〉은 그 대표적이다.

최린의 〈무흘팔영〉에는 '운곡[주희]에 서식한다.'라는 의미를 담은 장서각 〈서운암(棲雲庵)〉을 비롯해서, 무흘정사로 가는 길에 놓은 다리 〈비설교(飛雪橋)〉, 서운암 아래의 연못 〈만월담(滿月潭)〉, 무흘정사 오른쪽에 지은 〈자이헌(自怡軒)〉, 비설교 위쪽 10여 보 쯤에 지은 〈산천암(山泉庵, 石泉庵)〉, 물속에서 누워 있는 용을 묘사한 〈와룡암(臥龍巖)〉, 반석이 마당처럼 평평하게 펼쳐져 있어 명명한 〈장암(場巖)〉, 폭포를 감상하는 곳에 자리한 〈완폭정(翫瀑

수도산 정상에서 본 가야산

亭)〉 등이 포함되어 있다.

그렇다면 한강은 어떤 자세로 무흘을 경영하였던가. 한마디로 존주적(尊朱的)이다. 사물에 대한 명명의식 등 다양한 측면에서 유사성이 발견되기 때문이다. 한강은 주자와 지명적 친연성을 갖고 있었던 신안(新安), 즉 성주에서 태어나 활동의 거점을 마련한다. 31세에 건립하였던 한강정사(寒岡精舍)의 '한'은 주자의 한천정사(寒泉精舍)의 '한'과 같으며, 49세에 세웠던 사창서당(社倉書堂)은 주자가 숭안(崇安)에서 실시하였던 사창(社倉)과 다름이 없었다. 그리고 70세에 건립하였던 노곡정사는 주자의 노봉(蘆峯)과 운곡(雲谷)에서 각각 한 자씩 딴 것이다. 이것은 물론 낙동강변의 '갈실[蘆谷]'에서 온 것이기도 하다.

무흘 역시 마찬가지이다. 주자의 무이와 한강의 무흘은 중국음이 '[wǔ yí](武夷)'와 '[wǔ yì](武屹)'이니 거의 같다. 이로 보아 한강이 정사를 짓고 은거한 곳을 무흘이라 명명한 것은 지극히 의도적이라 할 만하다. 무흘정사 주변에 있었던 '산천암'이라는 작은 집도 마찬가지다. 이는 주자의 시 가운데 〈무이정사잡영(武夷精舍雜詠)·은구재(隱求齋)〉의 승구(承句) "새벽 창가에는 숲 그림자 어른거리고(晨窓林影開), 밤에는 베게 머리에 산 속 샘물 소리 들리네(夜枕山泉響)."에서 그 뜻을 취한 것이다. 이 뿐만 아니라 무흘정사에서 개울을 따라 위쪽 1리쯤에 있는 바위를 와룡암(臥龍巖)이라 명명했다. 이 역시 주자가 1184년(55세) 여산(廬山) 기슭에 와룡암(臥龍庵)을 건립하고, 아울러 제갈량(諸葛亮)을 향사하기 위해 지은 무후사(武侯祠)에 연유한다.

한강은 이처럼 주희의 고향과 동일한 지명인 신안(新安)에서 태어나 살면서 존주적인 명명의식을 갖고 『무이지』를 저술하거나 스스로 주자의 〈무이도가〉에 대한 화운시를 지었다. 이러한 한강의 의도적 행위는 그의 문하생들 사이에서 주자와 한강의 동일시 현상으로 나타나기도 했다. 훨씬 후대의 일이기는 하지만, 묵헌(默軒) 이만운(李萬運, 1736-1820)은 〈사창서당기(社倉書堂記)〉를 써서, '당세에 말 잘하는 선비들은 선생을 일컬어 주 중회(朱仲晦)의 후신'이라고 했다면서 당대의 분위기를 전했다. 한강과 주자의 동일시 현상은 그의 직전제자 그룹에서 바로 나타났다. 한강과 7세밖에 나이 차이가 나지 않았던 낙재(樂齋) 서사원(徐思遠, 1550-1615)의 경우를 보자.

무이와 운곡은 민 땅에 우뚝하고	武夷雲谷聳閩中
천 년의 위대한 명성 주자를 숭상하네	千載雄名仰晦翁
지극한 은택은 비록 만백성에게 막히는 것 싫지만	至澤縱嫌阻萬姓
사문은 오히려 몽매함을 깨우쳐주니 다행이라네	斯文猶幸啓羣蒙
당년의 적통은 원류에서 멀지만	當年嫡統源流遠
이제 가야산으로 운이 통하게 되었다네	此日伽倻會運通
아득히 숲 사이에서 한 이랑을 개척하니	縹渺林間開一畝
남모르는 참 즐거움이 저절로 끝이 없네	隱然眞樂自無窮

한강의 존주적 자세를 가장 적극적으로 지지한 사람은 서사원이라 해도 과언이 아니다. 그가 개편한 『무이지』 필사본도 기실 서사원이 그에게 바친 것이다. 이로 보아 서사원은 한강의 의도를 충분히 파악하고 여러 측면에서 지원을 아끼지 않았던 것 같다. 나아가 그는 〈무흘, 상한강선생(武屹, 上寒岡先生)〉이라는 칠언율시 두 수를 지어 한강의 주자주의적 풍모를 찬양하였던 바, 위의 작품은 그 첫 번째 수이다. 이에 의하면 무이산에서 흘러내

린 주자의 적통(嫡統)이 가야산 자락 무흘의 한강에게로 이어진다고 했다. 그는 여기서 더욱 나아가 아예 한강을 주자와 동일시하기도 했다.

아울러 생각하건대 무이산에 가을이 깊어지니 훌륭한 경치가 바야흐로 짙습니다. 물이 푸르고 산이 붉은 이 날은 바로 선생님을 모실 때일 것입니다. 그믐과 초하루 사이로부터 보잘 것 없는 저의 정신과 꿈은 하루도 빠짐없이 은병산(隱屛山)과 선장산(仙掌山)의 동천으로 날아가고 달려갑니다. 서리 내리고 추운 계절이 가까이 왔는데 보잘 것 없는 병이 다시 일어나 뱃속이 들끓어 아직도 괴롭지만 치료하기가 쉽지 않습니다. 바야흐로 떠나려고 하는데 또 집 아우의 일이 유배 가는 지경에 이르게 되었으니 우환이 집안에 가득하여 부끄럽고 위축되며 황공하고 민망하여 얼굴을 들 수가 없습니다.

위의 글은 서사원이 한강에게 올린 편지의 일부이다. 얼핏보면 무이산이나 은병산, 선장산과 같이 중국의 무이인 듯하지만, 자세히 들여다보면 '무이'는 바로 '무흘'을 말하는 것임을 알 수 있다. 무흘에 가을이 깊어 아름다운 때, 달려가 스승 한강을 모시고 싶지만 몸에 병이 들었을 뿐만 아니라 동생의 집마저 우환이 생겨 그러지 못하게 되었으니 부끄럽고 황공하다고 했다. 우리는 여

한강과 낙재를 기리기 위해 건립한 '이락서당(伊洛書堂)'

기서 서사원이 '무흘'을 '무이'로, '한강'을 '주자'로 인식하면서 글을 올리고 있다는 것을 알 수 있다. 확인할 수 없지만, '은병'이나 '선장'이라 한 것도 무흘의 어느 봉우리를 지칭한 것일 터이다. 한강의 문도들에게 이러한 의식은 많이 퍼져 있었던 것으로 보인다. 다음 시 역시 같은 측면에서 읽힌다.

만 겹으로 구름 낀 골짜기 티끌세상을 막고 있어	萬重雲壑隔塵寰
옛 시내의 맑은 물은 옥 소리로 울린다네	古澗淸冷響玦環

우주의 명산 서른여섯 봉우리　宇宙名山三十六
단지 지금 사람들은 무이산 만을 말하네　祗今人道武夷山

이 작품은 학가재(學稼齋) 이주(李紬, 1599-1669)가 쓴 〈무흘〉이다. 이주는 한강과 여헌의 문인으로, 그 역시 〈무흘〉이라는 시를 쓰면서 한강과 주자를 동일시하고 있다. 무흘산이 오히려 우주의 명산이라 일컬어지는 무이산과 견주어 볼 때 전혀 손색이 없다고 했다. 극도의 존경을 이렇게 표현한 것이기는 하지만, 스승 한강의 무흘은 주자의 무이, 바로 그것이었다. 한강의 직전제자 그룹에서 진행되고 있었던 이러한 한강과 주자의 동일시 현상으로 미루어 볼 때, 성주의 무흘은 바로 조선의 무이라는 생각이 당대 선비사회에 넓게 퍼져 있었던 것으로 보인다.

4. 한강의 책사랑

무흘정사의 역사는 한강이 1604년에 수도산 속에 초가 3간의 정사를 건립하고 서운암(棲雲庵)이라 편액하여 서책을 보관하면서 시작된다. 한강은 퇴계와 남명의 제자들을 통틀어 가장 많은 저술을 남긴 조선중기의 대표적인 영남출신 학자라 하겠는데, 그의 남다른 책사랑은 다양한 곳에서 포착된다. 서사원에게 편지하여 『무이지(武夷志)』 보기를 바란 것이나, 이윤우에게 편지하여 책을 기름종이에 싸서 비에 맞지 않게 하여 보내주기를 부탁하는 것 등이 모두 그것이다. 그의 책사랑은 저술로 이어지는데, 상촌(象村) 신흠(申欽, 1566-1628)은 한강의 신도비문 말미에서 이렇게 적고 있다.

세상의 이른바 유자(儒者)란, 높은 자는 한 가지에 치우치고 낮은 자는 비근한 데에 빠지고 마는데, 능히 전체대용(全體大用)과 진지실천(眞知實踐)에 힘을 써서 도를 보위한 공이 있는 사람은 오직 선생뿐이다. 후세 사람으로서 퇴도의 학문을 알고 싶을 때는 선생이 성취한 것을 살펴보면 될 것이다. 선생이 저술한 글로는 『심경발휘(心經發揮)』, 『관의(冠儀)』, 『혼의(婚儀)』, 『장의(葬儀)』, 『계의(禊儀)』, 『오선생예설(五先生禮說)』, 『갱장록(羹墻錄)』, 『선현풍범(聖賢風範)』, 『고금충모(古今忠謨)』, 『수서언인록(洙泗言仁錄)』, 『오복연혁도(五服沿革圖)』, 『심의제도(深衣制度)』, 『무이지(武夷志)』, 『곡산동암지(谷山洞庵志)』, 『와룡지(臥龍志)』, 『역대기년(歷代紀年)』, 『고문회수(古文會粹)』, 『경현속록(景賢續錄)』이 있는데, 본가에 보관되어 있다.

신흠은 여기서 한강의 학문을 '전체대용(全體大用)'과 '진지실천(眞知實踐)'으로 요약하며, 한강학은 체(體)와 용(用)이 모두 온전하여 인식과 실천이 함께 구비되어 있다고 했다. 일찍이 장현광은 이를 명체적용(明體適用)으로 요약하였다. 이러한 한강의 학문 연원을 퇴계에게서 찾아 퇴계의 학통이 한강에게로 이어진다는 것을 강조했다. 여기서 나아가 한강 학문의 전방위적 성격을 다방면에 걸쳐 저술한 서명(書名)을 통해 보였다. 이는 신흠 자신이 한강에 대하여 '전체대용'과 '진지실천'이라고 평가한 것을 증명하고자 한 때문이며, 아울러 이를 통해 한강학의 대체를 후세에 알리고자 했기 때문이다.

한강의 신도비

한강은 다른 사람에게 책을 빌려 오래도록 돌려주지 못한 적도 있었다. 교산(蛟山) 허균(許筠, 1569-1618)에게 역사책인 『사강(史綱)』을 빌려보고 10년이 넘도록 돌려주지 않은 것이 그것이다. 이에 허균은 한강에게 편지를 보내 "옛사람의 말에 빌려간 책은 언제나 되돌려 주기가 더디다 하였는데, 더디다는 말은 1년이나 2년을 가리키는 것입니다. 『사강』을 빌려드린 지가 10년이 훨씬 넘었습니다. 되돌려 주시기 바랍니다. 저도 벼슬할 뜻을 끊고 강릉으로 돌아가 그 책이나 읽으면서 소일하려고 감히 말씀드립니다."라며 돌려주기를 독촉하기도 했던 것이다. 이 역시 한강의 책사랑이 낳은 결과라 할 수 있을 것이다.

한강이 부임하는 곳마다 그 지방의 지지(地誌)를 만들었던 것도 같은 입장에서 이해할 수 있다. 그가 『관동지(關東志)』를 만들 때는 임진왜란이 일어나 군무(軍務)로 대단히 바쁜 시기였다. 그러나 그는 조금의 여가라도 있으면 여러 사람들과 함께 관동지방의 지지를 만들었다. 사정이 이렇게 되자 제자 인재(認齋) 최현(崔晛, 1563-1640)이 그 이유를 물었다. 여기에 대해서 한강은 "완급은 진실로 다르지만 마땅히 해야 할 일을 겨를이 없다고 해서 놓아두고 지나칠 수는 없다. 지금 서적이 거의 다 흩어져 없어졌으니, 만약 보고 들은 것을 수습해 두지 않는다면 장차 후세에 보일만한 것이 없을 것이다."라고 하면서, 책의 효용적 가치에 대하여 깊이 인식하고 있었다.

그의 책에 대한 사랑은 집착으로 나타나기도 했고, 이 때문에 비판의 대상이 되기도 했다. 안동부사로 재임하였을 때, 한강이 초간(草澗) 권문해(權文海, 1534-1591)의 저작인 『대동운부군옥(大東韻府群玉)』을 베끼려 하자, 향교에서 사림에게 회문(回文)을 내어 이 일을 분담하게 한 적이 있었다고 한다. 이에 대하여 설월당(雪月堂) 김부륜(金富倫, 1531-1598)의 아들 계암(溪巖) 김령(金坽, 1577-1641)은 『계암일록(溪巖日錄)』에서, "유사들도 모두 받들어 시행했는데 다만 회문을 내어 많은 사자(士子)들이 관계하기에는 가벼운 일이 아니다. 어찌 안동부사가 개인적인 책을 베끼면서 이러한 조치를 할 수 있는가?"라고 하면서 강하게 불만을 토로한 것이 그것이다.

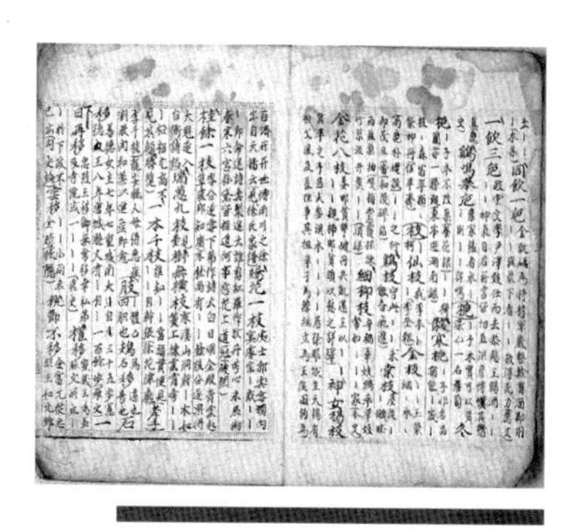

『대동운부군옥』고본(보물 제878호)

허균과 최현, 그리고 김령이 전한 일련의 기록들은 한강의 책사랑을 역으로 보여주는 것이어서 흥미롭다. 그는 이러한 책사랑에 입각해서 많은 책을 수집 장서하고 또한 저술 발간하였다. 그러나 1614년 팔거현의 노곡정사(蘆谷精舍)에 불이 나서 그동안 편찬해왔던 책과 여타의 서적들, 그리고 다수의 편지를 태우고 만다. 동호(東湖) 이서(李籲, 1566-1651)는 노곡정사 화재 당시에 한강은 편찬한 서적과 간찰 등 100여권의 문적을 잃었는데, 이때 그는 "하늘이 나를 버리는구나!"라고 하면서 탄식해 마지않았다고 하였다.

노곡정사의 화재에도 불구하고 현재까지 한강의 책은 다양하게 남아 있다. 불에서 구한 것도 있겠지만, 생각을 더듬어 다시 편집한 것도 있었다. 『광해군일기(光海君日記)』의 한강 졸기에도 적고 있듯이 그는 늙어 병이 위독한 지경에 이르러서도 오히려 생각하고 교열하기를 그치지 않았던 것이다. 이렇게 해서 남은 책에 대하여 여헌(旅軒) 장현광(張顯光, 1554-1637)은 한강의 행장에서 『심경발휘(心經發揮)』, 『오선생예설(五先生禮說)』, 『오복연혁도(五服沿革圖)』, 『심의제도(深衣制度)』, 『무이지(武夷誌)』, 『역대기년(歷代紀年)』 등을 들었고, 투암(投巖) 채몽연(蔡夢硯, 1561-1638)은 이와 관련하여 다음과 같이 기록하고 있다.

지금 만약 글을 고쳐 '선생이 지은 것으로는 『성현풍범(聖賢風範)』, 『중화집설(中和集說)』, 『염락갱장록(濂洛羹墻錄)』, 『고금충모(古今忠謨)』, 『와룡암지(臥龍庵志)』, 『곡산동암지(谷山洞庵志)』, 『낙천한적(樂天閒適)』, 『고문회수(古文會粹)』, 『유선속록(儒先續錄)』은 불 속에 들어갔고, 오직 『수사언인부록(洙泗言仁附錄)』, 『심경발휘(心經發揮)』, 『오선생예설(五先生禮說)』, 『주자시분류(朱子詩分類)』, 『고금인물지(古今人物志)』, 『고금명환록(古今名宦錄)』, 『오복연혁도(五服沿革圖)』, 『심의제조법(深衣制造法)』, 『경현속록(景賢續錄)』은 무흘에 장서되어 있다.'로 하는 것이 어떻겠습니까?

신흠이 한강의 신도비문을 써서 보내오자 채몽연은 이를 자세히 검토하여 여러 번 고쳐주기를 요구하는데, 위의 내용도 그 일부이다. 채몽연이 현재 무흘정사에 남아 있는 한강의 저서라 한 것은 장현광이 한강의 행장에서 전한 것과 조금 차이가 있다. 『역대기년』 등 지금도 전하고 있는 것을 빠뜨리고 있지만, 현전하는 무흘정사 장서각 목록에 『고금인물지(古今人物志)』 등이 등재되어 있어 참고할만하다. 이로 보면 무흘정사에는 한강이 편찬한 서적이 다량 소장되어 있었으며, 무엇보다 이들 책을 저술할 때 참고하고 활용한 책들이 남아 있었던 것으로 보인다. 그 책은 대체로 임진왜란 전의 것이었고, 책의 존재에 대해서는 전국적으로 알려져 있었다. 여기에 대하여 서산와(西山窩) 노상추(盧尙樞, 1746-1829)는 1796년(정조 20) 7월 23일자 일기에서 다음과 같이 적고 있다.

듣건대 지난 날 김영공(金令公: 金翰東)이 승지(承旨)로 있을 때, 상이 교서를 내려 말하기를, '영외(嶺外)에 만약 임란 전의 서책이 있으면 올리는 것이 좋겠다.'라고 하셨다 한다. 금생(琴生: 琴宗烈)에게 『주례(周禮)』 책이 있었기 때문에 그 책을 가져다 올렸다고 한다. 정한강의 무흘서당에는 천 여권의 옛 책이 장서되어 있었는데, 이 때문에 책이름을 적은 목록을 또한 올렸다고 한다.

당시 정조는 임진왜란 이전의 문헌을 영남에서 찾았다. 이에 와은(臥隱) 김한동(金翰東, 1740-1811)이 승지로 있으면서 정조에게 무흘정사 장서각에 대하여 아뢴 후 조정의 명에 의해 무흘정사 장서각에 보관되어 있던 도서의 목록을 올렸던 것으로 보인다. 이후 무흘정사 장서각의 장서 일부가 조정으로 올라갔는지에 대해서는 명확한 기록이 없어 알 수가 없지만, 현재 확인되는 도서목록을 근거로 하면 조선전기에 발간된 문헌들이 1960년대까지 여전히 무흘정사에 보관되어 왔던 것을 알 수 있다. 이로써 우리는 무흘정사 장서각에 한강이 참고했거나 한강이 쓴 책들을 중심으로 수천 권이 보관되어 왔었고, 그것이 가진 지명도는 전국적인 것이었다는 것을 알게 된다.

5. 장서각 서운암의 표정

한강은 피지의식(避地意識)에 입각한 독서양성(讀書養性)을 위해 무흘로 들어간다. 백천(白川) 이천봉(李天封, 1567-1634)이 "무흘정사에 수많은 서책을 간직해 두고 밥하는 중 두세 명과 함께 거처하셨다."라고 하거나, 외재(畏齋) 이후경(李厚慶, 1558-1630)이 한강의 무흘정사를 들어 "선생이 그 고요함을 즐겨 작은 집을 짓고 장서유식(藏書遊息)의 장소로 삼았다."라고 한 것은 모두 이러한 입장에서 말한 것이다.

한강이 세상을 뜬 후 무흘정사는 회연서원과 함께 한강학 연구의 기지가 된다. 미수(眉叟) 허목(許穆, 1595-1682)과 식산(息山) 이만부(李萬敷, 1664-1732) 등이 언급하고 있듯이 무흘에는 '정씨장서(鄭氏藏書)', '무흘장서(武屹藏書)', '한강장서(寒岡藏書)' 등으로 불리는 장서가 있었기 때문에 더욱 그러했다. 무흘정사를 중심으로 한강학을 계승하려는 움직임이 한강의 문하생 그룹에서 가장 먼저 일어났다. 무흘에서 한강에게 예설을 배웠던 등암(藤庵) 배상룡(裵尙龍, 1574-1655)은 그 대표적인 인물인데, 그는 동지들과 무흘정사를 방문한 후 당시의 느낌을 시로 적어 서로 힘써 무흘을 보호하고 전하자며 다짐하기도 했다.

한강의 무흘 유적을 잘 보호하여 후세에 전하고자 했던 배상룡과 그 후예들의 노력에 힘입어 무흘정사는 수많은 사람들이 찾는 대표적인 명소가 될 수 있었다. 앞서 언급한 바 있듯이 허목은 〈가야산기(伽倻山記)〉에서, 이만부는 〈북귀기(北歸記)〉에서 '정씨장서'를 소개한 바 있다. "수도산에는 정씨장서가 있다."라고 하거나, "수도산에 가서 정씨장서를 보았다."라고 한 기록들이 모두 그것이다. 그리고 18세기 초반에 주로 활동하였던 제산(霽山) 김성탁(金聖鐸, 1684-1747)은 해인사에 보관된 팔만대장경과 대비시키면서 한강의 무흘장서의 중요성을 언급하기도 했다. 다음 시를 통해 이를 확인해보자.

홍류동을 천 봉우리로 에워싸고 있지만	紅流洞裏匝千峯
얼마나 많은 유람객이 이곳을 찾았을까	幾箇遊人到此中

만약 근원을 찾아 무흘정사를 본다면	若使尋源看武屹
장서가 절 뿐만이 아니라는 것을 알게 되리	藏書何啻梵王宮

이 시는 김성탁이 종손 김경인(金景仁)의 시에 차운한 것이다. 김경인은 당시 지리산에 갔다가 돌아오는 길에, 진주 촉석루와 성주를 거쳐 가야산으로 들어가 홍류동을 유람한 후 해인사에 투숙하게 된다. 그는 당시의 감흥을 시로 지어 김성탁에게 주고 차운을 요청하였던 바, 김성탁은 위와 같은 시를 지어 김경인의 요구에 응했다. 여기서 김성탁은 무흘정사와 해인사의 장서를 대비시키면서, 산을 유람하는 사람들은 팔만대장경이 봉안되어 있는 해

홍류동의 '고운최선생둔세비'와 '농산정'

인사의 장경각만 알고, 무흘의 장서가 있는 줄을 알지 못한다며 안타까워했다.

무흘정사는 한강이 세상을 떠나고 난 13년 뒤인 1633년(인조 11)에 그 제자들과 성주의 선비들이 중심이 되어 원래 자리에서 아래쪽으로 수백 보를 옮겨 36간의 규모로 확장하고, 다시 남쪽 10보쯤 되는 곳에 장서각인 서운암 3동을 세우면서 새로운 면모를 갖추고 거듭난다. 이후 1784년(정조 8)에는 지애(芝厓) 정위(鄭煒, 1740-1811) 등 한강의 후손이 중심이 되어 대대적인 무흘사업을 일으켜 무흘정사를 옛터로 옮겨 세우고 장서각 서운암은 그대로 두었다가, 장서각을 1810년(순조 10)에 무흘정사가 있는 곳으로 다시 옮긴다. 이때 묵헌(默軒) 이만운(李萬運, 1736-1820)은 〈무흘정사장서각이건기(武屹精舍藏書閣移建記)〉를 쓰고, 정위는 〈무흘장서각상량문(武屹藏書閣上梁文)〉을 짓는다. 당시 수도산의 무흘정사는 선비들의 대표적인 유람코스였고, 장서각 서운암에 들러 한강의 유품을 봉심하고 장서를 열람하는 것은 하나의 문화로 자리 잡았다.

무흘의 자연경관과 장서각에 대하여 애정을 가진 선비들이 많았지만, 그 가운데서도 교와(僑窩) 성섭(成涉, 1718-1788)은 대표적인 인물이다. 그는 한강의 제자 부용당(芙蓉堂) 성안의(成安義, 1561-1629)의 5대손으로 『교와문고(僑窩文稿)』에서 〈유무흘산(遊武屹山)〉·〈재유무흘(再遊武屹)〉·〈입암기(立巖記)〉·〈무흘장서기(武屹藏書記)〉 등의 글을 남겨 한강과 무흘에 대하여 각별한 관심을 보인다. 그가 처음 무흘을 찾은 것은 1779년(정조 3) 봄이었다. 당시 그는 무흘정사 장서각을 일러 우리 동방의 석거각(石渠閣)이라며 감탄해 마지않았다. 1784년(정조 8)에 다시 무흘을 찾아 이곳은 '경산제일승지(京山第一勝地)'라고 하면서 한강이 여기서 수천 권의 책을 보면서 저술했던 사실, 그가 세상을 뜬 후 그의 궤장(几杖)과 관교(官敎) 등을 이곳에 보관했던 사실 등을 두루 전했다. 무흘정사 장서각에 대해서는 다음과 같이 기록하였다.

그 후 성산의 선비들이 암자가 너무 좁아 그 아래로 이건하였는데, 승사(僧舍)를 지은 것이 전에 비해 컸고 장서각 또한 우뚝하였다. 이미 지대가 높고 세월이 오래되어 기둥과 서까래가 쉽게 부패되었고, 중간에 여러 번 수리를 하였으나 오래지 않아 허물어질 지경이었다. 승려들이 지키는 것도 점점 해이해져서 경영할 수가 없었다. 수년 전부터 선생의 자손들이 중수를 의논하여, 재물을 모으고 이자를 불려 금년 봄에 목수를 모집하여 공사를 시작하였다. 승사는 모두 헐고 또 옛 터로 옮기니 매우 성대한 일이었다.

성섭이 금년 봄이라 한 것은 1784년(정조 8)의 봄이다. 그는 당시의 무흘정사 사정과 외부적 모습을 위와 같이 기술하였다. 한강이 세상을 떠나자, 성주의 선비들은 한강이 보던 책 등 다양한 유품들을 새로 지은 장서각에 보관하고 승려로 하여금 보호하게 하였다. 그러나 지대가 높고 세월이 오래되어 장서각이 거의 허물어질 위기에 처해 있을 뿐만 아니라 승려들마저 지키고자 하는 생각이 해이해져서, 한강의 자손을 중심으로 재물을 모아 1784년 봄부터 공사를 시작하여 한강이 처음 세웠던 무흘정사 옛 터로 옮기게 되었다는 것이다. 여기서 우리는 한강의 제자와 성주의 선비들을 중심으로 한 무흘정사 관리가 18세기 말에 오면서 한강의 후손들에 의해 이루어졌던 사실을 함께 알게 된다.

선비들의 관란대 아회(雅會)
(〈만월담도〉 일부)

성섭이 〈재유무흘(再遊武屹)〉에서 당시 무흘정사의 외부 모습을 단편적인 글로 남겼다면, 〈무흘장서기(武屹藏書記)〉는 무흘정사 장서각에 특별한 관심을 갖고 그 내부적 상황을 구체적으로 기록한 것이다. 이 글은 중국의 여러 산중장서를 예로 들면서 시작한다. 즉, "황제씨는 책을 완위산(宛委山)에 간직하였고, 태사공(太史公) 사마담(司馬談)은 일가의 말을 석실(石室)에 보관하였고, 이발(李渤)은 하사받은 책 수천 권을 숭산(崇山)에 간직하였다."라고 한 것이 그것이다. 이처럼 책을 명산에 보관하였던 것은 그 전통이 매우 오래된 것이었던 바, 그 이유는 책을 영구히 보존하기 위함이었다. 그리고 광려산(匡廬山)의 '이씨장서(李氏藏書)'와 마고산(麻姑山)의 '강씨장서(江氏藏書)'를 언급하면서, 우리 동방에도 수도산 무흘에는 '정씨장서(鄭氏藏書)'가 있다고 했다. 성섭은 이러한 자부심을 갖고 한강의 무흘정사 장서각 내부로 들어가며 다음과 같이 적었다.

우리 동방의 서적은 매우 적을 뿐만 아니라 또한 장서의 고사가 없다. 명산이 바둑판처럼 여러 곳에 있으나 등한히 여겨 한 지역으로 버려 둔 것에 불과할 따름이다. 오직 우리 한강 노선생이 만년에 무흘 산중에 들어오시어 서운고암(棲雲古庵)에 기거하면서 수천 권의 책을 모으고, 항상 그것을 보면서 마음 속에 깊이 스며들게 하고 좋은 글은 거듭 생각하여, 고요한 가운데 힘을 쓰는 곳으로 삼았다. 선생이 사수(泗水) 가에서 돌아가셨으나 책은 이 암자에 있어 선생의 제자 약간 명이 선생이 남긴 뜻을 좇아, 이에 암자 가에 큰 나무를 깎아 몇 칸의 집을 지어, 기둥을 올리고 서가를 엮어 수십 상자를 벌여 두고, 차례대로 순서를 매겼다.

성섭은 우리나라에도 명산이 더러 있으나 장서의 고사가 없다가, 한강이 무흘정사를 짓고 이곳에 장서하면서 우리나라의 대표적인 산중 장서고사가 생기게 되었다고 했다. 그는 한강이 수천 권의 책을 소장해두고 그것을 보면서 마음속으로 책의 내용을 깊이 생각하였던 것을 상상하면서, 그 자신이 본 서가의 모습을 적기도 했다. 즉 장서각 내부는 기둥을 올리고 서가를 엮어 수십 상자를 벌여 두었으며, 그 상자에는 차례대로 순서를 매겨두었다는 것이 그것이다. 우리는 여기서 비로소 장서각 내부의 모습을 대체로나마 파악할 수 있게 된다. 성섭은 이를 보물로 생각하며 다음과 같은 감동적인 말로 이어나갔다.

장서실 안으로 들어가면, 페르시아 보물가게에 진귀하고 기이한 보물들이 가득 쌓여 눈이 갑자기 환하게 밝아지는 듯하였다. 그리고 달이 창문으로 떠오르고 바람이 창틀로 불어와서 아득히 움직이기라도 하면, 나는 앞서 말한 '여러 옥이 있는 신령한 산'과 '대유산(大酉山)과 소유산(小酉山)의 봉래산'을 여기에 견준들 어떠한지를 알지 못하겠으며, '광려산(匡廬山)'과 '마고산(麻姑山)'이 완연히 해동에 있는 듯하였다.

성섭은 장서각을 페르시아의 보물가게에 비유하고

있다. 페르시아의 보물 가게에 진기한 보물이 가득하듯이 무흘정사 장서각에는 신기한 책들로 가득하였다는 것이다. 일찍이 소산(小山) 이광정(李光靖, 1714-1789)이 아들에게 편지하여 그렇게 말하고 있듯이 성섭에게도 무흘정사 장서각에는 평생동안 보지 못했던 책들로 가득했던 것이다. 남촌(南邨) 송이석(宋履錫, 1698-1782)과 같은 사람은 장서각을 방문하여 아예 자신이 보지 못한 책을 찾아 중요한 구절을 뽑아 책을 만들기도 했다. 이처럼 무흘정사 장서각은 성섭이 말한 것처럼 중국의 대유산(大酉山)과 소유산(小酉山), 혹은 광려산(匡廬山)과 마고산(麻姑山) 등에 견주어도 전혀 손색이 없는 훌륭한 산중도서관 역할을 하였던 것이다.

성섭은 여기서 나아가 한강과 함께 주자의 무이구곡을 다시 떠올렸다. 무흘정사가 있는 수도산은 "발아래로부터 수목에 이르기까지 모두 빼어난 수석이 있으며, 그 이름을 '무(武)'로 한 것은 또한 '무이(武夷)'와 더불어 같기 때문이다."라고 하면서, 한강이 멀리로는 주자를 계승하면서 장서를 하였으니, 성섭은 여기에 오는 사람이 서각(書閣)에 올라 승경을 바라보며 책을 들고 난간에 기댄다면, 귓가에서 다시 구곡의 뱃노래 소리를 듣게 될 것이라고 했다. 한강이 〈앙화주부자무이구곡시운(仰和朱夫子武夷九曲詩韻)〉을 지어 주자학적 세계를 지향한 것을 염두에 둔 결과이다. 그러나 여기에 와서 독서하고 양성하는 사람은 많지 않았다. 이에 대하여 성섭은 시를 지어 애석하게 생각했다.

막막한 안개와 구름은 봉우리에 아득한데	漠漠烟雲縹渺峯
누가 있어 신령스런 붓을 들어 그림으로 그릴 수 있을까	誰將神筆畵形容
온종일 텅빈 집에 사람은 오지 않는데	盡日虛堂人不到
주렴으로 들어온 푸른 산 빛만 짙고 짙다네	入簾山色翠重重

숟가락으로 밥을 먹고 상앗대로 배를 모는 것	匙能喫飯篙能船
높은 장서각을 물어온 지 몇 해던가	高閣藏書問幾年
수많은 서책이 부질없이 좀 슬어가니	萬軸牙籤空伴蠹
정성들여 저술한 제자(諸子)들이 모두 가련하구나	雕虫諸子摠堪憐

위의 두 수는 모두 성섭이 무흘정사 장서각에서 느낀 점을 노래한 것이다. 그 스스로 언급하였듯이 앞의 시는 '장경각이 산중에 있다는 것을', 뒤의 시는 '장서를 읽는 사람이 없다는 것'을 말한 것이다. 무흘정사 장서각에는 중요한 책들이 많았으나 그것을 읽으며 양성(養性)하러 오는 사람은 많지 않았다. 성섭은 이에 대하여 당대의 선비들이 모두 과거를 보아 출세하는데 급급하기 때문이라 생각했다. "세상 사람들은 빨리 벼슬하여 관직에 나아가

는 것을 구하여 머리를 과장(科場)의 문자에 묻는다. 비록 성주읍 가까운 곳에 사대부 집안의 자제들이 있으나 이들로 말하자면, 산에 들어와 독서하며 그 꽃과 열매를 따서 벗기고 그 살과 기름을 씹는 자가 있다는 것을 듣지 못했다."라며 당대 선비사회의 독서풍속을 비판한 것이 그것이다.

한강이 독서 수양하였던 무흘정사는 한강 사후에는 배상룡 등 그의 제자들이 중심이 되어 무흘산장(武屹山長)을 정하여 관리하면서 무흘의 독서문화를 일으켰다. 그러나 세월이 흐르면서 이 문화가 퇴색되자 18세기 후반에 이르러 한강의 후손들에 의해 무흘정사를 중건하면서 이 사업은 계속된다. 이때 장서각도 단장하게 되는데, 여기에는 한강의 유품과 함께 평소에 보던 책들로 가득했다. 책 수는 수천 권에 이르렀고, 책 상자도 수십 상자가 되었다. 이들은 질서정연하게 서가에 정리되어 있었는데, 이곳을 방문한 성섭은 〈무흘장서기〉에서 페르시아의 보물가게에 들어 온 듯 진귀한 보물로 가득하다고 전했다. 그러나 당대의 선비들이 과거에 몰두하고 있었기 때문에 무흘정사 장서각에는 독서 양성하러 온 이가 그리 많지 않았던 것으로 보인다.

6. 서운암의 장서 경향

무흘정사 장서각 서운암의 장서목록은 정조년간에 조정에 올리기 위해서 작성한 바가 있고, 또한 한말까지 목록이 남아 있었다고 하나 지금은 전해지지 않는다. 정위의 현손인 일우(一宇) 정세용(鄭世容)의 『무흘독서록(武屹讀書錄)』과 칠곡 출신 남촌(南邨) 송이석(宋履錫, 1698-1782)의 『무흘서각초록(武屹書閣抄錄)』이 있었다고 하나 이들 서적의 행방 역시 묘연하다. 그러나, 1832년(순조 32)에 발간된 『성주목읍지(星州牧邑誌)』와 1968년에 발간된 국회도서관의 『한국고서종합목록』에 무흘정사 장서각의 장서목록 일부가 흩어진 채로 전해지고, 고문서에도 다소의 목록이 확인된다. 이를 종합하면 무흘정사 서운암의 장서 성격을 제한적이나마 파악할 수 있다.

〈무흘구곡도〉에 표현된 '서운암'

한강은 무흘시대(1604-1612)에 다양한 분야의 책을 저술한다. 『염락갱장록(濂洛羹墻錄)』 등의 성리학 분야, 『치란제요(治亂提要)』와 『경현속록(景賢續錄)』 등의 역사 및 전기 분야, 『복주지(福州志)』 등의 지방지 분야가 그것이다. 따라서 그가 장서해 두고 참고했던 책도 이러한 여러 분야의 서적이었을 것으로 보인다. 이 같은 저술을 통해 그는 공자의 핵심사상인 인사상을 계승하는 입장에서 주희를 깊이 존신하였고, 나라의 치란은 사람의 등용에 달려 있다는 생각으로 역대 인물의 출처에 대하여 세밀하게 따졌으며, 도통연원에 따른 조선 도학의 체계화에 대하여 고민하기도 했다.

한강이 무흘정사에서 예설을 강론한 흔적도 여러 자료에 보인다. 일찍이 '벗들을 사양하노니 찾아올 생각 말게'라고 하면서 〈사빈시(辭賓詩)〉를 지어 사양하였으나 뜻대로 되지 않았다. 당시 여러 제자들이 와서 질문하는 것을 어쩔 수 없이 받아들여야만 했던 것이다. 용담(龍潭) 박이장(朴而章, 1547-1622)이 61세 되던 해에 한강의 무흘정사를 찾아 그와 더불어 '동자불장(童子不杖)'에 대한 예를 논하거나, 외재(畏齋) 이후경(李厚慶, 1558-1630)이 한강을 따라 모암(慕庵)과 무흘정사 등에서 예설을 배웠는데 한강이 마침 예서를 쓰고 있을 때였다고 한 기록에서 그 흔적을 찾을 수 있다.

한강이 무흘정사에서 예서를 집필하면서 다양한 방면에서 저술을 하였다고 볼 때, 그가 참고한 책 역시 이와 관련된 것일 터이다. 이후 노곡정사로 옮겨가지만, 무흘정사에는 여전히 많은 책이 보관되어 있었던 것으로 보인다. 한강 사후에는 사양정사에 있던 유품과 서적들을 무흘정사 장서각으로 옮겼고, 따라서 기존에 있던 서적들과 옮긴 서적이 합쳐지게 된다. 무흘을 유람하면서 사람들이 두루 열람하였던 장서는 바로 이를 두고 이른 것이다.

무흘정사에 장서되어 있었다고 하는 한강의 저서 목록을 처음 소개한 사람은 채몽연이었고, 이후 몇 차례 목록이 작성되었으나 찾을 길이 없다. 이러한 상황에서 국회도서관에서 발간한 『한국고서종합목록』(1968)은 최근의 것이긴 하나 주목하지 않을 수 없다. 지금까지 남아 있는 무흘장서목록 가운데 가장 자세하기 때문이다. 그리고 한국학중앙연구원 장서각 소장의 고문서 〈성주무흘산정한강서재소장서책〉에도 무흘정사의 장서목록 일부가 소개되어 있으며, 『성주목읍지(星州牧邑誌)』(1832)에도 무흘정사에 보관되어 있었던 책판 일부를 소개하고 있어 참고가 된다. 이상의 장서목록을 종합하면 고문헌이 78종 507책, 책판이 6종이다. 이를 중심으로 무흘정사 장서각의 장서 성격을 검토해 보기로 한다.

첫째, 한강이 보았을 것으로 추정되는 책들이 다수 보인다. 한강이 무흘시대를 마감하고 노곡으로 이주를 하지만 책 전체를 갖고 가지는 않았을 뿐만 아니라, 사양정사에서 세상을 떠난 후에는 거기에 소장되어 있었던 책을 한강의 유품과 함께 다시 무흘정사 장서각에 옮겨 기존에 소장되어 있던 책과 함께 보관했다. 이 때문에 조사 당시와는 상당한 시간적인 거리가 있다고 하더라도, 여기에는 한강의 수택본이 상당량 포함되어 있었던 것으로 보인다. 19세기의 문인 소암(素巖) 김진동(金鎭東, 1727-1800) 역시 무흘정사 장서각의 책을 '한강선생서적'이라 언급하고 있고, 공산(恭山) 송준필(宋浚弼, 1869-1943) 역시 무흘을 찾아 "서가에 꽂힌 만권서는 모두 선생의 손때가 묻어 있고, 바위 앞 구곡에는 오히려 선생의 기침소리가 들리는 듯하다."라고 하고 있어 20세기 초까지 선비들 사이에는

'성주무흘산정한강서재소장서책' 목록

무흘정사 장서각의 도서는 거의 한강의 수택본으로 여겨왔던 것으로 보인다. 그리고 무엇보다 여기에 보관되어 왔던 『의례도(儀禮圖)』, 『의례주소(儀禮注疏)』, 『예기주소(禮記註疏)』 등이 『오선생예설』 등의 예서에 인용되어 있고, 『상채선생어록(上蔡先生語錄)』이나 주자서 등 일련의 성리서 역시 한강이 즐겨보던 책이며, 『심경발휘』 등에 많이 인용되고 있어 이러한 사실을 방증하기에 족하다.

무흘정사에 전해지는 『설문청공독서록(薛文淸公讀書錄)』은 특별히 주목할 필요가 있다. 한강이 이를 적극적으로 용사(用事)해서 시를 지었기 때문이다. 일찍이 그는 오언절구 〈자성(自省)〉에서 "대장부의 심사, 밝은 해와 푸른 하늘 같다네. 맑게 툭 트여 사람들이 모두 보니, 찬란한 그 빛 참으로 늠름하구나."라고 한 바 있다. 이것은 시호를 문청공으로 하는 명나라 유학자 설선(薛瑄, 1389-1464)이 그의 『독서록』에서 "대장부의 심사는 마땅히 푸른 하늘의 밝은 해와 같아서 사람들로 하여금 볼 수 있게 하여야 한다."라고 하였는데, 한강은 여기에 촉발되어 이 같은 시를 지어 스스로를 반성하는 격언으로 삼았던 것이다. 무흘정사 장서각에 이 책이 보관되어 20세기 중반까지 전해지고 있었던 것은 시사하는 바가 크다고 하지 않을 수 없다.

둘째, 화재 이후 남은 한강의 저술과 그의 선조들의

문집이 보관되어 있었다. 무흘정사 장서각에 전해져 오던 한강의 저서로는 『오복연혁도(五服沿革圖)』와 『오선생예설분류(五先生禮說分類)』를 비롯해서 『고금인물지(古今人物志)』·『수사언인부록(洙泗言仁附錄)』·『심경발휘(心經發揮)』·『주자시분류(朱子詩分類)』·『고금명환록(古今名宦錄)』·『오복연혁도(五服沿革圖)』·『심의제조법(深衣制造法)』·『경현속록(景賢續錄)』 등이 있었고, 의심이 가기는 하지만 『고문회수(古文會粹)』와 『치란제요(治亂提要)』 등도 소장되어 있었으며, 『역대기년(歷代紀年)』으로 보이는 『제왕역년기(帝王歷年記)』도 있었다. 화재 이후 남은 한강의 책을 장현광과 신흠, 그리고 채몽연이 서로 다르게 적고 있지만, 한강의 저술 서목에는 있으나 현전하지 않는 『고금인물지』나 『고문회수』, 그리고 『주자시분류』나 『치란제요』 등이 여기에 포함되어 있어 주목할 만하다.

한강은 그의 선조에 대하여 특별한 존경심을 갖고 이들의 문집을 편찬한다. 『서원세고(西原世稿)』가 바로 그것이다. 이 책은 1607년경 목판본으로 낸 것인데, 그가 9대조 설곡(雪谷) 정보(鄭誧, 1309-1345), 8대조 원재(圓齋) 정추(鄭樞, 1333-1382), 7대조 복재(復齋) 정총(鄭摠, 1358-1397) 등 3대의 문집을 합집(合集)하여 8권 2책으로 엮은 것이다. 무흘정사 장서각에는 이 가운데 『원재집』과 『복재집』이 장서되어 있었는데, 이 책들은 한강이 『서원세고』를 엮을 때

활용했던 선조들의 문집 원본일 가능성이 높다. 이처럼 무흘정사에는 한강 자신이 직접 편찬한 책들이 근년까지 내려오고 있었던 것이다.

셋째, 조선의 서적에 비해 중국서가 훨씬 많이 장서되어 있었다. 여기에 보관된 중국의 서적은 조선에서 수입 간행한 것이 더욱 많았던 것은 물론이다. 무흘정사 장서각의 장서목록에서 확인되는 중국서는 모두 41종 397책으로 전체 서적의 78.3%에 해당한다. 왕희명(王希明, 唐)이 쓴 『단원자보천가(丹元子步天歌)』 등 당서(唐書)가 4종 81책, 사량좌(謝良佐)의 『상채선생어록(上蔡先生語錄)』 등 송서(宋書)가 19종 211책, 행균(行均)이 쓴 『용감수감(龍龕手鑑)』 등 요서(遼書)가 1종 4책, 정단례(程端禮)가 지은 『분년일정(分年日程)』 등 원서(元書)가 1종 2책, 양렴(楊廉)이 지은 『황명이학명신언행록(皇明理學名臣言行錄)』 등 명서(明書)가 13종 87책 등 수많은 중국서가 집적되어 있었다. 이 가운데 『용감수감』은 현재 중국을 비롯한 일본 등 다른 나라에서는 이미 없어진 책이기도 한데, 현재 낙질인채로 국보로 지정된 책이다.

무흘정사에는 송서를 중심으로 당서와 명서가 주축을 이루고 있었다. 이것은 조선시대 중국서적 출판상황과 맞물리는 것이기는 하지만, 예학자이자 성리학자인 한강의 관심영역으로 볼 때 당연한 것이라 하지 않을 수 없다. 그리고 청나라 이후의 중국서적은 발견되지 않는다. 이것은 장서각에 보관되어 왔던 서적들이 한강과 밀접한 관계가 있다는 것을 보여주는 것과 동시에 무흘정사 장서각이 조선후기로 넘어오면서 서적의 유통 등 새로운 시대적 기능을 담당하지 못했다는 것을 의미한다. 이와 함께 성주 유림의 숭정의리정신(崇禎義理精神) 역시 일정하게 작동한 결과이기도 하다.

넷째, 조선시대의 서적은 조선전기의 인물에 집중되어 있다. 무흘정사에 소장되어 있었던 조선의 서적은 확인되는 것만 26종 84책이다. 정조가 영외(嶺外)에서 임란 전의 서책을 찾자 무흘정사의 장서목록을 조정에 올렸듯이 무흘정사에는 조선전기의 문집들이 많이 보관되어 왔던 것이다. 이 때문에 이들 가운데 한강의 전대이거나 당대 인물이 그 중심을 이루는 것은 지극히 당연한 일이다. 전대의 인물로는 양촌(陽村) 권근(權近, 1352-1409), 괴애(乖崖) 김수온(金守溫, 1409-1481), 보한재(保閑齋) 신숙주(申叔舟, 1417-1475), 지지당(止止堂) 김맹성(金孟性, 1437-1487), 오졸재(迂拙齋) 박한주(朴漢柱, 1459-1504), 진일재(眞一齋) 유숭조(柳崇祖, 1452-1512), 추강(秋江) 남효온(南孝溫, 1454-1492), 수헌(睡軒) 권오복(權五福, 1467-1498), 관포당(灌浦堂) 어득강(魚得江, 1470-1550), 신재(愼齋) 주세붕(周世鵬, 1495-1554) 등을 들 수 있고, 당대의 인물로는 신수(莘叟) 성희윤(成希尹, ?-?), 남명(南冥) 조식(曺植, 1501-

1572), 퇴계(退溪) 이황(李滉, 1501-1570), 구암(龜巖) 이정(李楨, 1512-1571), 고봉(高峯) 기대승(奇大升, 1527-1572), 오음(梧陰) 윤두수(尹斗壽, 1533-1601), 제봉(霽峰) 고경명(高敬命, 1533-1592), 죽유(竹牖) 오운(吳澐, 1540-1617) 등을 들 수 있다.

무흘정사 장서각에 초기 사림의 문집이 다수 포함되어 있었던 사실은 주목을 요한다. 한강이 여기서 조선의 도통연원에 대하여 깊이 고민한 적이 있기 때문이다. 한훤당 김굉필의 사적을 찾아 구암(龜巖) 이정(李楨, 1512-1571)의 『경현록(景賢錄)』을 보완한 『경현속록(景賢續錄)』을 편집하면서 이것은 구체적 성과로 나타났다. 그가 김굉필의 외증손이기도 하지만 여기에는 뚜렷한 도통의식이 개입되어 있었던 것이다. 공자의 인사상에서 출발한 도학의 흐름이 주자를 거쳐 김굉필과 정여창 등에게로 이어지고 있다는 생각이 그것이다. 『경현속록』 뿐만 아니라 뒷날 정여창이 남긴 자료를 모아 편찬한 『문헌공실기(文獻公實記)』(1617년, 75세)도 같은 맥락에서 이해된다.

다섯째, 무흘정사 장서각에는 다양한 서종을 유지하면서도 성리서, 역사서, 문학서, 예서 등이 중심을 이루었다. 성리서로는 『상채선생어록(上蔡先生語錄)』·『이락연원록(伊洛淵源錄)』·『주자대전(朱子大全)』·『회암사수(晦庵辭受)』·『주자성서(朱子成書)』·『여동래집(呂東萊集)』·『횡거경학이굴(橫渠經學理窟)』·『분년일정(分年日程)』·『황명이학

명신언행록(皇明理學名臣言行錄)』·『설문청공독서록(薛文淸公讀書錄)』·『이단변정(異端辯正)』·『입학도설(入學圖說)』·『퇴계고봉양선생왕복서(退溪高峰兩先生往復書)』 등이, 역사서 내지 지지(地誌)로는 『계고록(稽古錄)』·『통지략(通志略)』·『역대통감찬요(歷代通鑑纂要)』·『권리지(闕里誌)』·『동사찬요(東史纂要)』·『고려사절요(高麗史節要)』·『경산지(京山誌)』 등이, 문학서로는 『문원영화(文苑英華)』·『문장변체(文章辨體)』·『문장정종(文章正宗)』·『숭고문(崇古文)』·『고문주기(古文珠璣)』 등이, 예서로서는 『의례주소(儀禮注疏)』·『예기주소(禮記註疏)』·『의례도(儀禮圖)』·『의례경전(儀禮經傳)』·『향사지례(鄕射之禮)』 등이 장서되어 있었다. 이것은 무흘정사 장서각이 지니는 전반적인 사상적 성격을 의미하는 것이기도 하다.

무흘장서 장서각에 소장된 서적은 위에서 제시한 몇 분야를 훨씬 뛰어 넘고 있기도 하다. 예컨대, 명나라의 홍무(洪武, 1368년)에서 정덕(正德, 1521년)까지의 다양한 위항지담(委巷之談)을 기록한 명나라 이묵(李默)의 『고수부담(孤樹裒談)』 10책, 중국의 고대 점성술과 관련된 것으로 민간에 공개되지 않고 비밀스럽게 전해져 왔다고 하는 수나라 단원자(丹元子)의 『보천가(步天歌)』 1책, 삼국시대 조조(曹操)와 양나라의 맹씨(孟氏), 그리고 당나라의 이전(李筌) 등 11명의 주석을 집성해서 편찬한 송나라 길천보(吉天保)의

『십일가주손자(十一家註孫子)』 1책, 주자학의 리학(理學)과 양명학의 심학(心學)과는 달리 자신의 독특한 기론(氣論)을 확립한 명나라 나흠순(羅欽順)의 『곤지기(困知記)』 2책 등이 대체로 그것이다. 이밖에도 관청의 행정 용어를 풀이한 『이학지남(吏學指南)』과 거문고에 대한 기초지식을 서술한 『금보계몽(琴譜啓蒙)』 등이 있어 소장 서적의 성격을 단일화할 수는 없다.

여섯째, 무흘정사 장서각에는 일련의 목판과 고문서도 소장되어 있었다. 1832년(순조 32)에 편찬된 『성주목읍지(星州牧邑誌)』 책판 조에 의하면 무흘정사에는 『경산지(京山志)』를 비롯해서, 『추탄집(湫灘集)』·『일송집(一松集)』·『월봉집(月峰集)』·『일죽집(一竹集)』·『송당집(松堂集)』 등의 목판이 있었다고 했다. 이로 보아 무흘정사는 장서의 기능을 넘어 출판의 기능까지 겸하고 있었던 것이 아닌가 한다. 이것은 무흘정사를 지키고 있었던 여러 승려들의 노동력이 있었기 때문에 가능하였을 것이다. 그러나 서적의 출판 기능은 쌍계사와 회연서원이 중심이 된다. 특히 회연서원 숭모각(崇慕閣)에는 최근까지 한강의 제자들이 엮은 『한강집』 616장을 비롯해서 1,381장의 목판이 전해질 수 있었다.

무흘정사에는 한강이 그의 문도들과 주고 받은 다양한 고문서도 보관되어 있었다. 이것은 낙재(樂齋) 서사원

(徐思遠, 1550-1615)의 『낙재집』을 만들 때, 배상룡이 무흘정사 서감(書龕)에서 서사원이 한강에게 올린 간찰을 찾아 도성유에게 전해준 것에서 확인된다. 당시 배상룡은 서사원이 한강에게 보낸 사의(辭意)가 평범한 안부편지를 훨씬 넘어서기 때문에 원집(元集)의 첫 머리에 실어 줄 것을 당부하기도 했다. 이밖에도 『한강속집』을 만들면서 한강의 후손인 주석(冑錫)·윤석(允錫)·호영(浩永) 등이 무흘정사에서 한강과 그 제자의 문답을 구하여 매산(梅山) 홍직필(洪直弼, 1776-1852)에게 보내고, 『한강속집』의 발문을 의뢰한 것에서도 확인할 수 있다. 이러한 몇 가지 사실로 미루어보아, 무흘정사 장서각에는 한강과 그의 문도들 사이에서 오고갔던 간찰 등 다양한 고문서가 소장되어 있었던 사실을 확인하게 된다.

무흘정사 장서각에 20세기 중반까지 한강의 수택본이 다량 남아 있었을 가능성이 있다는 것은 중요한 사실이라고 하지 않을 수 없다. 조선에서 출간된 중국서가 특별히 많았고, 조선의 서적도 임진왜란 전의 것이 많았다. 이 때문에 장서각을 찾은 선비들은 평생동안 보지 못했던 책이라며 감탄해마지 않았던 것이다. 한강이 만년에 이곳으로 깃들기 때문에 여기에는 학동을 가르치던 『소학』과 사서삼경 등의 교과서류는 장서되지 않았다. 우리는 이상의 몇 가지 사실로 미루어보아 무흘정사 장서각의 장서가 지니는 성격과 함께 그 가치를 충분히 인식하게 된다.

7. 서운암의 기능과 의미

한강이 무흘에 은거하면서 독서 수양할 때는 많은 사람들이 찾아와 질문하고 더불어 강학하였다. 상황이 많이 달라지기는 하였지만, 한강이 세상을 뜬 후에는 이곳에서 그 제자들이 중심이 되어 무흘의 독서와 강학문화를 만들어갔다. 여기에는 한편으로 한강의 정신을 계승하면서, 다른 한편으로 당대 선비사회의 기풍을 쇄신하자는 의도가 잠복해 있었다. 무흘정사 장서각에 소장된 수천 권의 서적은 이러한 독서와 강학문화의 구심체 역할을 가능하게 하였다. 여기서는 이를 염두에 두면서 무흘정사 장서각의 기능과 의미에 대하여 살펴보기로 한다.

먼저, 무흘정사 장서각의 기능에 대해서다. 1620년(광해 12) 한강이 사양정사에서 세상을 뜨자 그의 문도들은 가장 먼저 백매원에 모여 스승의 문집을 만드는 일에 진력하면서, 1624년(인조 2)에는 한강의 위판을 천곡서원에 봉안하고, 1627년(인조 5)에는 회연서원을 지어 스승의 위판을 봉안하였다. 그리고 1630년(인조 8)에는 도동서원에 배향하였고, 이어 1633년(인조 11)에는 무흘정사를 중축하게 된다. 한강 사후에 있었던 이러한 일련의 사업은 신속하게 진행되었는데, 무흘정사의 중건은 한강이 세상을 뜬 해로부터는 13년이 되었고, 무흘을 떠난 해로 보면 21년이 되었다.

무흘정사 서운암의 기능 가운데 무엇보다 중요한 것은 이 장서각이 산중도서관 역할을 했다는 것이다. 무흘정사의 강학문화는 이로써 회복될 수 있었다. 이를 위하여 한강의 문도들은 산장(山長)을 정하여 무흘의 강학문화를 진흥시키기 위하여 노력하였는데, 그 대표적인 인물이 배상룡이다. 배상룡은 성주 후포촌(後浦村) 출신으로 일찍이 한강의 문하에 나아가 배웠는데, 그는 무흘에서 한강을 모시면서 보았던 다양한 언행을 기록하기도 하고, 1621년(광해 13)에는 무흘산장(武屹山長)이 되어 무흘정사 중건에 많은 노력을 기울인다. 성주의 유생들에게 통문을 띄워 무흘정사를 중축하는데 힘을 모으기도 하였으며, 1633년(인조 11)에는 마침내 그의 뜻을 이루게 된다. 당시 유생들에게 보낸 통문의 일부는 이렇다.

가만히 생각건대 우리 선생께서 은거한 곳이 무흘이 아니며, 후학이 우러러 그리워할 곳도 무흘이 아닌가? 서가에는 서적이 꽂혀 있으니 어찌 중국 여산(廬山)의 이씨산방(李氏山房)에 그치겠으며, 선생의 지팡이와 신이 보관되어 있으니 완연히 무이정사(武夷精舍)와 같도다. 맑은 덕과 향기를 본받을 수 있고, 남긴 자취를 찾을 수 있다. 이것은 청금(靑襟)에 관련된 일이니 어찌 보통의 재사(齋舍)와 비교할 수 있겠는가? 다만 땅이 후미지고 길이 궁벽하여 생도들이 드물게 오고, 보호하는 일도 승려에게 맡기게 되었다. 위에서 비가 내리고 옆에서 바람이 불어도 막는 것을 제 때에 하지 않아 장서각에 비가 새고, 재실도 무너지게 되었다. 선생이 은거해 수양하던 곳이 거의 사라질 지경에 이르렀으니 어찌 우리들이 걱정할 일이 아니겠는가?

이처럼 배상룡이 성주의 여러 학궁(學宮)에 통문을 띄워, 무흘정사를 중건하는 일을 힘없는 승려들에게만 맡길 수만은 없으니 유생들이 나서서 일을 나누어 맡아 이 사업을 성공시키자고 했다. 배상룡은 한강의 무흘장서(武屹藏書)가 이발의 여산장서(廬山藏書)에 견주더라도 전혀 손색이 없다고 하였다. 한강이 수집하여 읽었던 책들을 지키며 성주의 독서문화와 선비문화를 이끌어 가는 것은 그에게 부여된 중요한 임무였다. 이 때문에 그는 성주 유림의 적극적인 지지를 받으며 마침내 무흘정사를 증축하게 되었던 것이다. 이러한 배상룡의 뜻은 뒷 세대로 전해지기도 했다. 18세기의 선비 소암(素巖) 김진동(金鎭東, 1727-

1800)이 〈도무흘감음(到武屹感吟)〉에서 "수도산의 경관 빼어나다 일컫는데, 한강선생께서 이 집을 지으셨네. 시내는 아홉 구비로 돌고, 서가에는 수많은 책 상자가 놓여있다네."라고 한 것도 같은 맥락에서 이해할 수 있다.

책을 열람하고 빌리는 것은 도서관의 중요한 기능에 속한다. 눌암(訥菴) 박지서(朴旨瑞, 1754-1821)가 지애(芝厓) 정위(鄭煒, 1740-1811)에게 편지하여 '무흘에서 책을 보는 것은 내가 진실로 원하는 것'이라고 하였듯이, 무흘정사 장서각은 학구적인 선비들에게 언제나 가보고 싶은 곳이었다. 이러한 소원을 이루어 관련 도서를 남긴 사람도 있었다. 한강의 후손인 정세용(鄭世容)이 무흘정사에 머물면서 독서한 것을 기록한 『무흘독서록(武屹讀書錄)』, 송이석(宋履錫)이 무흘정사 장서각을 찾아 자신이 보지 못한 책을 찾아 긴요한 대목을 발췌(拔萃)·등사(謄寫) 하여 2책으로 된 『무흘서각초록(武屹書閣抄錄)』을 엮은 것은 그 대표적이다. 특히 송이석은 〈서무흘서각초록후(書武屹書閣抄錄後)〉를 써서 책을 편집하게 된 이유를 적고 있다. 이에 의하면 그는 1777년(정조 1)에 뜻을 같이 하는 동지 여러 명과 함께 와서 책을 열람하고 이 책을 남기게 되지만, 책을 바쁘게 보아 기록한 것은 천백(千百)에 한두 건에 불과 하다며 안타까워하였던 것이다.

무흘정사 장서각에서 책을 빌리기도 하였는데, 소산

(小山) 이광정(李光靖, 1714-1789)의 경우가 대표적이다. 그는 아들에게 편지를 써서 이 사실을 전하였다. 즉, "무흘을 여행하면서 이틀동안 머물게 되었는데, 거기서 평생동안 보지 못했던 책을 많이 보게 되었다. 시일이 촉박하여 단지 제목만 보았을 뿐이어서 한탄스럽다. 주인이 『동래집』을 빌려주었으니 이번 여행이 헛되지는 않았다. 이번에 와서 함께 본 사람이 여러 명 있었으나 깊이 생각하면서 지식을 견고히 하는 자는 적어 매우 두려워할 만하다."라 한 것이 그것이다. 당시 무흘정사에는 『동래집』 49권 16책이 보관되어 있었는데 이광정이 이것을 빌려간 듯하다. 이밖에도 소눌(小訥) 노상직(盧相稷, 1855-1931)이 무흘정사의 장서목록에 『하산권징안(夏山勸懲案)』 1책이 있는 것을 보고 뇌헌(磊軒) 정종호(鄭宗鎬, 1875-1954)로부터 빌려가 베낀 후 이것을 스스로 장서한 것에서 무흘정사 장서각의 대출 기능을 확인하게 된다.

무흘정사는 산중도서관의 기능을 하면서 많은 선비들이 찾는 성주의 대표적인 유람코스가 되기도 했다. 한강 재세시에 무흘을 찾아 일련의 작품을 남겼던 낙재(樂齋) 서사원(徐思遠, 1550-1615)과 호계(虎溪) 신적도(申適道, 1574-1663), 그리고 매와(梅窩) 최린(崔轔, 1594-1644) 등과 같은 직전제자는 물론이고, 한강이 세상을 뜬 후 오랜 시간이 흐른 뒤인 한말의 한주(寒洲) 이진상(李震相, 1818-1886), 만구(晩求)

이종기(李種杞, 1837-1902), 면우(勉宇) 곽종석(郭鍾錫, 1846-1919), 공산(恭山) 송준필(宋浚弼, 1869-1943), 심산(心山) 김창숙(金昌淑, 1879-1962) 등에 이르기까지 이루 헤아릴 수 없을 정도로 많은 선비들이 무흘을 찾았다. 이들은 때로는 기행문으로, 때로는 시를 써서 무흘의 아름다운 자연경관과 한강의 덕을 찬양하였다. 학파와 지역을 따지지 않았으며, 무흘정사에 며칠씩 묵으며 장서각에 보관되어 있던 한강의 유품과 도서를 열람하기도 했다. 다음 시는 이러한 과정에서 작성된 것이다.

지팡이를 짚고 선생이 깃들어 살던 정사를 찾으니	一策尋栖築
구름 낀 산이 기쁜 얼굴을 열어 맞이하는구나	雲山開好顏
돌에는 일찍이 하였던 품평이 머물러 있고	石留曾題品
소나무은 옛날의 청한(淸寒)을 띠고 있다네	松帶舊淸寒
선생이 남긴 은택은 흘러 끝이 없는데	遺澤流無盡
장수(藏修)의 자취는 아직 간행되지 않았네	藏修迹未刊
보호하는 뜻을 부지런히 하여 서로 전해야 하니	相傳勤護意
우리 같은 동배들 사이라도 힘을 쓰세나	爲勉輩流間

선생이 거닐던 시내와 산	溪山杖屨地
예나 지금이나 무이의 이름이라네	今古武夷名
도의 기운은 용추에서 고요하고	道氣湫龍靜

거문고 소리는 계곡의 새소리로 울리네 絃歌谷鳥鳴
흰구름은 깊이 자취를 가리고 白雲深拚跡
푸른 회나무는 멀리 정을 머금고 있네 蒼檜遠含情
갓을 쓰고 함께 노니는 곳 纓弁同遊地
선생의 유풍은 참으로 가볍지가 않네 遺風尙不輕

앞의 시는 배상룡의 〈무흘재유감시동래제군자(武屹齋有感示同來諸君子)〉이고, 뒤의 시는 의암(宜菴) 안덕문(安德文, 1747-1811)의 〈숙서운암(宿棲雲庵)〉이다. 배상룡은 무흘에서 스승 한강과 함께 했던 기억을 떠올리며 함께 간 동지들에게 스승이 남긴 정신을 계승해 나가자고 했다. 그리고 의령 사람인 안덕문은 무흘이 바로 고금의 무이(武夷)라고 하면서 한강이 남긴 가볍지 않은 유풍을 생각했다. 이처럼 조선의 선비들은 무흘에 담긴 한강의 정신과 성리학적 의미를 생각하면서, 무흘과 무이, 주자와 한강을 동일시하며 이곳을 방문하였던 것이다. 이때 장서각은 그들의 지적 욕망을 충족시켜주는 기능을 담당하였던 것이다.

다음으로 무흘정사 장서각의 의미에 대해서다. 무흘정사가 산중도서관의 역할을 했다면, '산중'이라는 측면을 주목할 만하다. 이것은 도회에서 많이 떨어진 궁벽한 곳을 의미하니 독서와 수양을 동시에 생각할 수 있는 공간이다. 이러한 측면에서 무흘정사 장서각의 의미를 찾은 대표적인 사람이 앞서 예거한 바 있는 성섭(成涉)이다. 그는 장서각에 보관되어 전하는 한강의 지팡이[용장(龍杖)] 등의 유품은 물론이고, 처음 보는 책의 신기함에 대하여 감탄을 금치 못했다. 그러나 그가 살았던 시대에는 이미 무흘정사를 찾는 사람이 드물었고, 서적 속의 빛나는 언어들은 사장되어 가고 있었다. 이것을 안타깝게 생각한 그는 당대의 유생들에게 다음과 같은 말을 던지며 산중 독서의 중요성을 일깨웠다.

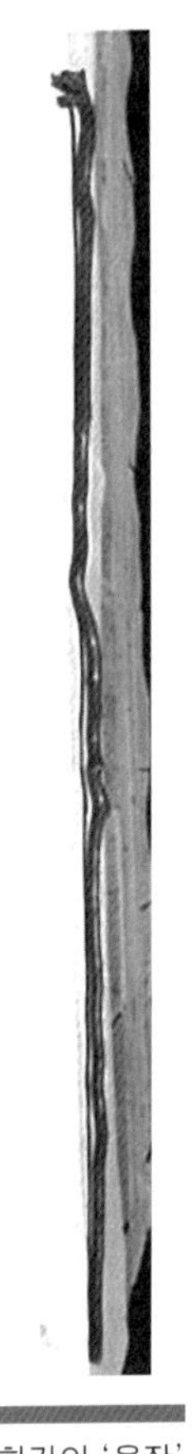
한강의 '용장'

어떤 사람은 말한다. "강학(講學)은 장사하는 것과 같으니, 장사는 반드시 번화한 도시와 큰 읍을 끼고 있어야 교역과 왕래하는 길이 소통되고 유통된다. 학교도 반드시 의관을 쓰고 입은 지식인이 모여들어야 견문이 있고 절차탁마하는 학도들이 널리 배우게 된다. 부유함을 어찌 반드시 텅빈 산의 적막한 시골에서 구하여, 단지 고인들이 남긴 찌꺼기나 읽으며 당대의 실용을 업신여기겠는가?"

내가 말한다. "그렇지 않다. 제(齊)나라 도읍(陶邑)에서 장사를 한 부자 범려(范蠡)와 노(魯)나라 의남(猗南)에서 장사를 한 부자 의돈(猗頓)은 그 도시가 컸기 때문이겠지만, 제갈공명(諸葛孔明)은 남양(南陽)에서 독서를 하다가 나와서 패자(霸者)의 군사(軍師)가 되었다. 선비가 만약 학문에 뜻을 두고 다문(多聞)하는 것으로 부유함을 삼는다면 문을 나서지 않고서도 천하의 일을 알 수 있을 것이다. 젊어서 산수에 인연을 두고 늙어서 천하를 경영하는 것이, 어찌 옛 것을 살펴 지금의 시비를 명확히 하는 선비의 힘이 아니겠는가?"

한강 '용장'의 머리부분

성섭은 어떤 사람을 내세워 문답하는 형식으로 자신의 논리를 폈다. 어떤 사람이 강학과 장사를 같은 맥락에서 보고 공부하는 서재(書齋) 역시 많은 사람들이 모여 사는 도시를 끼고 있어야 한다면서 산중 독서를 비판하였다. 비실용적이라는 것이 가장 큰 이유였다. 이에 성섭은 제갈량의 남양(南陽) 독서를 떠올리며 젊은 시절에는 세속과 일정한 거리를 두고 수양을 통해 내면을 닦아갈 때 오히려 세상에 대한 통찰력을 얻을 수 있다고 했다. '문을 나서지 않고서도 천하의 일을 알 수 있을 것'이라고 한 발언이 그것이다. 성섭의 이 같은 논리는 과거를 통해 빨리 출세하고자 했던 당대 선비들에게 보내는 일종의 경고의 메시지였다. 그에게 있어 무흘정사 장서각은 출세주의에 함몰되어 있던 당대의 선비들을 바른 길로 인도하는 곳으로 인식되었던 것이다.

무흘정사 장서각은 유학사상에 바탕한 사회적 질서를 구축하자는 것으로 그 의미가 확대 발전하기도 했다. 조선후기의 이진상을 중심으로 한 '무흘서당계(武屹書堂契)'는 바로 이 같은 측면을 고려하면서 조직된 학계(學契)이다. 일찍이 한개의 성산이씨는 한강의 학맥과 깊이 닿아 있었다. 월봉(月峯) 이정현(李廷賢, 1587-1612)은 한강이 그의 죽음에 대하여 시를 지어 애도했을 정도로 아꼈으며, 그 후손 응와(凝窩) 이원조(李源祚, 1792-1871)는 무흘정사를 자주 방문하며 〈경차무흘서당낙성운(敬次武屹書堂落成韻)〉을 짓거나 현도재(見道齋) 현판을 쓰며 무흘구곡 한 자락을 잡아 포천구곡(布川九曲)을 경영하기도 했다.

이원조의 조카 한주(寒洲) 이진상(李震相, 1818-1886)은 자신의 학문적 연원을 한강으로 내세우며 한말 혼란한 시대의 정신적 결속을 다지고자 했다. 이를 위하여 그는 먼저 학계(學契)를 만들어야 한다고 생각하고, 향론을 정하여 무흘서당계(武屹書堂契)를 조직했다. 이 일을 하면서 그는 무흘을 자주 찾게 되었고, 때로는 무흘의 찬바람을 쏘여 몇 달간 아프기까지 하였다. 『한주집』「연보」 65세조에 보이는, "선생이 무흘에 있으면서 찬 물에 닿게 되어 기운이 화평하지 못하였는데, 돌아와 얼굴이 창백해져서 수 개월 동안 편치 못했다."라고 한 것은 바로 이를 두고 말한 것이다. 〈무흘서당계안서(武屹書堂契案序)〉에 한강과 무흘을 향한 이진상의 뜻이 잘 나타나 있다. 일부를 들어 보기로 한다.

우리 문목공 정선생은 친히 퇴도(退陶)의 가르침을 받아 멀리로는 주자의 심법을 이었다. 연상(淵上)에 백매원(百梅園)을 만들었고, 다시 무흘산중(武屹山中)에 자리를 잡았으니 무흘은 수도산의 남쪽 기슭에 있다. 높으면서도 평탄하고, 울창하면서도 밝고 시원하니 진실로 큰 군자의 성덕규모(成德規模)에 합당하다고 하겠다. 선생은 일찍이 깊이 자연을 즐기고 오랫동안 깃들어 이곳에 8,9칸의 집을 짓고 책 수천 권을 장서(藏書)하였으며, 여러 제자들과 함께 학문을 강론하고 토의하였다. …… 집을 지은 후 향촌의 선비들이 보수하고 경영하였으나, 골짜기가 깊고 형세가 막혔을 뿐만 아니라 세월이 흘러 풍속이 투박해지고 규약이 해이해져서 비바람에 흔들려 집이 무너졌으며, 빗장을 제대로 걸지 않아 서적이 흩어지고 말았다. 그리고 나무꾼의 도끼가 날로 침범하여 산의 나무가 없어졌으니 후학이 함께 개탄하고 애석하게 여기는 바다.

지금의 이 계(契)는 위로 선정(先正)께서 남기신 규약을 회복하고, 가운데로는 유학의 끊어진 분위기를 진작시키며, 아래로는 후학에게 모범을 보이는 것이니, 생각건대 무겁고 또한 크지 아니한가! 출납을 삼가서 매년 사용해야 하는 1회의 비용을 충당하되, 강습을 주로 하며 또한 여러 선비들을 권면하고 감화하는 실속이 있어야 한다. 근본은 효제충신(孝悌忠信)에 두어 선생의 '권덕업(勸德業)'을 본받고, 행동은 근검화경(勤儉和敬)으로 하여 선생의 '홍예속(興禮俗)'의 본의를 체득하며, 허물이 있으면 서로 규제하고, 착한 일을 했으면 반드시 글로 써서 남긴다. 흩어진 서적은 구해서 보충하고, 무너진 집은 수리해 완비한다. 크고 작은 나무는 지키고 보호하며, 약간의 이윤을 남겨 환난(患難)에 서로 구휼하고 길흉은 서로 보살펴 동계(同契)의 정의를 돈독하게 할 것이다. 이렇게 하면 이 계안(契案)이 세교(世教)에 보탬이 없지 않을 것이니 어찌 서로 힘쓰지 않겠는가?

이 글에서 이진상은 한강의 학문이 주자로부터 발원하여 퇴계로 이어진다고 하면서 한강이 무흘에 수천 권의 서적을 갖추어두고 제자들과 함께 학문을 연마했던 사실을 전했다. 이진상의 뜻은 '위로 선정(先正)께서 남기신 규약을 회복하고, 가운데로는 유학의 끊어진 분위기를 진작시키며, 아래로는 후학에게 모범을 보이는 것'이라는 문장에 잘 나타난다. 한강의 유규(遺規)를 모범삼아 유풍을 진작시키고, 이로써 후세 사람들에게 좋은 본보기가 되자는 것이었다. 이에 대한 구체적인 실천 강령까지 마련하였다. 무흘정사를 정비하고 흩어진 책을 구해서 보완하는 일과 함께 무엇보다 한강의 향약정신을 계승하는 일을 강조했다. 여기에는 물론 유학으로 향풍을 진작시키며 험난한 시대를 맞아 당대 성주 유림의 내부적 결속을 다지자는 이진상의 의도가 잠복해 있다. 당대적 위기의식에 근거한 것임은 물론이다.

한주 이진상(1818-1886)

무흘정사 장서각은 산중에 위치하고 있었지만 제한적이나마 도서관의 역할을 하였던 것으로 보인다. 강학과 열람, 그리고 대출이 이루어진 흔적들을 찾아 볼 수 있기 때문이다. 이러한 기능에 입각해서 학문을 사랑하는 선비들에게 있어 무흘정사는 주요 유람코스였고, 이 과정에서 많은 기행문과 시문을 남기게 되었다. 성섭이 그렇게 말하고 있듯이 무흘정사 장서각은 산중에 있지만 독서와 수양을 통해 통찰력을 획득할 수 있는 의미있는 공간이기도 했다. 19세기 후반에 이르면 이곳을 중심으로 학계가 구성되는데, 이것은 당시 쇠퇴일로에 있던 유교문화를 재건하기 위한 선비들의 마지막 몸부림이기도 했다.

제3장

백리 강산 무흘구곡

1. 무흘구곡과 무흘구곡시

무흘구곡은 수도산의 산줄기를 관통하며 북동쪽에서 남서쪽으로 뻗어내린 계곡에 설정되어 있다. 각곡의 명칭은, 제1곡 봉비암(鳳飛巖), 제2곡 한강대(寒岡臺), 제3곡 무학정(舞鶴亭), 제4곡 입암(立巖), 제5곡 사인암(捨印巖), 제6곡 옥류동(玉流洞), 제7곡 만월담(滿月潭), 제8곡 와룡암(臥龍巖), 제9곡 용추(龍湫)이다. 무흘구곡의 총 길이는 35.7km로 현재 알려진 우리나라 구곡 가운데 가장 길다. 중국의 무이구곡이 9.5km이니, 무흘구곡은 그 3.7배에 해당한다. 이로써 무흘구곡은 세계에서 가장 긴 구곡이 된다. 이규

김상진, 〈서운암도〉, 지본수묵담채, 39.7×24.1cm

수(李奎壽)가 "산이 물과 함께 고리처럼 돌아 100리 주위를 오르내림에 선생이 남긴 유적과 여운이 아닌 것이 없다."라고 하면서 한강의 백리 강산을 칭송할 수 있었던 것도 모두 이 때문이다.

무흘구곡의 각 구간은 제2곡인 한강대와 제3곡인 무학정 사이가 가장 길고, 제7곡 만월담과 제8곡 와룡암 사이가 가장 짧다. 한강의 무흘 경영은 바로 제7곡 만월담을 중심으로 이루어지는데, 무흘정사도 여기에 건립되어 있었다. 김천 쪽으로 올라가면서 화강암과 화강암질 편마암이 주로 분포한 협곡이 발달해 있어 경관이 매우 수려하다. 이 때문에 역대의 문사들은 이 무흘구곡을 들어 합천의 홍류동(紅流洞)보다 낫다고 하거나, 경산제일승지(京山第一勝地) 혹은 천개승지(天開勝地)라며 극찬해 마지않았던 것이다.

무흘구곡 문화는 설정과 경영에 이르기까지 지역의 선비들이 중심이 되었다. 물론 한강은 이 문화의 한 가운데 존재한다. 그가 존주적(尊朱的) 자세를 지녔지만 주자의 무이구곡과 표면적으로는 같고 이면적으로는 달랐다. 중국의 '무이'에 가까운 것이 아니라 조선의 '무흘'에 가깝다는 것이다. 사정이 이러하므로 후인들은 한강의 심의(心意)가 어떤 것인가 하는 것을 궁금하게 생각했고, 또한 이를 찾아 나섰다. 구곡에 대한 설정은 바로 이 같은 과정에서 이루어진 것이라 하겠다.

한강이 봉비암을 제1곡으로 보았던 것은 〈무이도가〉 제1곡 시에 보이는 '청천(晴川)'이라는 용어를 사용하며 향현사를 건립하고자 했던 것에서 확인되고, 이어 미수 허목이 전서로 '봉비암'을 쓰면서 구체화된다. 한강 구곡시의 내용도 주자의 그것과는 상당한 차이가 있다. 즉 한강의 구곡시에는 주자의 그것과 달리 도가적 신선사상이 철저하게 배제되어 있고, 배를 띄울 수 없는 개울을 배경으로 설정되어 있으며, 주자의 〈무이도가〉에 보이는 무이산 관련 지명이 한 번도 나타나지 않는다는 것이다.

한강이 주자의 〈무이도가〉를 화운(和韻)하여 〈앙화주부자무이구곡시운(仰和朱夫子武夷九曲詩韻)〉 10수를 짓자, 후인들은 이것이 바로 한강의 무흘구곡이라며 이에 대한 차운시를 짓기 시작했다. 이것은 한강의 무흘 경영을 강하게 인식한 까닭이라 하겠다. 여기에 바탕하여 후인들은 한강의 심의(心意)를 무흘 실경을 통해 찾고자 하였으며, 동시에 한강의 구곡시를 지역에 기반을 둔 것으로 보고 이를 토착화하고자 했다. 대표적인 작품 다섯을 들면 다음과 같다.

① 정동박(鄭東璞), 〈무흘구곡운(武屹九曲韻)〉(『경헌유고』 권2)

② 정교(鄭墧), 〈경차선조문목공무흘구곡운십절(敬次先祖文穆公

武屹九曲韻十絶)〉(『진암집』 권1)

③ 정관영(鄭觀永), 〈영무흘구곡시십수(詠武屹九曲詩十首)〉(『오일만필』 권1)

④ 최학길(崔鶴吉), 〈경차무흘구곡운(敬次武屹九曲韻)〉(『구재집』 권1)

⑤ 문행복(文幸福), 〈독무흘구곡도첩서감보옥(讀武屹九曲圖帖抒感步玉)〉

위의 작품 가운데 경헌 정동박(1732-1792)과 진암 정교(1799-1879), 그리고 오일헌 정관영(1817-1895)은 모두 한강의 후손으로 성주에서 살았고, 구재 최학길(1862-1937)은 사미헌(四未軒) 장복추(張福樞, 1815-1900)와 만구(晩求) 이종기(李種杞, 1837-1902)의 제자로 김천에서 활동했다. 무흘구곡이 성주와 김천에 걸쳐 있고, 이들은 모두 한강에 대한 존모심이 깊었으므로 무흘구곡시를 지어 한강을 기리는 것은 어쩌면 당연한 일이었다. 그리고 문행복은 현대인으로 대만대 교수인데, 〈무흘구곡도첩〉을 보면서 한강의 구곡시를 차운을 했으며 1990년 초에 나와 함께 답사를 한 인물이다.

위의 작품 가운데 우리가 주목하고자 하는 것은 정동박의 구곡시와 정교의 구곡시이다. 정동박의 작품은 '무흘구곡'이라는 용어가 처음 보인다는 측면에서, 정교의 작품은 '문목공무흘구곡운'이라는 용어가 나타난다는 측면에서 중요하다. 한강은 무흘동천에 들어가 무흘을 경영하였고, 또한 봉비암을 제1곡으로 인식하고 있었으나 스스로는 '무흘구곡'을 표방하지는 않았다. 한강이 세상을 뜨고 이를 하나의 구곡 체계 속에서 이해한 최초의 인물이 바로 정동박이다. 그리고 정교는 '문목공무흘구곡운'이라 하여, 주자의 〈무이도가〉에 대한 차운이 아니라 선조 한강의 〈무흘구곡〉에 대한 차운을 한다는 생각을 제목으로 분명히 밝히고 있다.

주자 〈무이도가〉에 대한 한강의 차운구곡시가 정동박에 의해 무흘구곡시로 인식되기 시작했고, 정교의 시대에 이르게 되면 한강의 무흘구곡으로 굳어진다. 이후 『성산지』 등의 읍지에서도 한강의 무흘구곡으로 실리게 되었고, 많은 사람들도 그렇게 믿었다. 즉 '한강-무이구곡-차운구곡시'가 '한강-무흘실경-차운구곡시'로 창작의 구도가 전환이 된 것이다. 사정이 이럴 수 있었던 것은 한강의 구곡시가 주자의 그것과 많이 다르고, 오히려 무흘 실경에 상당히 근접하고 있었기 때문이다. 이런 점을 염두에 두면서 여기서는 한강과 경헌 정동박의 작품을 중심으로 감상해 보기로 한다.

천하 산 중에 어느 곳이 가장 신령스러울까	天下山誰最著靈
인간 세상에 이처럼 그윽하고 맑은 곳 없다네	人間無似此幽淸

하물며 다시 주부자께서 일찍이 노닐던 곳　紫陽況復曾棲息
만고 세월토록 길이 흐르는 도덕의 소리여　萬古長流道德聲

아름답고 고운 산수 절로 신령함이 모였고　佳山麗水自鍾靈
백 리에 걸친 안개와 노을 굽이굽이 맑구나　百里烟霞曲曲清
하물며 게다가 선현께서 거처하던 곳인데　況復先賢棲息地
우뚝 솟은 높은 누각 냇물 소리로 둘렀네　高樓聳出帶溪聲

앞의 작품은 한강 구곡시의 서시이다. 이 시는 표면적으로 무흘과 관련이 적어 보인다. 제3구에 보이는 '주부자께서 일찍이 노닐던 곳'은 중국의 무이산을 이야기하고 있기 때문이다. 따라서 '천하 산 중에 제일 신령스러운 산'은 무이산이고, '만고에 길이 흐르는 도덕의 소리'는 무이산 계류를 따라 흐르는 물소리다. 그러나 이렇게 이해하고 말면 이면을 놓칠 수 있다. 앞서 서사원의 경우에서 살폈듯이 당대인들은 '무흘'을 '무이'로 인식하고 있었기 때문이다. 당대인들은 '무흘산에 가을이 깊어간다.'를 '무이산에 가을이 깊어간다.'로 표현하고 있었던 것이다. 이러한 사실을 고려하면서 위의 시도 새롭게 읽을 필요가 있을 것이다.

뒤의 작품은 경헌의 무흘구곡 서시이다. 여기서는 무흘을 분명히 들고 있다. 제1곡이 봉비암이고, 제9곡이 용

'묵방서당' 현판

추이니 이를 '백 리에 걸친 안개와 노을 굽이굽이 맑다.' 라고 표현하였다. 사람들 사이에 회자되었던 한강의 백리 강산(百里江山)을 수용한 것이다. 그리고 제3구에 '선현'을 제시하고 있는데, 다름 아닌 선조 한강이다. 이 시가 1784년(정조 8) 무흘정사 준공을 계기로 창작된 것을 고려하면 마지막 구에서 '우뚝 솟은 높은 누각'은 바로 무흘정사를 가리킨다.

무흘구곡은 100리에 뻗어 있기 때문에 이 속에는 많은 문화가 형성되어 있었다. 곡내에 다른 두 개의 곡이 다시 있어 '곡내곡(曲內曲)'을 이루고, 곡내에 다시 58경이 있어 '곡내경(曲內景)'을 이룬다. 다른 두 개의 곡은 경헌 정동박의 〈쌍계구곡(雙溪九曲)〉과 응와 이원조의 〈포천구곡(布川九曲)〉이다. 그리고 58경은 봉비암 일대에 설정한 오일헌 정관영의 〈청천정사사경(晴川精舍四景)〉, 한강대 일대에 설정한 고헌 정래석의 〈숙야재십경(夙夜齋十景)〉, 입암 일대에 설정한 사미헌 장복추의 〈묵방십경(墨坊十景)〉, 사인암 일대에 설정한 월담 여효사의 〈가은동천팔경(可隱洞天八景)〉, 옥류동 일대에 설정한 대산 벽암의 〈청암사팔경(青岩寺八景)〉, 만월담 일대에 설정한 매와 최린의 〈무흘정사팔경(武屹精舍八景)〉과 교와 성섭의 〈무흘정사십경(武屹精舍十景)〉이 그것이다.

백리 강산 무흘구곡, 그 문화적 특징은 다양하다. 무흘구곡은 새로운 구곡문화의 모태가 되기도 하고, 산중 도서관의 역할을 하면서 영남의 독서문화를 이끌어 갔다. 그리고 곡과 경이 어울리면서 특이한 '곡내곡(曲內曲)', '곡중경(曲中景)'의 문화로 확장되기도 했다. 이러한 특징이 나타날 수 있었던 기반은 대학자 한강이 지니는 학문적 구심력과 함께 넓고 긴 무흘구곡의 지리적 여건 때문일 것이다. 또한 한강과 그 문도들이 무흘구곡을 중심으로 활동하며 그들의 정체성을 꾸준히 확보하고자 했고, 아울러 넓은 범위에 걸쳐 구곡이 설정되면서 다양한 문화가 생성될 수 있었기 때문이라 하겠다.

2. 제1곡 봉비암

봉비암(鳳飛巖)은 성주군 수륜면 신정리에 있다. 회연

김상진, 〈봉비암도〉, 지본수묵담채, 39.7×24.1cm

서원 뒤에 있는 높은 바위 벼랑을 말한다. 〈봉비암도〉에서 볼 수 있듯이, 연감산(硯坎山)을 비롯한 원근의 산들이 춤추듯 봉비암을 호위하고 있고, 앞으로는 가천이 있어 그 벼랑을 감싸고 흐른다. 봉비암 위에는 네 그루의 소나무가 기품을 자랑하고, 그 아래로는 회나무로 보이는 나무들이 소나무와 섞여 회연의 아취를 북돋운다.

화면 왼쪽 아래로 긴 섶다리가 있어 선비 한 명이 나귀를 타고 느긋하게 건너가고 있다. 〈숙야재십경〉의 이른바 '장교행인(長橋行人)'다. 회연서원에 모꼬지가 있는지도 모르겠다. 〈봉비암도〉 왼편에 붉은 글씨로 표시된 회연서원(檜淵書院)이라는 글씨가 있고, 그 아래 서원으로 들어가는 문과 함께 서원 및 부속 건물 네 채가 보인다. 그리고 한강의 신도비도 보인다.

무흘구곡 제1곡 봉비암(鳳飛巖)은 봉비연(鳳飛淵)에서 유래한다. 이것은 '회연'의 원래 이름이 '봉비연'이었다는 말이 된다. 그렇다면 무엇 때문에 '봉비연'이 '회연'으로 바뀌었으며, '봉비암'은 또한 무엇인가. 점필재(佔畢齋) 김종직(金宗直, 1431-1492)의 『회당고(悔堂稿)』에는 봉비연의 유래가 있어 여기에 대한 이해에 도움을 준다. 이 책에 의하면 봉비연은 기생 '봉비(鳳飛)'가 춤을 추다가 실족(失足)해서 이 연못에 빠져 죽었기 때문에 생긴 이름이라고 한다. 자세히 들어보면 다음과 같다.

'봉비암' 실경

봉비연(鳳飛淵)은 성주에서 서쪽으로 이십여 리쯤에 있는데 산봉우리가 가야천(伽倻川)에 우뚝 솟아 있다. 서쪽 언덕 봉우리 뒤는 평지인데 물에 침식되어 구덩이가 파여 못이 되었다. 예전에 고을의 부호가 봉우리 위에 대를 쌓고 기생을 데리고 놀러와 경치를 완상하였다. 어느 한 기생이 있어 이름을 봉비(鳳飛)라 하였다. 술자리가 무르익자 일어나 춤을 추다가 실족하여 이 못에 추락하였다. 뒷날 사람들이 이 일로 인해 못 이름을 봉비연이라 불렀다. 두 갈래 물이 봄여름이면 항상 맑아 밑이 보이고, 그 곁에 석벽이 우뚝 솟아 매년 봄이면 철쭉꽃이 피어 좌우에 띠처럼 비치어서 연못 밑은 비단을 펼친 듯 반짝였다고 한다.

김종직은 〈봉비연〉이라는 7언고시를 지어 봉비를 애

도했는데, 위의 글은 이 시의 서문에 해당한다. 위에서 보듯이 이 글은 지금의 봉비암을 그대로 묘사하고 있다. 철쭉과 맑은 물의 아름다운 조화는 더욱 그러하다. 그러나 세월이 흐르면서 '봉비연'은 '회연'으로 바뀌고, 그 대신 '봉비'는 바위의 이름이 되었다. 이 때문에 수많은 선비들은 봉비암을 보면서 봉이 나는 것을 연상하거나, 봉이 날아가고 터만 남았다며 안타까워하기도 했다. 날아간 봉은 때로 한강으로 인식되는 등, 다양한 시상으로 확대되기도 했다. 이제 한강의 구곡시와 경헌 정동박의 〈무흘구곡운〉을 나란히 감상해 보자.

일곡이라 여울 어귀에 낚싯배를 띄우니	一曲灘頭泛釣船
석양빛 시내 위에 실 같은 바람 감도네	風絲繚繞夕陽川
뉘 알리오, 인간세상의 잡념 다 버리고	誰知捐盡人間念
박달나무 삿대 잡고 저문 안개 휘젓는 줄을	唯執檀槳拂晩煙

일곡이라 바위 말뚝 배를 매어 둘 만한데	一曲巖標可係船
원두에서 활발히 흘러 절로 시내 이루었네	源頭活潑自成川
바윗가의 봉황은 떠나간 뒤로 소식 없는데	巖邊鳳去無消息
고개 돌려 하늘을 보니 저녁연기 자욱하네	回首淸都隔暮烟

앞의 시는 한강이 주자의 시에 차운한 작품이다. 한

'봉비암' 미수 글씨 잔편

강은 여기서 낚싯배를 띄운다고 하여 도연명(陶淵明, 365-427)의 〈도화원기(桃花源記)〉를 상상할 수 있게 했다. 도연명은 이 글에서 무릉의 한 어부를 등장시켜 도화원을 찾게 한다. 노장적 이상향을 제시하기 위한 것이지만, 그의 전원의식은 역대로 많은 선비들에게 영향을 미쳤다. 이러한 전원에 대한 꿈은 인간세상의 잡념을 버릴 때 가능하므로, 한강은 위의 시 제3-4구에서 인간세상의 잡념을 다 버리고 저문 안개 속에서 박달나무 삿대를 젓는다고 했다.

뒤의 작품은 경헌의 〈봉비암〉이다. 이 시도 기본적인 발상은 주자의 〈무이도가〉와 동일하다. 그러나 봉비암이라는 지역성과 함께 선조 한강의 시적 발상에 더욱 밀착시켜 창작하고 있다. 즉 제3구에 보이는 '바윗 가의 봉황'은 봉비암을 염두에 둔 것이며, 이 봉황이 날아갔다고 해서 선조의 떠나감에 대한 허전함과 아쉬움을 간접적으로 드러내고자 했다. 그리고 '원두'를 제시한 것은 한강의 제9곡시를 염두에 둔 것이며, 제4구에서 저녁 연기를 제시한 것도 한강의 제1곡시와 결부시키기 위함이었다.

봉비암은 한강을 모신 회연서원이 곁에 있기 때문에 더욱 주목받았다. 『성산지』에는 봉비암을 소개하면서, '봉비암(鳳飛巖)은 연감산(硯坎山)으로부터 남으로 뻗었다가 동으로 달려가 가천(伽川)에서 멈추어 있다. 단애(斷崖)가 깎은 듯이 서서 깊은 못을 굽어보고 있으며 그 위는 평평하고 넓어 수십 명이 앉을 수 있다. 그 못의 이름이 회연(檜淵)이니 그 남쪽이 바로 정구의 서원이다.'라고 한 데서 이러한 사실을 알 수 있다. 봉비암과 회연서원은 한강을 떠올리는 대표적인 공간이었던 것이다.

회연의 선비들은 미수 허목에게 '봉비암(鳳飛巖)'이라는 글씨를 부탁한 적도 있었다. 『미수연보(眉叟年譜)』 87세조에 '덕휘당(德輝堂) · 망운암(望雲庵) · 봉비암(鳳飛巖)의 액자(額字)를 전서(篆書)로 쓰다. 성주(星州) 회연서원(檜淵書院) 유생의 요청에 따른 것이다.'라고 한 데서 이것을 알 수 있다. 미수의 이 글씨는 봉비암 벼랑에 한강의 〈회연우음〉과 함께 새겼다가, '봉비암'이라는 전서는 장마로 인해 떨어졌기 때문에 현재 그 잔편을 회연서원 뜰로 옮겨 보관하고 있는 중이다. 봉비암에 대한 관심은 다음 시에서도 나타난다.

만 장 층층의 바위 백 척의 연못	萬丈層巖百尺潭
하늘이 경승지를 영남에 열었도다	天開勝地嶺之南
아득한 기운 옥 같은 골짜기를 보니 끝이 없고	風煙玉洞看無盡
오르내리는 높은 언덕엔 곳곳이 암자로다	上下高岡處處菴

상주 사람 정와(靜窩) 조석철(趙錫喆, 1724-1799)은 가야산을 유람한 후 회연서원에 들러 〈유가야산전도회원이수(遊伽倻山轉到檜院二首)〉를 짓는다. 위의 작품은 그 가운데 두 번째 시이다. 여기서 보듯이 그는 만장과 백척으로 바위와 연못을 비유하였다. 봉비암의 높이와 회연의 깊이를 이렇게 형용한 것이다. 그리고 이곳을 하늘이 낸 승지(勝地)로 영남의 으뜸이라고 생각했다. '옥 같은 골짜기'와 '높은 언덕'도 함께 제시하면서 가야산과 수도산 속에 있는 회연을 형상화하고 있다.

묵헌(默軒) 이만운(李萬運, 1736-1820)은 〈회연방정휘국(檜淵訪鄭輝國)〉에서 "백년 세월 경치 좋은 곳 몇 군데나 찾아보았던가(百年佳處凡幾場), 구곡 들어가는 첫째 문이 제일 좋았네(九曲入時第一門)."라고 한 적이 있다. 봉비암이 무흘구곡 가운데 제1곡이기 때문에 이렇게 읊은 것이다. 한강 사후 그에 대한 추모는 회연서원을 중심으로 이루어지고, 성주 선비들의 강학활동도 이곳을 통해 이루어졌다. 이 때문에 봉비암은 이들에게 있어 구곡 가운데서도 특별한 곳이었다. 봉황이 날아간 자리에서, 사람들은 봉황을 기다리며 그렇게 한강을 그리워하였던 것이다.

3. 제2곡 한강대

한강대(寒岡臺)는 성주군 수륜면 수성2리의 갖말 뒷산에 존재하는데, 봉비암과 마찬가지로 높은 벼랑으로 이루어져 있으며 아래로는 깊은 연못이 있다. 봉비암과는 1.4km 정도의 거리이다. 〈한강대도〉를 보면 화면의 아래쪽에는 숲 사이 마을이 보이는데 지금의 수륜면 수성1리인 갈암(葛巖) 마을이다. 가천이 사행을 그으며 왼쪽에서 오른쪽으로 한강대를 감아돈다. 이것은 지금의 형세와 조금 다르다. 큰 비가 오면 큰 물이 논으로 들이닥치므로, 마을 사람들이 이를 막기 위하여 제방을 쌓아 연감산 쪽으로 돌아 흐르게 했기 때문이다. 제방을 막기 전에는 물이 갈래져 하나의 '섬[島]'을 형성하였으므로 마을사람들은 그곳을 '섬'이라 부르기도 했다.

기암절벽으로 이루어진 한강대의 높은 벼랑 위에는

김상진, 〈한강대도〉, 지본수묵담채, 39.7×24.1cm

'한강대' 실경

소나무가 여러 그루 서 있고, 그 사이 집이 하나 보이는데 숙야재(夙夜齋)다. 김상진에 의해 〈한강대도〉 그림이 이루어질 당시에는 동쪽에 있던 숙야재를 이곳으로 옮겨 짓게 되었기 때문이다. 화면 왼편 위쪽에는 낙타등처럼 봉우리 두 개가 보이는데, 갓말의 안산에 해당하는 거문산(巨門山)의 일각다. '거문'은 북두칠성 가운데 두 번째 별이름으로 풍수지리 형세론에서는 '그 본성이 단정하고 머리가 평평하며 양각이 있는 것'이라고 하면서 경직명쾌(耿直明快), 즉 곧으며 명쾌하다고 평한다. 그 기슭에 거문골이라는 자연부락도 있다.

한강은 한강대에 한강정사(寒岡精舍)를 짓는다. 31세(1573년)의 일이다. 그렇다면 '한강'이라는 이름은 어디서 온 것일까? 『한강집』에는 두 가지 설이 동시에 존재한

주자 어머니 축씨 묘소

다. 하나는 '한천설(寒泉說)'이다. 주자가 어머니 축씨(祝氏) 묘소 곁에 한천정사(寒泉精舍)를 짓는데, 한강이 이것에서 취하였다는 것이다. 『한강연보』 31세조에서 "한강은 창평산 선영 서쪽 기슭에 있다. 선생이 선영을 돌보기 위해 그 자리에 집을 짓고 주자의 한천지의(寒泉之義)를 취해 이름을 붙였다."라 한 데서 이를 확인할 수 있다. 다른 하나는 '세한설(歲寒說)'이다. 『한강언행록』에 의하면, 손처눌의 물음에 한강 스스로 "산등성이[岡]가 냇가에 거의 천 자 정도의 높이로 솟아 있는데, 여기에 '한(寒)'자를 붙여 한강(寒岡)이라 한 것은 사방에 푸른 소나무가 빽빽하게 서 있기 때문에 세한지의(歲寒之義)를 취한 것"이라 한 것이 그것이다.

한강이 주자의 '한천'에서 왔든, 공자의 '세한'에서 왔든 이 둘은 모두 한강과 밀접한 관련이 있다. 한강은 주자를 통해 공자를 만나기 위해 평생을 살아온 사람이기 때문이다. 한강정사 주변에는 '어시헌(於是軒)'과 '유연대(悠然臺)'를 비롯하여 앞서 말한 '숙야재(夙夜齋)', '오창정(五蒼亭)', '천상정(川上亭)', '유정당(幽靜堂)', '세심대(洗心臺)' 등의 다양한 인공물과 자연물이 있었다. 여기에 대하여 심원당(心遠堂) 이육(李堉, 1572-1637)은 『한강언행록』에서 다음과 같이 기술하고 있다.

선생은 이미 창평(蒼坪)의 산중에 터를 잡아 집 한 채를 짓고 거처하면서 한강정사라고 편액을 건 뒤에 다시 한강의 서쪽에다 대(臺) 하나를 쌓고 유연대(悠然臺)라 이름 하였다. 한가로이 은거하여 도리를 탐구하는 여가에 이따금 지팡이를 끌고 유연대 위에서 배회하기도 하고 혹은 온종일 단정히 앉아 맑은 마음으로 산수를 감상하여 무언 중에 변화하는 자연의 홍취를 즐기곤 하였다. 한강정사가 병화(兵火)로 인해 타 버린 뒤에는 한강 위의 북쪽 집터에 두어 간의 집을 짓고 숙야재(夙夜齋)라 이름 하였으며 또 한강 위에 한 간의 초가집을 세우고 천상정(川上亭)이라 이름 한 뒤에 이따금 학자들과 함께 그곳에서 강학하였다. 또 천상정 북쪽에 집 한 채를 짓고 오창정(五蒼亭)이라 이름 하였는데, 그 뜻은 위도 푸르고

숙야재에서 본 가야산

아래도 푸르고 앞쪽도 푸르고 뒤쪽도 푸른 데다가 자신의 창안백발(蒼顔白髮)이 이들과 함께 어울린다는 의미를 취해 이름 한 것이었다. 그러나 이 모두 세월이 오래되어 헐리고 말았다.

이 가운데 숙야재는 한강에게 특별한 것이었고, 중건과 이건을 거듭하며 지금까지 남아 있다. 한강은 여기서 가야산을 바라보며 〈숙야재망야산(夙夜齋望倻山)〉이라는 시를 지었는데, "전신의 참모습을 드러내지 않고(未出全身面), 기묘한 한 꼭대기를 살짝 드러내네(微呈一角奇). 바야흐로 조물주의 숨은 뜻을 알겠노라(方知造化意), 천기를 드러내고자 하지 않는 그 뜻을(不欲露天機)."이라 한 것이 그것이다. 훗날 다산(茶山) 정약용(丁若鏞, 1762-1836)이 이 숙야재의 상량문을 지어 '한강부자는 실로 우리 영남의 유종'이라며 극찬하기도 했다. 무흘구곡 제2곡인 한강대에서도 한강과 경헌의 시를 나란히 들어 보자.

이곡이라 아리따운 아가씨 봉우리로 변하여	二曲佳姝化作峰
봄 꽃 가을 잎처럼 얼굴을 단장하였네	春花秋葉靚粧容
저 옛날 만약 초나라 굴원에게 알게 했더라면	當年若使靈均識
한 편의 이소경을 다시 지어 보탰으리	添却離騷說一重

이곡이라 한강대 우뚝하게 솟구친 봉우리	二曲岡臺聳作峯
높고 높은 그 위상 옛날 모습 그대로일세	巖巖不改舊時容
남기신 자취 백년토록 지금도 여전히 있어	百年遺躅今猶在
높은 산을 우러러보니 만 겹으로 푸르구나	瞻仰高山綠萬重

앞의 시는 한강의 작품이다. 여기서 한강이 상상한 것은 주자의 〈무이도가〉 제2수이다. 주자는 우뚝한 옥녀봉을 보면서 "꽃을 꽂고 물가에 있으니 누굴 위한 단장인가."라고 하였는데, 한강은 "아리따운 아가씨가 봉우리로 변하였다."라고 했다. 그러나 한강은 여기서 벗어나 정경의 아름다움에 대하여 더욱 예찬하였다. 이 아름다움을 초나라의 우국시인 굴원(屈原)에게 알렸더라면 그의 대표작인 『이소경』 한 편을 더 지었을 것이라고 했다. 한강의 자연에 대한 예찬이 이처럼 절실하였던 것이다.

뒤의 시는 경헌의 작품이다. 그는 한강대에서도 선조

'한강대' 각자

한강을 떠올렸다. 한강대의 우뚝한 모습에서 한강의 높은 도덕을 생각하였던 것이다. 제3-4구에서 보듯이 그에게 있어 한강대는 한강이 남긴 백년의 자취였고, 산처럼 높은 덕을 지닌 것처럼 보였다. 나아가 그는 〈쌍계구곡〉에서 "선생의 진덕과 수업 장차 어찌 본받으리(先生德業將何倣), 한강대는 절로 높고 높으며 물은 절로 흐르네(臺自峩峩水自流)."라고 하면서, 높은 한강대와 길이 흐르는 대가천의 물을 통해, 한강의 덕을 칭송해마지 않기도 했다.

한강이 유촌에서 지촌으로 삶의 터전을 옮긴 것은 두 가지 이유에서였다. 하나는 선영을 돌보기 위함이고, 다른 하나는 번잡한 읍과 일정한 거리를 두기 위함이었다. 선영이 있는 창평산과 그곳의 한강대는 한강 뿐만 아니라 그의 후손에게 있어서도 매우 의미 있는 곳이다. 이곳을 중심으로 다양한 건물을 지어 제자를 길렀고, 그 기슭에 있는 갓말은 그의 자손들이 선조의 덕을 추모하며 근

400년을 살아오고 있기 때문이다. 일찍이 한강은 한강대에서 다음과 같은 시를 짓기도 했다.

밤엔 솔숲 사이 집에서 잠들고	夜宿松間屋
새벽엔 물가의 집에서 잠깨네	晨興水上軒
물소리 바람소리 앞뒤에서 우렁찬데	濤聲前後壯
때때로 고요한 가운데 귀 기울이네	時向靜中聞

〈효기우음(曉起偶吟)〉이라는 시다. 이 시는 현재 한강대 위 바위에 새겨져 있다. 소나무 사이의 집이라고 함은 한강정사 쯤 될 것이고, 물가의 집은 천상정(川上亭) 쯤 될 것이다. 이렇게 공간을 설정하고 한강은 여기서 잠자리에 들고, 또한 잠을 깬다고 했다. 앞에는 휘돌아 흐르는 물소리[濤], 뒤에는 소나무 사이를 지나는 바람소리[聲]가 들린다. 이렇게 '도'와 '성'이 앞뒤에서 우렁찬데, 때때로 고요한 가운데 이들 소리에 귀 기울인다고 했다. 물소리 바람소리가 우렁찬데 고요하다고 했다. 그 고요는 아마도 마음의 상태를 말하는 것이리라. 그러한 고요

〈효기우음〉 석각

한 마음 상태에서 자연의 소리에 귀를 기울인다고 하였으니, 표현의 묘를 얻었다 하겠다.

한강대에 가면, '한강대(寒岡臺)'라 새긴 석각이 둘 있다. 하나는 좀 더 큰 글씨로 가로로 새겼고, 다른 하나는 좀 더 작은 글씨로 세로로 새겼다. 모두 해서(楷書)로 단아하다. 이 글자가 새겨져 있는 곳에서 북쪽을 향해 서면 시계가 넓게 트인다. 물살에 얼굴을 씻은 수많은 돌들이 강변에서 반짝이고 넓은 들판 끝나는 곳에 가야산과 수도산으로 들어가는 동구(洞口)가 보인다. 한강 역시 그의 육안으로 이 미려(美麗)한 경치를 보았을 것이다. 그리고 천지의 정기(正氣)가 우주에 가득 찬 것을 느꼈을 것이다. 한강대는 한강에게 보이는 바로 이러한 사유의 굳건한 바탕이 되었을 것이다.

4. 제3곡 무학정

무학정(舞鶴亭)은 성주군 금수면 무학리에 위치한다. 제2곡 한강대와는 12.5km정도의 거리에 있으니 무흘구곡의 각 구비 사이에서 가장 길다. 김상진의 〈무학정도〉를 보면 배모양으로 생긴 바위가 있고, 그 위에 가지를 늘어뜨린 소나무가 보인다. 소나무 위에는 붉은 글씨로

김상진, 〈무학정도〉, 지본수묵담채, 39.7×24.1cm

'무학정' 실경(1982년)

'무학정(舞鶴亭)'이라 표시해두었다. 물의 방향은 화면의 오른쪽에서 왼쪽인데, 빠른 물살을 이루며 무학정을 휘돌아 내려간다. 수도산 자락이 오른쪽으로 가면서 더욱 높은데, 이를 통해 시내가 급경사를 이루고 있다는 것을 알 수 있게 했다.

옛 사람이 다녔던 길은 오늘날과 반대편이었다. 〈무학정도〉를 자세히 보면 무학정 쪽으로 오솔길이 나 있는 것을 볼 수 있다. 이것으로 한강이 무흘을 오르내릴 때는 지금의 반대편 길을 걸었던 것을 알 수 있는데, 이 길은 현재도 남아 있다. 배처럼 생긴 바위 위에 무학정(舞鶴亭)이라는 정자를 세워두었는데 최근의 일이다. 정자 앞에는 무학정에 대해 간단하게 설명한 안내판이 설치되어 있다. 여기에는 대가천을 오르내리는 배를 매어두는 바위라 하여 배바위라 부르고, 정자가 있어 무학정이라고 한다고 했다.

무학정에 대하여 『성산지』는 "옛 선암촌(船巖村)에 무학대가 있다. 옛적에 검은 학이 맴돌다 날아간 까닭에 이름을 얻었는데 바로 무흘구곡(武屹九曲)의 제3곡이다."라고 소개하고 있다. 여기에는 세 가지의 정보가 있다. 마을 이름이 '선암'이고, 검은 학이 맴돌다 날아가 무학정이라는 이름을 얻었고, 무흘구곡의 제3곡이라는 것이다. 김상진의 〈무학정도〉에도 무학정을 '일명(一名) 선암(船巖)'이라고 하였으니, 선암이 바로 무학정임을 알겠고, 이것이 학과 관련되어 있으므로 무학정이라는 이름을 얻었다는 것도 알 수 있다. 그러나 한강 시대에는 '무학정'이라는 이름이 없었고, 선암도 주암(舟巖)이라 불렀다. 다음 자료를 보자.

닭 울음소리를 듣고 일어나니 싸늘한 달빛이 시내를 비추고 맑은 바람이 얼굴을 스쳤다. 율무죽을 먹고 즉시 짐을 챙겨 출발하였다. 공숙(共叔)은 창산(昌山: 창녕의 옛 이름)으로 향했는데 그의 부모가 간절히 기다리고 있기 때문이었다. 선영(先塋) 곁을 지날 때는 말에서 내려 걸어갔다. 정주신(鄭舟臣)과 박경실(朴景實) 두 군은 서원(書院)으로 향해 가고 배 동자도 어버이의 병환 때문에 하직하고 그의 집으로 돌아갔다. 호평(虎坪) 앞 냇가에 이르러 또 말에서 내려 지나갔는데, 그곳은 내 외가의 선영이 있기 때문이다. 재각(齋閣)에 가서 밥을 먹은 뒤에 연석암(軟石菴)을 거치고 주암(舟巖)을 지나 보천(步川)을 건너 입암(立巖)에 당도하니, 아직 정오가 되지 않았다.

한강이 쓴 〈유가야산록(遊伽倻山錄)〉의 1579년(선조 12) 9월 20일조 기록이다. 한강 일행은 가야산을 유람한 후 이승(李勝)이 거처하던 청휘당(晴暉堂)에서 자고 무흘로 들어가게 된다. 이때 함께 유람을 하였던 공숙 이인제(李仁悌)와 배동자 즉 배협(裵協), 그리고 한강을 만나기 위해 청휘당으로 온 정주신, 박경실 등과 헤어진다. 그리고 무흘로 입동하게 되는데, 지금의 회연서원이 선영에 가까이 있으므로 이곳을 지날 때 말에서 내렸고, 호평[범뜰]을 지날 때도 외가의 선영이 있어 말에서 내려 걸어갔다.

범뜰로 불리는 호평은 성주댐 공사로 수몰된 곳인데 봉두 1리에 해당한다. 그 뒷산에 한강의 외가 선영이 있었고 그 기슭에 계당(溪堂)이 있어 한강은 이곳을 자주 방문하여 식사를 하거나 독서를 한다. 석담(石潭) 이윤우(李潤雨, 1569-1634)에게 편지를 보내, "저번에 산중으로 들어가려 하다가 마침 날씨가 추워지고 게다가 글씨 쓰는 사람을 불러와 예서(禮書)를 교정하고 다듬느라 호평의 계당(溪堂)에 머물러 있은 지 한 달 남짓하다."라는 기록을 통해 이를 충분히 알 수 있다. 위에서도 호평의 재각(齋閣)에서 밥을 먹었다고 했는데, 바로 그 계당을 말한다. 이렇게 해서 도착한 곳이 바로 배바위, 즉 주암(舟巖)이었다. 이즈음 한강과 경헌의 제3곡시를 들어보자.

삼곡이라 이 골짝에 누가 배를 숨겨두었나	三曲誰藏此壑船
밤중에 지고 간 사람 없이 지난 세월 이미 천년	夜無人負已千年
건너기 힘든 큰 시내 그 한계가 얼마인지를 아노니	大川病涉知何限
건너갈 방법이 없어 스스로 안타까울 뿐이네	用濟無由只自憐

삼곡이라 도화원을 낚싯배로 올라가는데	三曲桃源上釣船
학 떠나고 정자만 남은 지 몇 해이던가	亭留鶴去問幾年
신선술을 알고자 하나 무슨 수로 배우리	欲知仙術那由得
덧없는 인생살이 도리어 절로 가련하구나	浮世人生却自憐

주자는 〈무이도가〉 제3곡에서 노젓기를 멈춘 가학선(架壑船)을 제시하고 있다. 이것은 중국 고월인(古越人)의 장례풍습과 연관이 있다. 즉 고월인들은 사람이 죽으며 배 모양의 관을 만들어 그 안에 시체를 넣고, 그것을 무이계 벼랑 굴속에 안장하는 풍습이 있었던 것이다. 말 그대로

수몰 전의 '호평[범뜰]'

골짜기 벼랑에 걸어둔 배[架壑船]였다. 그러나 주자시가 조선에 전해지면서 주자의 제3곡 가학선은 바위로 인식되었고, 따라서 배처럼 생긴 바위를 찾아 그곳을 대상으로 시를 지었던 것이다. 무흘구곡 제3곡도 이러한 과정 속에서 지정되고 작시(作詩)된 것이 아닌가 한다.

앞의 시는 한강의 작품이다. 장자는 『장자』〈대종사(大宗師)〉에서, "배를 깊은 산골짜기에 감추고 산을 못 속에 감춰두면 철저히 감추었다고 할 수 있다. 그러나 깊은 밤에 어느 힘센 자가 짊어지고 도망갈 수도 있는데, 어리석은 자는 그럴 것이라는 걸 모른다."라고 하였다. 장자는 모든 사물은 변화할 수밖에 없다는 사실을 이렇게 말한 것이지만, 한강은 천년토록 변치 않고 보존되는 배바위를 경이롭게 칭탄했다. 그리고 그 의미를 추상화시켜 '건널 방도'에 대하여 고민하였다. 그것은 당대의 시대적 고민이거나 공부의 진일보에 대한 어려움이라 해도 좋을 것이다.

뒤의 시는 경헌의 것이다. 이 시는 현재의 무학정에 초점이 놓여 있다. 학이 떠나고 정자만 남아 있다고 한데서 이를 알 수 있다. 그러나 도화원을 찾아가거나, 학을 등장시키거나, 신선술이 나타나는 등 여기에는 도가적 상상력이 개입되어 있다. 이러한 도가적 상상력은 주자의 〈무이도가〉에도 많이 나타난다. 그런데, 여기서 주목할 사실은 배모양의 바위에 집중하지 않고 정자에 집중한다는 것이다. 무학정에 대한 노래이기 때문이다. 그러나 다음 작품은 사정이 조금 다르다.

우뚝 솟은 기이한 바위는 떠 있는 배 같고	奇嵓突兀似泛船
학을 탄 신선이 하늘에 오르내리는 듯하네	乘鶴仙人下上天
청하여 묻노니 선인은 어느 곳으로 갔는가	借問仙人何處去
천년토록 닻줄을 푸른 산 앞에 매어두었네	千年繫纜碧山前

이 작품은 경헌이 무학정을 두고 노래한 것이다. 그러나 제1구에서는 기이한 바위가 배 같다고 했고, 마지막 구에서는 닻줄을 푸른 산에 매어두었다고 했다. 모두 배를 염두에 둔 것이다. 사정이 이 같음에도 제2구에서 학을 타고 하늘을 오르는 신선을 제시했고, 제3구에서도 다시 신선을 등장시켰다. 정자의 이름이 '무학'이었기 때문이다. 이처럼 무학정 혹은 주암[선암]은 배와 학이 서로 조우되면서 시인들의 상상력을 무한히 자극하였던 것이다.

무학정[선암 · 주암]은 한강과 경헌 외에도 많은 선비들이 관심을 보인다. 정교(鄭墧, 1799-1879), 정관영(鄭冠永, 1817-1895), 최학길(崔鶴吉, 1862-1937), 문행복(文幸福) 등 구곡시를 차운한 사람들은 물론이고, 곽종석(郭鍾錫, 1846-1919) 등은 〈무학대(舞鶴臺)〉라는 작품에서, 여효사(呂孝思, 1612-1671)와 여문화(呂文和, 1652-1722) 등은 〈주암(舟巖)〉이라는 작품에서, 이조현(李祚鉉, 1846-1886) 등은 〈선암(船巖)〉이라는 작품에서 춤추는 학에 대하여, 혹은 골짜기에 숨어 있는 배에 대하여 저마다의 시세계를 펼치며 노래했다.

5. 제4곡 입암

입암은 성주군 금수면 영천리에 있다. 무학정과는 4.2km의 거리이다. 바위가 촛대처럼 서 있기 때문에 그렇게 이름 붙인 것이고, 사람들은 여기서부터 비로소 무흘동천으로 들어간다고 생각했다. 그러니까 입암은 무흘동천의 문주(門柱) 역할을 하는 셈이다. 『성산지』에는 '입암(立巖)은 고을 서쪽 40리의 수도산(修道山) 입구에 있다. 기이한 바위가 깎은 듯이 서 있는 것이 규(圭)와 비슷하다. 흰 돌이 넓게 펼쳐져 있고 맑은 물이 띠처럼 감돌아 흘러 남방에서 으뜸가는 유람지이다. 정구의 무흘구곡(武屹九曲) 제4곡이다.'라며 입암을 소개하고 있다.

김상진의 〈입암도〉를 보면, 길이 입암의 건너편에 표현되어 있는데 아래쪽에서 오른편 위쪽으로 가느다랗게 제시되어 있다. 넓은 바위가 있어 붉은 글씨로 '환선도(喚仙島)'라 표기해두었고, 우뚝 솟은 바위의 아래쪽 뒤편에 역시 붉은 글씨로 '소학봉(巢鶴峯)'이라 써두었다. 신선사상이 농후하게 포함되어 있는 명칭이다. '입암(立巖)'이라는 글자는 바위 위쪽에 표시하였는데 묵색이다. 그림에서는 입암을 더욱 돋보이게 하기 위하여 뒷산을 실경보다 약화시켰다. 그러나 화강암으로 된 경사를 잘 드러내 물살을 사실적으로 표현하였는데, 이로 보아 지금과는

김상진, 〈입암도〉, 지본수묵담채, 39.7×24.1cm

달리 예전에는 유속이 매우 빨랐음을 알 수 있게 한다.

한강은 37세 되던 해 가야산을 등반한 후 다시 무흘로 들어간다. 때는 1579년(선조 12) 9월 19일이었고, 날씨는 맑았으며 정오가 조금 못되었다. 당시 한강은, "돌이 고르게 깔려 있었는데 매끄럽기가 잘 다듬은 옥 같았고, 푸른 물은 잔잔히 흐르는데 맑기가 밝은 거울 같았다. 우뚝 솟아 있는 바위는 그 높이가 50길은 됨직하고, 소나무가 바위 틈에서 자라느라 늙도록 크지 못하였다. 백옥 같은 널찍한 바위가 물 위에 드러나 있는데 그 위에 3, 40명은 앉을 만하였다. 그 맑고 기이하며 그윽하고 고요한 느낌은 며칠 전에 구경한 홍류동에 비할 정도가 아니었다."라고 하면서 입암과 그 주변을 묘사하고 있다. 입암의 경치가 홍류동보나 낫다고 했고, 여기서 말한 3, 40명이 앉을 수 있는 큰 바위는 환선도다. 이 바위는 도로공사로 파괴되어 오늘날은 전하지 않는다. 한강은 여기서 있었던 에피소드를 다음과 같이 전하기도 했다.

입암(立巖)에 이르러서 물 가운데에 있는 너럭바위에 앉아 부싯돌을 쳐 불을 피워서 술을 데워 마셨다. 나는 경청(景淸)과 숙부(肅夫)를 그리는 절구 두 수를 지었다. 저마다 술에 약간 취했는데 계욱(季郁)만 혼자 많이 취하여 물가에서 졸았다. 내가 손으로 물을 떠 그의 얼굴에 뿌리자 그는 매우 좋아하며 잠을 깼다. 지해(志

'입암' 실경

海)와 양정(養靜)은 종에게 업혀 물을 건넌 뒤에 바위 밑으로 가 소나무 밑에서 한가로이 놀았다. 이윽고 시종하는 자가 해가 이미 저물었다고 하므로 동구를 걸어 나와 말을 타고 떠났다.

이것은 한강이 무흘동천을 구경하고 한강정사로 돌

아오면서 다시 입암에 들렀을 때의 이야기를 기술한 것이다. 여기에 등장하는 '경청'은 박찬(朴璨, 1538-1581)이고, '숙부'는 김우옹(金宇顒, 1540-1603), '계욱'은 이기춘(李起春, 1541-1597), '지해'는 김면(金沔, 1541-1593), '양정'은 곽준(郭䞭, 1551-1597)이다. 한강이 술을 마시면서 박찬과 김우옹을 그리워한 것은, 이 둘과 함께 이승(李勝)이 근처의 고반곡(叩盤谷)에 고반정사(考槃精舍)를 세워 강학을 한 곳이 있기 때문이다. 따라서 한강은 이들을 그리워하며 절구 두 수를 짓고, 술을 마시며 약간씩 취하기도 했다. 한강 일행은 이렇게 날이 저물도록 놀았다. 아름다운 사연을 간직한 입암, 다시 한강과 경헌의 구곡시를 들어보자.

고반정사유허비

사곡이라 백척 바위에 구름 걷히니	四曲雲收百尺巖
바위 머리의 화초들 바람에 살랑이네	巖頭花草帶風鬖
그 중에 이 같은 맑은 경계 누가 알겠소	箇中誰會淸如許

저 하늘 밝은 달그림자 못에 비치는데　　霽月天心影落潭

사곡이라 시냇가에 곧게 솟아 있는 바위　　四曲溪邊矗矗巖
천년토록 우뚝 서 있는데 푸른 풀들 살랑대네　　千年特立碧毶毶
조물주의 무궁한 마음을 누가 알겠는가　　誰知造物無窮意
짐짓 맑은 시내가 작은 연못 만들도록 하였네　　故遣淸流作小潭

앞의 시는 한강의 것이다. 여기서 한강은 구름 걷힌 바위 위에서 바람에 살랑대는 화초들을 본다. 그리고 '청여허(淸如許)'와 '제월천심(霽月天心)'을 제시한다. 전자는 맑은 물이 흘러드는 연못을 통해 마음의 본질을 이야기 한 것이고, 후자는 비온 뒤에 부는 시원한 바람과 밝은 달로 속진(俗塵)이 사라져 시원한 마음을 이야기 한 것이다. 즉 한강은 이 작품을 통해 도학적 세계를 제시하고 싶었던 것이다. 자연의 맑음은 마음의 맑음 바로 그것이니, 이 맑음은 인욕(人欲)이 사라진 곳에서 비로소 나타난다는 것을 알 수 있다.

뒤의 시는 경헌의 것이다. 먼저 우뚝한 바위를 제시하였다. 물론 입암이다. 천년토록 우뚝 선 그 바위 위에서 살랑대는 푸른 화초들을 제시하여 선조 한강의 시상과 거의 같도록 했다. 그리고 시선을 아래로 옮겨 입암 아래쪽에 자연스럽게 생긴 작은 연못을 주목하고, 이를 통해 조물주의 마음을 읽고자 했다. '청류(清流)'가 동(動)이라면 '소담(小潭)'은 정(靜)이라 하겠는데, 그는지금 이러한 동정 사이에 우뚝 선 입암을 제시하며 조물주의 뜻을 묻고 있는 것이다. 한강이 도학적 색채를 드러내는데 힘을 쏟았다면, 그는 자연에 더욱 밀착시켜 입암 실경을 묘사하고자 했다고 하겠다.

한강 이후로도 입암을 사랑한 사람이 많았다. 도진국(都鎭國)이 박진구(朴震耉)와 정홍석(鄭弘錫) 등 뜻을 같이 하는 동갑 15명과 함께 입암계를 만든 것이 그 대표적이다. 이들은 작시활동을 하면서 회첩을 만들기도 했는데, 그 후손들은 이것을 기려 입암 맞은편 산기슭에 '십오현입암갑회계유적비(十五賢立巖甲會契遺蹟碑)'를 세웠다. 이밖에 입암을 사랑한 사람으로 서파(西坡) 오도일(吳道一, 1645-1703)을 들 수 있다. 그는 영의정을 지낸 추탄(楸灘) 오윤겸(吳允謙)의 손자이다. 1673년(현종 14) 문과(文科)에 급제하여 1692년에서 1694년까지 성주목사(星州牧使)를 역임하였다. 오도일은 무흘구곡에 많은 관심을 갖고 『성산록(星山錄)』에 여러 편의 시를 남긴다. 〈입암, 차파촌박형운(立巖, 次坡村朴兄韻)〉, 〈운학대(雲鶴臺)〉, 〈사인암(舍人巖)〉, 〈입암(立巖)〉 등이 모두 그것이다. 이 가운데 그의 〈입암〉 시는 이러하다.

푸른 산 띠처럼 절묘하게 빙빙 둘렀는데	蒼巒如帶巧回旋
엉긴 나무 그늘 지나보니 동천이 열리네	亂樾陰中拓洞天
오랜 바위에 선 한 그루 솔은 비스듬히 누웠고	巖古一松偏偃蹇
달은 밝은데 외로운 학만 홀연히 에돌고 있네	月明孤鶴儻蹁躚
저녁 아지랑이 물방울 뿌려 옷을 적시고	夕嵐亂滴侵衣上
가을물 새로 불어 자리 가에서 넘실대네	秋水新添漲席邊
돌아갈 채비 점검하니 속된 기운 없고	點檢歸裝無俗韻
술병과 시탁은 지팡이 끝에 매달렸네	酒瓶詩槖杖頭懸

입암이 무흘동천의 동구 역할을 하므로 동천이 열린다고 했다. 그리고 지금도 서 있는 바위 꼭대기의 소나무에 주목하고 그 주변의 정경을 아름답게 묘사하고 있다. 이러한 오도일을 기려 박장건(朴長建)은 '사군대(使君臺)'라

'입암' 각자

중국 복건성 무이산 암벽에 새긴 '복지동천' 각자

는 이름을 붙여 주었다. 이에 대하여 오도일은 사군대라는 아름다운 이름을 붙여준 데 대하여 시를 지어 사례하기도 했다. 입암의 너럭바위에는 최근까지 '사군대(使君臺) 서파(西坡)'라는 각석이 있었다. 그러나 지금은 도로공사로 인해 사라지고 말았다.

무흘구곡 이해에 있어 입암은 특히 중요하다. 많은 사람들은 동천의 문주 역할을 입암이 한다고 믿었는데, 이는 바로 무흘동천이 하나의 복지동천(福地洞天)으로 인식되었다는 말이 된다. 그리고 입암에는 '입암(立巖)'이라는 글씨와 함께 그 옆에 1716년 7월에 새긴 '숭정기원후(崇禎紀元後) 팔십구년(八十九年) 병신맹추(丙申孟秋)'가 석각되어 있다. 이것은 18세기 초엽부터 무흘구곡이 하나의 통일된 체계 속에서 이해되고 있었다는 것을 말하는 최초의 기록이다. 제6곡 옥류동(玉流洞)이나 수송대(愁送臺) 등이 모두 이때 새겨지기 때문이다.

6. 제5곡 사인암

사인암(捨印巖)은 김천시 증산면 유성리 산1-6번지에 있다. 제4곡 입암에서 4.3km의 거리에 있다. 지금까지 성주군 금수면 영천리에 있는 것으로 잘못 알려져 왔던 곳이다. 이렇게 보면, 사인암은 성주군이 아니라 김천군에 소재하고, 위치도 지금까지 알려져 왔던 것과는 완전히 반대 편인 도로쪽이다. 즉 현재 잘못 알려진 사인암으로부터 반대편 위쪽으로 100m의 거리에 있다는 것이다. 나는 이러한 사실을 무흘경관 가도사업의 일환으로 이 지역의 문화자원 기본조사를 통해 입증하였다. 이를 바탕으로 「성주 및 김천 지역의 구곡문화와 무흘구곡 - 무흘구곡 일부의 위치 비정(批正)을 겸하여-」(『퇴계학과 유교문화』 54, 경북대 퇴계연구소, 2014.2)라는 논문을 쓰기도 했다. 이로써 근 30년 동안 지속되었던 각종 논문이나 보고서의 오류를 바로 잡을 수 있었다.

김상진의 〈사인암도〉를 보면, 사인암 쪽으로 길이 나 있다. 이것은 옛길을 넓힌 오늘날의 도로쪽에 사인암이 있었다는 것을 의미한다. 그리고 그 길에는 선비가 당나

김상진, 〈사인암도〉, 지본수묵담채, 39.7×24.1cm

파괴되기 전의 '사인암' 전경(1980년대)

귀에서 내려 사인암 쪽을 쳐다보며 구경하고 있으며, 그 옆에 당나귀를 끄는 동자가 있고, 또 한 마리의 당나귀가 머리를 왼쪽으로 하고 서 있다. 이때 당나귀의 머리 방향은 매우 중요한데, 지금 이들은 무흘 방향으로 들어가고 있다는 것을 보여주기 때문이다. 선비가 무흘로 들어가며 사인암을 구경하는 것은 당연한 이치다. 집으로 돌아가며 당나귀에서 내려 새삼스럽게 구경할 필요는 없을 것이기 때문이다.

사인암 비정에 있어 가장 중요한 것은 사인암의 기반이 되는 모암(母巖)이다. 도로확장 공사로 사인암이 거의 파괴되었지만 모암은 여전히 남아 있다. 모암 오른편에

유실된 '사인암' 각자

는 도로를 확장하며 돌을 쌓아 길을 현재처럼 넓혔는데, 그림에는 물론 표현되어 있지 않다. 그런데 문제는 사인암 뒤편의 산이 〈사인암도〉에는 제시되어 있지 않다는 것이다. 이것은 김상진의 그림이 갖는 일반적인 특징을 보면 이해가 된다. 핵심적인 곳을 부각시키며 사실적으로 묘사하고 있는 반면, 뒷 배경은 약화시키거나 생략하고 있기 때문이다.

화면 중간에 '사인암(捨印巖)'이란 붉은 글씨가 보인다. 1990년대 초에 도로공사를 하기 직전까지만 하더라도 사인암이라는 각석이 길 옆에 있었다. 이곳에 오래도록 살아온 주민 김상록 씨(77세)와 박쌍규 씨(76세) 등의 증언과 현재까지 전하는 사인암 석각 사진 등을 고려할 때 바로 알 수 있는 부분이다. 그렇다면, 무엇 때문에 사인암이 지금과 같이 반대편으로 둔갑을 한 것일까? 그것은 인부들이 사인암이라 새겨진 바위를 반대편 물가로 가져다 놓으면서부터이다. 이 바위는 거센 물살에 휩쓸려 유실되었기 때문에 현재는 남아 있지 않다. 또한 관에서 사인암이라는 안내판을 잘못 세우면서 사인암의 위치 오류는 오늘날까지 지속될 수밖에 없었다.

사인암은 '사인암(舍人巖)', '사신암(捨身巖)', '사인암(捨印巖)' 등으로 불리는데 각각 서로 다른 근거를 가진다. 사인암(舍人巖)은 고려시대에 사인(舍人) 벼슬을 한 어떤 사람이 이곳의 아름다운 수석을 사랑하여 이 바위 아래에 자리를 잡고 살았기 때문에, 사신암(捨身巖)은 이곳에 온 사람은 자신도 모르게 자기의 몸과 마음을 다 잊어 인간 세상의 몸을 놓아 버리고 이곳과의 인연을 영원히 맺기를 원하기 때문에 붙여진 명칭이라 한다. 그리고 사인암(捨印巖)은 경치가 너무 아름다워 관인(官印)을 버리고 이곳에 살기를 원한다 하여 붙여진 이름이다. 앞의 둘은 한강 당대부터 있어 왔던 설이고, 마지막의 것은 18세기 후반부터 쓰이던 명칭이다. 한강은 사인암 주변을 특별히 사랑하였던 바, 그는 이에 대한 느낌을 다음과 같이 적고 있다.

사인암에 당도하기 전에 말에서 내리고, 사인암에 당도하여 말에서 내렸으며, 사인암을 지나서 또 말에서 내렸는데, 이는 다수석의 구경거리가 너무도 맑고 기이하여 그것을 보는 사람이 저절로 정신이 팔려 돌아갈 것을 잊어버리게 하였기 때문이다. 산에는 가파르게 높이 솟은 봉우리와 병풍처럼 사방을 에워싼 푸른 초목이 있고, 소나무는 무성하여 빽빽하게 우거지고 우뚝 솟은 것도 있었다. 어떤 나무는 바위틈에서 말라 죽었거나 벼랑 위에 거꾸로 걸려 있기도 하고, 단풍나무도 이미 붉어졌거나 아직 붉지 않은 것, 이미 말라 버렸거나 반쯤 마른 것 등 갖가지 모습들이 다 감상할 만한 것으로, 우리의 걸음을 더디게 하는 데에 기여하지 않은 것이 없었다.

〈유가야산록〉의 사인암 부분에 대한 기록이다. 이처럼 한강은 사인암을 전후로 하여 경치가 너무나 아름다워 말에서 여러 번 내려 자연을 감상하였다. 〈사인암도〉에 보듯이 당나귀에서 내려 사인암의 경치를 구경하는 그 선비처럼 말이다. 이같이 아름다운 경치가 사인암에 있었으므로, 사인암은 사람들에게 다양한 이름으로 불리었을 것이다. 파괴되기 전에 사인암을 찍은 사진이 마침 있어 그 정경을 대략이나마 볼 수 있어 다행이다. 그러나 현재의 흉물스런 절개지를 보면, 당시 공사를 맡았던 현대산업개발, 이 일을 주관했던 성주군, 이 일에 무관심했던 문중, 이 일에 대하여 어떤 움직임도 보이지 않았던 주민 등이 원망스러울 따름이다. 안타까운 일이 아닐 수 없다. 다시 사인암으로 돌아가 한강과 경헌의 시를 보자.

오곡이라 맑은 연못 얼마나 깊을까	五曲淸潭幾許深
못 가의 송죽은 절로 숲을 이루었네	潭邊松竹自成林
복건 쓴 은자는 높은 마루에 앉아	幅巾人坐高堂上
인심과 도심에 대하여 강설하고 있네	講說人心與道心

오곡이라 푸른산은 깊고 또 깊은데	五曲靑山深復深
구름 걷힌 곳에 옥 같은 숲이 펼쳐져 있네	雲霏開處散瓊林
바위 위 소나무 천년의 빛을 변치 않으니	巖松不改千年色
전인이 수령 인장 버린 마음 응당 알겠네	應識前人捨印心

한강의 시는 주자를 생각하면서 쓴 것이다. 중국 복건성에 위치한 무이구곡 제5곡에는 주자가 1182년에 세운 무이정사가 있다. 은병봉(隱屛峰) 아래에 위치한다. 남송 말기에는 이것이 확장되어 주자의 호를 따서 자양서원(紫陽書院)이라 하였다. 위의 시에서 높은 마루라고 한 것은 무이정사 높은 마루로 보인다. 그리고 주자학의 요체가 인심(人心)과 도심(道心)을 중심으로 이루어져 있으므로, 복건을 쓴 은자인 주자가 이 인심과 도심에 대하여

강설하고 있는 모습을 상상한 것이다. 한강 역시 무흘정사를 지어 인심과 도심을 강설하는 은자가 되고자 했을 터이다.

경헌의 시에서는 '사인(捨印)'이라는 용어가 구체적으로 나타난다. 이것은 한강 당대의 '사신(捨身)'과 '사인(舍人)'이 경헌의 시대인 18세기 중후반에는 이미 '사인(捨印)'으로 굳어졌다는 것을 의미한다. 경헌도 사인암을 통해 전인의 '사인심'을 알겠다고 했다. 관인을 버리고 이곳의 경치를 따라 노닐며 은거하고자 했던 그 뜻을 말이다. 경헌 역시 이 시에서 '바위 위 소나무'를 제시하고 있다. 절개지 꼭대기에 아직도 소나무가 잔흔으로 남아 있어, 아름다운 옛 모습을 비감으로 상상케 한다.

사인암이 특별히 아름다웠으므로 시인묵객들이 여기서도 다수의 시를 남겼다. 오도일(吳道一, 1645~1703), 배정휘(裵正徽, 1645~1709), 배석휘(裵碩徽, 1653~1729), 이조현(李祚鉉, 1846~1886), 이진상(李震相, 1818-1886)은 그 대표적인 인물이다. 이 가운데 이진상은 제목부터 흥미롭다. 여타의 사람이 제목을 〈사인암(捨印巖)〉으로 표기한 데 비해, 이진상은 〈사인암(舍人巖)〉이라 표기하고 있기 때문이다. 이것은 조선말기까지 '사인암(舍人巖)'으로 표기되기도 했다는 것을 의미하며, 또한 한주 이진상이 한강을 기리며 한강 시대의 그것을 따르고자 했다는 것을 말하기도 한다. 이진상은 오언절구 한 수와 칠언절구 한 수를 짓는데, 칠언은 이렇다.

신령스런 거대한 칼로 바위를 깎아 내어	雲根剗出巨靈刀
숲속 언덕에 호기로운 기세로 내리 꽂았다네	直揷林皐氣勢豪
푸른 소나무는 뜻을 다하며 천척 위에서 빼어나고	蒼松盡意秀千尺
높이를 다투고자 하나 마침내 높아지지 않네	欲與爭高竟未高

이진상의 시, 참으로 호기롭다. 신령스런 바위를 깎아 바로 내리꽂는 호기로움, 그 절정에 서 있는 소나무의 품격, 그것은 더 이상 높이를 다툴 수 없으므로 마침내 높아지지 않는다고 했다. 극처를 이렇게 표현한 것일 터이다. 특히 이진상은 한강이 퇴계를 거슬러 올라가 주자의 심법을 이었다고 보고, 회연서원에서 강학을 하면서 무흘서당계를 만들기도 했다. 이때 무흘서당을 오르내리며 한강과 관련한 많은 사업을 하게 된다. 위로는 한강이 남긴 규약을 회복하고, 옆으로는 끊어진 학문적 분위기를 진작시키며, 아래로는 후학에게 모범을 보여 계통을 잇고자 했던 것이다. 이진상의 〈무흘서당계안서〉에 이러한 내용이 적시 되어 있는데, 위의 〈사인암〉은 바로 그 과정에서 창작된 것이다.

7. 제6곡 옥류동

옥류동(玉流洞)은 김천시 증산면 유성리에 있다. 제5곡 사인암으로부터 2.3km 정도의 거리에 위치한다. 먼저 김상진의 〈옥류동도〉를 보자. 아래쪽 바위에 수송대(愁送臺)라는 초서체 글씨가 있고, 길을 따라 조금 올라가면 다리가 하나 나오는데 어떤 선비가 걸어가고 있다. 선비 위로 백천교(百川橋)라는 글씨가 역시 초서체로 쓰여 있다. 물결을 따라 조금 위로 올라가면 분옥폭(噴玉瀑)이 있고, 시루처럼 생긴 산의 왼쪽에 증봉(甑峯)이라는 사실이 표시되어 있다. '분옥폭'과 '증봉'은 모두 붉은 글씨로 써 두었다.

증봉 아래 한 채의 집이 있는데, 바로 쌍계사다. 쌍계사 아래에는 다리가 있어 제승교(濟勝橋)라 하였다. 이 다리의 중건을 기념하는 비가 아직도 증산리 민가에 전해진다. 쌍계는 장전리에서 내려오는 물과 수도리에서 내려오는 물줄기가 이곳에서 만나기 때문인데, 여기에 건립된 쌍계사는 6.25동란으로 불타기 전까지 성주의 대표적인 사찰이었다. 특히 이 절은 『화엄경(華嚴經)』 등을 출판하는 등 출판문화를 선도하는 사찰로 널리 알려져 있었다. 일찍이 유척기(兪拓基, 1691-1767)는 1712년(숙종 38) 여름에 이곳을 유람하고 그때의 쌍계사에 대한 기록을 남

김상진, 〈옥류동도〉, 지본수묵담채, 39.7×24.1cm

'옥류동' 실경

기고 있다. 여기에는 그가 보았던 다리와 건물 이름 등이 제시되어 있어, 우리에게 매우 중요한 정보를 제공한다. 잠시 인용해 보자.

절문 밖에 큰 돌이 시냇가에 있었는데 어떤 감사(監司)가 '청심대(淸心臺)'라 이름 붙이고 다리는 '제승(濟勝)'이라 하였다고 한다. 절문은 '자하(紫霞)', 종루는 '범종(泛鍾)'이라 이름 하였고, 누각 아래 사천왕(四天王)상을 만들어 놓았는데 매우 기이하고 웅장해서 놀랄만 했다. 대웅전의 두 곁채는 동쪽에 있는 것이 '탐진(探眞)', 서쪽에 있는 것이 '궁현(窮玄)'이었으며, 바깥 쪽에는 '보림(寶林)'과 '양성(養性)'이라는 요사채가 있었고, 그 뒤에는 또 향적주(香積廚)가 있었다.

'옥류동' 각자

〈유가야산록〉 1712년 8월 27일의 기록이다. 제승교를 지나서 쌍계사로 들어가면 일주문인 '자하문(紫霞門)'을 만난다. 종루가 있어 '범종루(泛鍾樓)라 하였고, 그 아래 사천왕상이 안치되어 있었다. 다시 말해 위쪽은 범종이 있었고, 아래쪽은 사천왕상이 있었다는 것이다. 범종루를 들어서면 정면에는 대웅전이 있고, 대웅전의 동쪽에는 탐진(探眞), 서쪽에는 궁현(窮玄)이라는 이름을 가진 요사채가 있고, 그 바깥쪽으로 보림(寶林)과 양성(養性)이라는 이름을 가진 요사채가 더 있었다. 외료(外寮) 뒤편에는 식사를 준비하는 주사(廚舍)인 향적주가 있었다. 이렇게 보면 쌍계사는 도합 1루 6동을 비롯하여 일주문을 갖추고 있는 큰 사찰이라는 것을 알 수 있다. 여기에 기록되지는 않았지만 여느 절에서나 볼 수 있는 산신각이나 칠성각 등도 존재하였을 것이므로 그 규모는 이 보다 훨씬 컸을 것이다.

옥류동의 물은 옥처럼 맑게 흘러 옥류(玉流)라 하고, 시내가 맑아 '백천(白川)'이라 하기도 한다. '백천'은 다시 돌 틈 사이로 흐르는 수많은 갈래의 물을 의미하는 '백천(百川)'으로 불리기도 했는데, 18세기 후반부터 옥류동과 함께 이곳을 흐르는 시내는 백천(百川)으로 더 많이 불렸다. 지금의 콘크리트 다리 이름도 백천교(百川橋)이다. 그리고 증산 아래 쌍계사가 있었기 때문에 주변에 '나무아미타불(南無阿彌陀佛)' 각자 등 불교 관련 문자들이 많다.

무흘구곡과 관련한 것으로는, 1716년 7월에 새긴 '옥류동(玉流洞)'이라는 큰 글자가 바위에 가로로 새겨져 있으며, 그 옆에 '운학대(雲鶴臺)'가 세로로 석각되어 있다. 옥류동 바위에는 시를 비롯한 많은 석각이 있으며, 선비들이 차일(遮日)을 치고 풍류를 즐긴 흔적이 바위에 뚫어놓은 구멍으로 남아 있기도 하다. 하류 쪽으로 300m쯤 내려가면 큰 글씨로 '수송대(愁送臺)'라 새겨놓은 커다란 바위가 있는데, 역시 옥류동이라는 글자와 같은 시기에 새긴 것이다. 한강은 '증산(甑山)의 산세가 구불구불하고

'수송대' 각자

평원이 한적하면서도 넓다는 말을 듣고 그곳을 구경하기 위해 골짜기의 입구까지 갔다.'라며 〈유가야산록〉에서 적고 있다. 다시 한강과 경헌의 시를 나란히 들어보자.

육곡이라 초가집 짧은 물굽이에 있어	六曲茅茨枕短灣
어지러운 세상사를 몇 겹으로 막았던고	世紛遮隔幾重關
한 번 떠난 은자는 지금 어디 있나	高人一去今何處
풍월만 공연히 남아 만고토록 한가롭네	風月空餘萬古閑

육곡이라 맑은 시내 하얀 물굽이 되었는데	六曲淸流玉作灣
동천의 문 깊숙이 잠겨 절로 관문이 되었네	洞門深鎖自成關
산신령이 내게 혹 은근한 마음이 있어서인지	山靈倘有慇懃意
달 비친 못 빌려주어 한 구역에서 한가롭네	借我月淵一域閑

한강은 여기서 은자를 생각한다. 이 은자는 주자가 〈무이도가〉 제6곡에서 말한 종일토록 사립문을 닫고 사는 그 은자로 보인다. 은자는 은거하여 그 뜻을 구하는 사람(隱居以求其志)이다. 일찍이 공자는 『논어』 〈계씨〉 편에서, "선을 보면 미치지 못하는 듯하고, 선하지 않는 것을 보면 끓는 물이 손에 닿은 것처럼 하라."라고 하면서, "나는 이런 사람을 보기도 했고, 나는 또 그런 옛말을 듣기도 했다. 은거해서 그 뜻을 추구하고, 의를 행해서 그 도를 이룬다. 나는 그런 사람의 말은 듣기는 했어도 아직 그런 사람을 보지 못했다."라고 하였다. 선비가 자신의 뜻을 추구하며 은거해 사는 곳, 그곳이 바로 제6곡이다.

경헌은 옥류동을 구체적으로 묘사하고 있다. 옥같이 흐르는 맑은 시내와 깊은 동천 등이 바로 그것이다. 여기서 우리가 주목할 만한 것은 마지막 구의 '월연(月淵)'이다. 경헌은 옥류동에서 지금의 증산면 장전리 쪽으로 들어가 양한정(養閒亭)을 짓고, 그 동을 월연동(月淵洞)이라 명명한 후 〈월연동도(月淵洞圖)〉를 그렸다. 와유(臥遊)의 자료로 삼기 위함이었다. 이 때문에 뒤의 두 구에서 보이는 것처럼 산신령이 자신에게 월연동 한 구역을 빌려주었다고 할 수 있었던 것이다. 여기에 기반하여 지은 것이 바로 그의 〈쌍계구곡(雙溪九曲)〉이다.

앞서 말한대로, 옛 쌍계사 주변에는 '나무아미타불(南

옥류동 바위에 새겨진 시

無阿彌陀佛)' 등 다양한 불교관련 석각이 있다. 그 가운데 가장 흥미로운 것은 '옥류동'이라는 석각 글씨에서 도로 쪽으로 조금 떨어진 너럭바위에 새긴 칠언절구다. 이 시는 1647년(인조 25)에 일어났던 쌍계사 화재 사건과 관련된 것으로, 이를 안타깝게 생각한 어떤 사람이 시를 써서 바위에 새긴 것이다. 옥류동 바위에 행서체(行書體) 글씨로 새겼는데, 최근에 새로 세운 옥류정 벽랑에 다시 해서체(楷書體)로 석각하기도 했다. 시는 이렇다.

청국 순치 정해년에　　　　淸國順治丁亥歲

청암사 화재가 쌍계사에서 시작되었네 青巖回祿始雙溪
비록 물이 마르고 산이 무너지는 날이 있을지라도 水渴山崩雖有日
이 돌은 하늘처럼 영원하리라는 것을 알겠네 應知是石如天久

제1구에서는 불이 난 해를 분명히 하고 있다. '청국 순치 정해세'가 그것인데 1647년이다. 이때 청암사와 쌍계사에 불이 동시에 일어났는데 문면으로 보면 방화사건으로 보인다. 당시 청암사는 쌍계사의 말사였다. 이러한 원통한 사정을 잊을 수 없으므로 글자의 출입이 약간 있기는 하나 거의 같은 내용으로 비슷한 장소에 두 수를 석각하게 되었던 것이다. 그러나 물이 마르고 산이 무너지더라도 이 시를 새긴 돌은 하늘과 함께 영원하리라던 염원은 생각과 달랐다. 바닥에 새긴 시는 물에 깎여 거의 보이지 않고, 벼랑에 새긴 시도 바위가 갈라지고 그 위에 다른 이름을 새겨 판독이 쉽지 않다. 이렇게 367년 뒤의 한 사람을 만나 그 내용이 세상에 전해지게 되었으니 그것이 오히려 다행이라 하겠다.

옥류동에서 경헌이 명명했던 월연동, 그러니까 지금의 장전리 쪽으로 4km쯤 들어가면 장전폭포를 만날 수 있다. 김공폭(金公瀑) 혹은 수렴폭(水簾瀑)이라 불리는 폭포다. 이에 대하여 한강은, "10여 리를 가서야 비로소 해묵은 밭의 모퉁이에 이르렀는데 개암나무와 잡초가 무성하였다. 그 안으로 들어가 한 군데의 깊은 골짝을 만났다. 바위 벼랑이 벽처럼 서 있고 흰 물이 쏟아져 내려오는데 그 높이는 4, 5길쯤 되었으며, 왼쪽과 오른쪽에도 층층이 쌓인 바위가 빙 둘러 에워싸고 하얀 비단폭을 길게 드리운 것처럼 보이는 폭포가 어지럽게 떨어져 그 소리가 천둥이 울리는 것 같았으므로 다소 구경할 만하였다."라고 하였다. 이 또한 옥류동을 찾는 사람에게 일경(一景)을 제시하기에 충분하다.

8. 제7곡 만월담

만월담(滿月潭)은 김천시 증산면 평촌리에 있다. 지금까지는 옥류동에서 2.8km지점에서 '만월당 굿당'이라는 팻말을 따라 농로로 100m쯤 들어간 곳에 위치한 곳을 만월담으로 알았다. 여기도 관에서 무흘구곡 제7곡 만월담이라며 안내판을 세워 오랫동안 잘못 알려져 온 곳이다. 그러나 이곳도 바위 언덕에 오래된 소나무가 품격을 유지하고 있어 하나의 경치를 이루고 있다. 명산대천이면 으레 그러하듯이 이곳에도 촛불을 켜고 기도하는 사람이 많다.

한강이 지정해서 그렇게 부른 만월담은 거기서 개울

七曲滿月潭
七曲橋前瀉石灘
誰將風物靜中看
箇中自有源頭
水山月無心照
作寒
月滿寒潭鏡面開
何人携酒上高臺
溪山欲盡烟霞
晩無乃仙翁駕
鶴來

김상진, 〈만월담도〉, 지본수묵담채, 39.7×24.1cm

'만월담' 실경

을 따라 450m쯤 더 올라간 곳에 있었다. 무흘산방으로 들어가는 곳을 조금 못 미치는 곳에서 계곡을 따라 내려가면 맑은 연못이 하나 나오는데 그곳이 바로 김상진의 〈만월담도〉에서 주묵으로 표시되어 있는 만월담(滿月潭)이다. 현재의 무흘산방과는 250m쯤 아래쪽에 위치하고 있다. 여기에는 〈만월담도〉에 제시되어 있는 관란대(觀瀾臺)와 비설교(飛雪橋) 등의 각자가 선명하게 남아 있고, 그림에서 보이는 풍경이 거의 그대로 보존되어 있다. 관란대와 비설교, 나는 이 각자를 2013년 3월 1일 아침에 발견했다. 집의 아이들을 데리고 아내와 함께 수도사에 가는 길이었는데, 나의 마음이 무심코 그 쪽으로 갔다. 한강 선조의 특별한 계시가 있었는지도 모르겠다. 나는 그 날의 기쁨과 감동을 잊을 수 없을 것이다.

만월담의 정확한 위치 비정은 한강이 최초로 무흘정사를 지은 장소를 알 수 있어 특별히 중요하다. 그림을 자세히 보면, 관란대 위 커다란 소나무 아래서 선비 네 명이 모여서 담소를 나누고 있다. 시회를 열었는지도 모른다. 그리고 다른 선비 한 사람이 지팡이를 높이 짚고 네 명이 있는 곳으로 걸어오고 있다. 그 옆에는 소나무 고사목이 있고, 그 고사목의 중간쯤에는 축대 등 옛 집터가 일(一)자 형태로 표시되어 있다. 바로 한강이 세 칸으로 세웠던 무흘정사가 있었던 곳이다. 김상진의 섬세한 배려를 읽을 수 있는 대목이다.

〈만월담도〉를 보면 무흘정사 옛터에서 오른쪽 위쪽에 집 한 채가 있다. 이것은 18세기 당시 이건한 무흘정사이다. 무흘정사 아래쪽 수백 보 아래에는 장서각 서운암도 있었다. 이 장서각은 다락 형태로 건축되었다. 습기가 차는 것을 방지하기 위해서다. 〈무흘구곡도〉 제1도인 〈서운암도〉를 통해 그 대강의 모습을 알 수 있다. 앞에서 이미 언급하였듯이, 무흘정사는 세월이 흐름에 따라 이곳저곳으로 옮겨 다니게 되는데, 1784년 김상진이 〈무흘구곡도〉를 그릴 당시에는 무흘정사를 대대적으로 중수한 이후였다. 이즈음, 한강과 경헌의 시를 들어보자.

칠곡이라 높은 봉우리 돌 여울을 둘렀는데	七曲層巒遶石灘
이러한 풍광은 일찍이 보지 못하였다네	風光又是未曾看
일 좋아하는 산신령 조는 학 놀라게 하여	山靈好事驚眠鶴
솔 이슬 무단히 빰에 떨어져 차갑네	松露無端落面寒

칠곡이라 다리 앞에 돌 여울물 쏟아지는데	七曲橋前瀉石灘
누가 이 풍경과 물색 고요한 가운데서 보리	誰將風物靜中看
그 속에 저절로 원두에서 흐르는 물이 있어	箇中自有源頭水
산에 뜬 달 무심히 비추어 차갑게 느껴지네	山月無心照作寒

한강의 시가 대체로 그렇지만 위의 시도 매우 깔끔하다. 세찬 물은 돌여울로 흐르고 그 뒤에는 높은 봉우리가 솟아 있다. 주자는 제7곡에서 배를 저어 오른다고 하였지만 한강은 여기서 배를 제세하지 않고 있다. 다만 아름다운 풍경을 배경으로 하여 학이 소나무 위에 앉았다가 놀라 날아가는 바람에 이슬이 자신의 빰에 차갑게 떨어진다고 했다. 이처럼 7곡시에서는 주자의 그것과 전혀 다른 시상을 갖고 있는데, 이것은 한강의 구곡시가 무흘구곡의 실경을 이면적으로 수용하고 있다는 것을 말하는 좋은 증좌라 해도 될 것이다.

'관란대' 각자와 '비설교' 각자

둘째 수는 경헌의 〈만월담〉 시다. 제1구에서 '다리[橋]'라고 한 것은 비설교를 말한다. 이 다리는 개울 양 옆으로 가장 가까이 있는 큰 바위를 선택, 이를 이용하여 통나무를 얹어 만든 것이다. 다릿발로 이용되었던 그 바위는 아직도 남아 있는데 무흘정사 쪽 바위에 비설교(飛雪橋)라는 각자가 새겨져 있다. 경헌은 한강이 제9곡시에서 제시한 '원두'를 떠 올리며 거기서 흐르는 물이 연못을 만들고, 연못 위를 비추는 달빛에서 차가움을 느낀다고 했다. 그 차가움은 속진(俗塵)이 없어진 상태에서 감지되는 천리 바로 그것이다.

무흘정사 일대의 아름다운 경치를 8경과 10경으로 노래한 사람이 있었다. 8경은 앞서 잠시 언급한 매와(梅窩) 최린(崔轔)이, 10경은 교와(僑窩) 성섭(成涉)이 설정하고 노래했다. 최린의 작품 가운데 '서운암', '비설교', '만월담', '자이헌', '석천암[산천암]' 등은 만월담 위에 있었던 다양한 시설물들인데, 그는 이를 대상으로 하나 하나 시를 지었던 것이다. 성섭은 '서운암'의 독서 풍경 등을 묘사하며 무흘정사 일대를 스케치했다. 여기서는 최린의 〈만월담〉만 들어 본다.

차고 맑은 시내는 정이 있는 듯	寒溪如有情
지난해의 달을 머물게 하네	留點去年月
물결 속에 넘실대는 달을 잡고자 하나	欲捉溶溶輪
못이 깊어 잡을 길 없구나	潭深不可越

흐르는 물, 못에 비치는 달. 이것을 보면 사공도(司空圖, 837-908)가 『이십사시품(二十四詩品)』에서 말한 '세련(洗鍊)'이 생각난다. 그는 여기서 '흐르는 물이 오늘의 모습

이라면(流水今日), 밝은 달은 전생의 모습이라네(明月前身).' 라고 하기 있기 때문이다. 이것은 사공도가 속되거나 잡스러움이 없는 절대 순수의 경지를 나타낸 것이지만, 매와 최린은 물속에 비친 달을 다소 낭만적으로 처리하고 있다. 물결 속의 달을 잡을 수 없다고 하고 있기 때문이다. 이것은 한강이 만월담에서 느낀 천년을 전해온 군자의 마음과도 상당한 거리가 존재한다. 그러나 독산(篤山) 이만성(李萬成, 1872-1922)은 다음과 같이 노래하며 한강의 뜻에 부합되게 했다. 그의 〈만월담〉 시는 이러하다.

칠곡이라 푸른 물결 하얀 돌여울로 흐르는데	七曲蒼波白石灘
못에 비친 달빛은 누구에게 보이기 위함인가	潭光如月爲誰看
알겠노라, 천년을 전해오는 성인의 심법	聊知千載傳心法
분명히 차가운 가을 물 위에 비치는 것을	照得分明秋水寒

칠곡이라 함은 만월담이 무흘구곡의 제7곡에 해당하기 때문이다. 이만성은 이 외에도 〈무흘서당〉이나 〈와룡암〉 등의 시편을 더 지으며 무흘구곡에 깊은 관심을 보였다. 위의 시에서 보듯이 그는 만월담에 비친 달빛을 제시하며, 성현상전(聖賢相傳)의 심법을 제시하고 있다. 마지막 구절의 '추수한'은 '추월한수(秋月寒水)'를 의미하는 바, 인욕이 사라진 마음속에 천리가 유행하는 것을 표현

한 것이다. 이처럼 이만성은 한강이 사호(思湖) 오장(吳長, 1565-1617) 등과 함께 만월담 가를 산보하다가 연못에 비친 달빛을 보면서 "이것이 곧 천년을 전해온 군자의 마음이다."라고 했던 것과 같은 이치로, '천년 군자심'을 지금 노래하고 있는 것이다.

9. 제8곡 와룡암

와룡암(臥龍巖)은 김천시 증산면 평촌리에 있다. 만월담에서 계곡을 따라 600m쯤 거슬러 올라가면 만날 수 있다. 문제는 현재 와룡암으로 널리 알려져 있는 곳에서 180m정도 아래로 내려온 곳에 진짜 와룡암이 위치한다는 것이다. 왜 이곳이 와룡암인가 하는 것은, 김상진의 〈와룡암도〉를 보면 바로 알 수가 있다. 그림의 아래쪽 계곡의 오른편에 붉은 글씨로 '와룡암(臥龍巖)'이라 써 둔 것을 확인할 수 있다. 이것은 현재 우리가 알고 있는 곳의 반대쪽이며 훨씬 아래쪽이다. 맞은 편 위쪽에 보면 붉은 글씨로 장암(場巖)이라 표시해 두었다. 이와 관련하여 문헌을 조금 찾아보자.

(무흘정사에서) 시내를 따라 1리 쯤 올라가면 암석이 있는데, 물

김상진, 〈와룡암도〉, 지본수묵담채, 39.7×24.1cm

속에 가로로 놓여 있는 모습이 누워 있는 용과 같아 와룡암(臥龍巖)이라 명명했다. 또 그 위쪽으로 수 리 쯤에 기이한 바위가 깎인 듯이 서 있고, 반석이 평평하게 펼쳐져 있어 장암(場巖)이라 이름 하였다.

무흘산(武屹山) 산속에 시내 복판에 엎드려 있는 바위가 있었는데 그 모양이 마치 누워 있는 용 같았다. 선생은 마침내 그것을 와룡암(臥龍巖)이라 명명하고 『와룡지(臥龍誌)』를 지었는데, 반 년 만에 책이 완성되었다. 선생은 그 서문과 발문에 가슴의 품은 생각을 다 토로하였다.

『한강선생언행록』에 등장하는 자료들이다. 앞의 것은 심원당(心遠堂) 이육(李堉, 1572-1637)이 전한 것이고, 뒤의 것은 등암(藤巖) 배상룡(裵尙龍, 1574-1655)이 전한 것이다. 위의 전언에 의하면 무흘정사에서 1리쯤 올라가면 와룡암이 있다. 실측으로는 600m가 되지만, 대략 1리[400m] 조금 넘는다. 그리고 물속에 가로로 놓여 있는 모습이 누워 있는 용과 같다고 했다. 새로 비정한 와룡암은 사실 물 가운데 있고 용이 그 가운데 누워 있는 듯하다. 위의 자료에서 제시한 대로다.

한강이 명명한 와룡암, 거기에도 '와룡암(臥龍岩)'이라는 각자가 있었다. 오랜 세월 흐르는 사이 거센 물살로 인해 대부분의 획이 깎였지만 와룡암 바위 위에 '암(岩)'자는 비교적 선명하게 남아 있다. 그 위쪽으로 조금 올라가면 넓은 바위가 있어, 이육이 말하는 '장암'이다. 여기에도 비록 희미하지만 '장암(場巖)'이라는 각석이 남아 있어 판독하는 데는 문제가 없다. 이처럼 이 일대에 다양한 글자들이 바위 위에 새겨져 있었던 것이다.

'와룡암' 각자

그렇다면 무엇 때문에 현재의 위치를 와룡암이라 하였을까? 그것은 바위에 새긴 각자 때문이다. 장암 위의 바위에 초서로 '와룡암(臥龍巖)'이라 새겼다. 특이한 점은 이 글자가 다른 것과 달리 왼쪽에서 오른쪽으로 썼다는 것이다. 따라서 이 각자를 근거로 이곳을 와룡암이라 하였는데, 아마도 실제 와룡암의 글씨가 거센 물살에 깎여 나갔기 때문에, 이 지역을 오래도록 기념하기 위하여 기왕에 표시해 두었던 '장암' 위의 바위에 새롭게 '와룡암'이라 새긴 것이 아닌가 한다. 다소의 오류가 있기는 하지만 이 지역 전체가 와룡암 구역이므로 문제될 것은 없다고 하겠다.

'와룡암' 실경

한강은 무흘정사를 짓고, 만월담, 와룡암, 장암 등을 명명한다. 와룡암의 경우, 명명에 그치지 않았다. 배상룡이 그렇게 전하고 있듯이 반 년 만에 『와룡지』도 만들었기 때문이다. 이 『와룡지』는 아마도 무흘 산천에 내함되어 있는 다양한 문화를 기록한 것일 터인데, 현재 전하지 않아 아쉽다. 이러한 한강의 뜻을 기리기 위하여 후인들은 바위에 글을 새겨 한편으로 한강을 추모하고, 다른 한편으로 한강의 정신을 계승하고자 했다. 글자가 물살에 깎이면 다시 고민하여 다른 곳에 옮겨서 새기기도 했다. 이처럼 무흘 산천은 한강과 그 후인들이 정신적으로 교감하는 곳이었던 것이다. 다시 한강과 경헌의 구곡시를 감상해 보자.

팔곡이라 가슴 헤치니 시야 더욱 트이는데	八曲披襟眼益開
시냇물은 흐르는 듯 다시 돌아오는 듯	川流如去復如廻
안개와 구름 속의 꽃과 새들 다 정취 이루니	煙雲花鳥渾成趣
노니는 사람들 오든 오지 않든 상관치 않네	不管遊人來不來

팔곡이라 산들이 그림 병풍같이 펼쳐졌는데	八曲山如畫幛開
떨어진 꽃잎 흐르는 물이 함께 빙빙 돌고 있네	落花流水共縈迴
조물주는 물속에 잠긴 용의 뜻을 알지 못하여	天公不識龍潛意
항상 바람소리 천둥소리가 동천을 울리게 하네	恒作風雷吼洞來

한강은 앞의 시에서 자연과 함께 하되 그것을 뛰어넘는 자유 경계를 제시하고 있다. 시냇물은 흘러가는 듯 돌아오는 듯한데, 노니는 사람들은 오거나 말거나 상관하지 않는다고 했다. 이것은 시내라는 '자연'을 통해 유인(遊人)이라는 '인간'을 새롭게 감지한 것인데, 상관하지 않는다고 한데서 이러한 관계를 훨씬 뛰어넘고 있음을 본다. 한강은 다만 안개와 구름 속의 꽃과 새들이 자신의 생명을 마음껏 즐기며 정취를 이루고 있다는 데 주목한다. 이것은 주자가 〈무이도가〉 제8곡에서 "노니는 사람이 오지 않을지도 모르니 멋진 경치가 없다고 하지 말라."라고 한 것과는 또 다른 경계이다.

경헌은 와룡암을 뚜렷이 형상하였다. 먼저 주변의 아

름다운 풍경을 제시하고, 이어 이곳으로 흐르는 세찬 물소리가 잠긴 용이 있는 와룡암을 울린다고 했다. 사실 경헌의 와룡암 형상은 〈쌍계구곡〉에 더욱 잘 묘사되어 있다. "백년토록 깊은 동천에 용이 누워 있어서(百年龍臥洞天深), 세상 밖의 티끌이 감히 침범하지 못하네(世外氛埃不敢侵). 묻나니 어느 때에 너를 일으켜서(借問何時能起汝), 비바람 몰고 와 낮에도 구름을 드리우게 할지(謾成風雨晝常陰)." 라고 하고 있기 때문이다. 무흘동천 속에 깊이 누워 있는 용과 비바람의 관계를 이렇게 노래한 것이다.

무흘의 와룡암과 그 주변을 가장 적극적으로 노래한 사람은 한강의 제자 낙재(樂齋) 서사원(徐思遠, 1550-1615)이다. 그는 한강을 주자와 동일시하며 〈와룡암〉이라는 고시형태의 장편시로 한강에 대한 극도의 존경을 표하였다. "그댄 우리나라에도 용이 누운 곳이 있는 것을 보았는가. 무흘 가야 동천에 꽃들이 무성하다네. 용이 연못에 누워 꼼짝 못한 날이 또한 오래니, 떨쳐 일어나 우리 백성들에게 큰 은택 베풀기를 기원하노라."라고 한 것이 그것이다. 그는 〈장암〉에 대하여 시를 짓기도 했다. 다음을 보자.

붉은 색 긴 벼랑은 옥연을 감싸니	丹紛長屛護玉淵
풍류는 반드시 소동파를 생각할 필요 없네	風流不必憶蘇仙

나는 배 타고 근원지를 끝까지 찾아가니	我來一棹窮源委
감개하여 구곡의 현인 잊기 어렵네	感慨難忘九曲賢

서사원은 여기서 소동파에게서 감지되는 풍류와 일정한 거리를 두고자 한다. 주자학자들이 일반적으로 그러하듯이 소동파가 도학적 차원에서 다소 문제가 있다고 느꼈기 때문이다. 그리고 배를 타고 근원을 찾아가고자 했다. 그 근원은 물의 근원이면서도, 도학의 근원이다. 마지막 구에서는 '구곡의 현인'을 제시하고 있다. 1차적으로는 그의 스승 한강이겠지만, 더욱 거슬러 올라가 한강의 스승 퇴계로, 다시 주자로 나아가고자 하였던 것이다. 구곡시에 대한 창작은 주자에게서 시작하지만, 그 흐름이 퇴계로 이어지고, 다시 한강으로 계승되고 있다는 것을 말하고자 했던 것이다.

와룡암에서 진원을 찾고자 했던 것은 이만성의 〈와룡암〉에서도 나타나는데, 방향이 조금 다르다. 그는 이 시에서, "팔곡은 겹겹이라 특별한 경계를 여는데(八曲重重別境開), 와룡암 아래로 물이 감돌아 흐르네(臥龍岩下水縈廻). 참 근원은 어느 곳인지 알기 어렵지만(眞源不辨知何處), 아마도 하늘로부터 날아 흘러 온 것이리(疑是飛流上天來)."라고 하였다. 와룡암 실경과 밀착시키고, 다시 무흘구곡 제9곡 용추를 염두에 두면서 폭포를 거슬러 올라가 하늘에서 그 진원을 찾으려 했다. 여기서 우리는 진원이 결국 우리의 마음이라는 것을 알게 된다.

10. 제9곡 용추

용추(龍湫)는 김천시 증산면 수도리에 위치하는데, 와룡암과의 거리는 2.3km 정도이다. 〈용추도〉를 보면 화면 아래쪽에 붉은 글씨 초서체로 용추(龍湫)라 표시해두었다. 폭포 위쪽에는 양 옆으로 큰 소나무가 두 그루 있고, 왼쪽에는 소나무 뒤에 고사목도 있다. 오른쪽이 흥미롭다. 젊은이 한 명이 바위 끝에 아슬하게 서서 폭포를 감상하고 있는데, 두 명의 선비가 갓을 쓰기도 하고 벗기도 한 채 가까스로 기어 올라가고 있다. 올라가는 선비 둘은 엉덩이를 쑥 뺀 상태다. 혹시 미끄러질 수도 있어 몹시 겁을 내면서 조심하는 모습을 김상진이 흥미롭게 그렸다고 하겠다. 화면 위로는 날아갈 듯한 봉우리가 둘 있는데, 오른쪽 봉우리 위에 붉은 글씨로 수도산(修道山)이라 써두었다.

용추는 구폭(臼瀑)이라고도 한다. 폭포가 확[臼]처럼 생겼기 때문이다. 이 때문에 폭포를 답사해보면 폭포 위에 '구폭(臼瀑)'이라는 각자가 있다. 사람들은 용추가 외형은

김상진, 〈용추도〉, 지본수묵담채, 39.7×24.1cm

'용추' 실경

확처럼 생겼고, 그 속에 용이 살아 신령스럽다고 생각했다. 제8곡이 와룡암이니, 와룡이 이 폭포로 올라와 승천한다고 믿었던 것이다. 용이 으레 그러하듯 비를 몰고 다닌다. 이 때문에 가뭄이 들면 여기서 기우제를 지냈고, 기우제를 지내면 반드시 영험이 있었다고 한다. 도한기는 『읍지잡기』에 수도산과 용추를 이렇게 소개하고 있다.

고을의 서쪽 85리에 있는데, 지례(知禮) · 거창(居昌) 두 고을과 경계를 이룬다. 산 위에 수도암(修道菴)이 있다. 수도암은 산의 가장 높은 곳에 있어 심히 유벽(幽僻)하고 세속의 흔적이 전혀 없으니 참으로 선계(仙界)이다. 암자에 석불이 있으니 스님들이 말하기를 "이 부처는 삼한(三韓)시대에 만들어져 세 번이나 등나무 넝쿨 속에 들어갔다가 다시 나타났다."라고 하니 오랜 세월에 절의 홍폐(興廢)도 여러 번의 환겁(幻劫)을 겪은 것임을 알 수 있다. 산 아래에 용추(龍湫)가 있어 그 깊이를 알 수 없다 하고 가뭄이 심한 때 기우제를 지내면 비가 곧 내린다고 한다.

한강이 살았을 당시 수도암에는 태연(太然)이라는 중이 있었다. 그는 푸른 바위에 의지하여 작은 초암(草菴)을 지어 놓고 살았다. 한강은 바위의 높이가 두어 길이나 되고 깎아낸 듯 반듯한 것이 마치 병풍을 세워 놓은 것 같아 그 초암을 병암(屛菴)이라 명명하였다. 한강 역시 이곳을 사랑하여 약포(藥圃)와 산가(山家)를 마련하여 깊은 사색에 잠길 수 있는 터전으로 삼고 싶었다. 그러나 끝내 뜻을 이루지는 못하였다. 그렇다면 용추에 대한 한강의 반응은 어떠한가. 다음을 보자.

'구폭' 각자

장암(場巖) 위 4, 5리쯤 되는 곳에 폭포가 있는데, 바위틈 사이로 쏟아져 내린다. 그 왼쪽의 경사가 완만한 곳에 잡초를 베어 내고 정자 지을 터를 다듬고는 완폭정(翫瀑亭)이라는 이름을 미리 지은 뒤에 작은 정자를 지으려 하다가 골짝이 너무 깊고 험하여 사람이 그곳을 지킬 수 없을 것 같아 그만 실행에 옮기지 못하였다.

한강 당대에도 용추라는 이름이 있었을까? 여기에 대해서는 적시하고 있는 문헌이 나타나지 않아 알 길이 없다. 다만 한강이 이 폭포를 얼마나 사랑했는가 하는 부분을 위의 자료로 충분히 알 수 있다. 실경이나 김상진의 〈용추도〉 등에서 보듯이 바위틈으로 폭포수가 쏟아진다. 한강은 뜻을 이루지는 못했지만 그 왼쪽에 완폭정을 지어 폭포를 구경하고 싶었다. 폭포를 구경함으로써 천지의 정기(正氣)인 호연지기(浩然之氣)를 기르고자 하였던 것이다. 한강이 『이정유서(二程遺書)』를 참고하여 〈양호첩(養浩帖)〉을 만든 이유도 바로 여기에 있다. 이러한 사실을 염두에 두면서 한강과 경헌의 다음 시를 감상해보자.

구곡이라 머리 돌려 다시 탄식하노니 　九曲回頭更喟然
이내 마음 산천만 좋아함이 아니라네 　我心非爲好山川
샘의 근원에는 절로 형언 못할 묘리 있어 　源頭自有難言妙
이를 버려두고 어찌 별천지를 찾으리 　捨此何須問別天

구곡이라 용추폭포 도리어 숙연해지는데 　九曲龍湫却肅然
백 척 되는 폭포수가 모두 시내로 내달리네 　飛湍百尺盡奔川
세상 사람들 용에게 덕이 없음을 알지 못하여 　世人不識龍無德
용에게 빌기만 하고 하늘에는 기도하지 않네 　惟事禱龍不禱天

한강은 제9곡에서 사물의 근원이며 물의 출발점인 원두(源頭)를 제시하고 있다. 구곡계가 여기서 시작하고 있기 때문이다. 이러한 상상력은 주자가 〈무이도가〉에서 뽕나무와 삼밭에 비와 이슬이 내리는 평천(平川)이 보이는 것과는 상황이 완전히 다르다. 최종지점까지 거슬러 올라와 구곡에 이른 한강은 지금까지 거쳐 온 것을 생각하며 머리를 돌려 탄식한다고 했다. 그리고 그가 여기에 온 것은 산천만 좋아해서가 아니라 했다. 원두의 묘리를 찾기 위함이라는 것이다. 원두란 심성의 본원이기도 한데, 여기서 우리는 한강이 '마음'에 특별한 관심을 갖고 『심경발휘』를 편찬했던 저간의 사정을 새롭게 이해하게 된다.

경헌은 이 작품에서 많은 것을 담고자 했다. 우선 용추폭포의 외양을 주목했다. 높은 곳에서 떨어지는 폭포수가 시내로 내달리는 것을 먼저 포착한다. 다음으로 용이 그 속에 산다고 믿으며 그 용에게 기우제를 지내는 사람들을 소개한다. 마지막으로는 앞의 것을 비판하며 하늘에 기도할 것을 주문하고 있다. 그렇다면 하늘에 기도한다는 것은 무엇인가. 우리는 여기서 경헌도 선조 한강과 마찬가지로 '마음'을 생각하고 있다는 것을 알 수 있다. 수양을 통해서 이것이 가능하므로, 최종선(最終善)은 이렇게 이루어진다는 것을 말하고 싶었을 것이다.

수도암 설경

구곡을 이해하는 것은 다양한 방식이 있다. 자연이 만들어낸 아름다운 경치를 보고 서정적 심상을 드러낸 것이라 하기도 하고, 도에 들어가는 순서를 단계적으로 노래한 것이라 하기도 한다. 또한 이 둘이 적절하게 결합된 것이라 하기도 한다. 이러한 이해 방식의 옳고 그름을 떠나, 한강의 구곡시에는 원두에서 물이 흘러 시내로 내려가 세상 속으로 들어간다는 생각이 분명히 제시되어 있다. 거슬러 올라온 최종 지점에는 원두가 있고, 그 오묘한 심적 상태를 '난언묘(難言妙)'로 표현했다. 이것은 수양론적 관점에서 구곡을 이해하고 있음을 의미한다. 면우(俛宇) 곽종석(郭鍾錫, 1846-1919)이 용추에서 지은 다음 시에서도 이러한 생각이 잘 반영되어 있다.

진원에서 발원하여 멀리 한강대에 이르나니	眞源發赴遠岡寒
곧은 물줄기 도리어 온갖 어려움을 이기겠네	一直還須了百難
벼랑에 다다라 머뭇거리는 모습 보이지 아니하니	臨崖不作遲疑色
진흙 모래 그 어떤 물건이 감히 간여하겠는가	何物泥沙敢少干

곽종석의 〈수도산구폭(修道山臼瀑)〉이라는 시다. 그는 여기서 구곡을 하나의 통일된 체계로 이해하고 있다. 진원에서 한강대로 흐르기 때문이다. 한강대를 구곡에서 떠올린 것은 구곡을 한강과 밀착시켜 이해하기 위함일 것이다. 용추에서 떨어지는 곧은 물줄기는 바로 천지의 정기를 의미한다. 이 정기는 온갖 어려움을 이기며, 벼랑을 만나게 되면 조금도 머뭇거리지 않는다. 이 때문에 사욕이 들어올 틈이 없다는 것이다. 주자는 "인욕이 다하는 곳에 천리가 유행한다(人欲盡處 天理流行)."라고 했다. 이로써 우리는 무흘구곡을 통해 조선조 선비들이 무엇을 이야기하려고 했던가 하는 부분을 비로소 깨닫게 된다.

한강이 완폭정(玩瀑亭)을 만들어 호연지기를 기르며 인욕을 씻고자 했던 자리, 나는 거기 반듯하게 앉아 폭포의 곧은 소리를 듣는다. 그리고 비단옷을 입고 그 위에 홑옷을 더 입는다는 '의금상경(衣錦尙絅)'의 정신을 생각한다. 이 폭포가 자신의 기관(奇觀)을 감추고 있기 때문이다. 폭포의 위쪽을 돌아 그 맞은편에 있는 완폭정으로 가면 폭포의 진면목이 보인다. 덕을 감추고 있는 군자의 모습을 보는 듯하다. 가짜가 판을 치는 오늘날, 용추는 자신의 덕을 숨기고 곧은 소리를 내며 천년을 떨어지고 있다. 게으름과 비겁을 죽이며 그렇게 떨어지고 있다.

부록

한강의 주요 연보

정구(鄭逑, 1543-1620)

자는 도가(道可), 호는 송단(松壇), 한강(寒岡), 노곡노인(蘆谷老人), 사양병수(泗陽病叟), 시호는 문목공(文穆公)

◇ 1세(1543, 중종 38)

- 7월 9일 자시(子時)에 성주 사월리[현, 유촌]에서 태어남, 아버지는 사중(思中), 어머니 성주 이씨(星州李氏) 이환(李煥)의 따님

◇ 9세(1551, 명종 6)

- 3월에 부친상을 당함

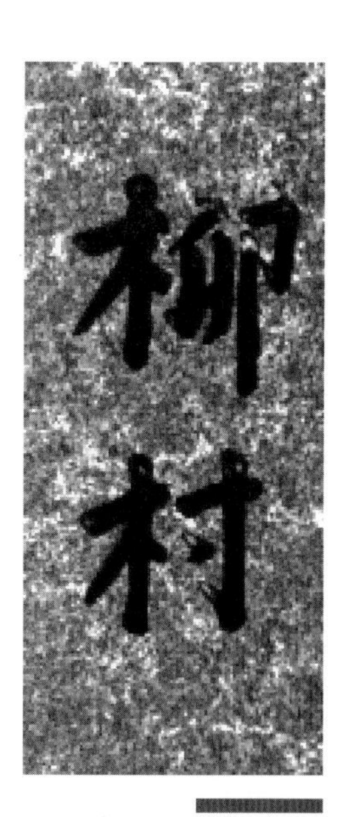

'유촌' 각자

◇ 12세(1554, 명종 9)

- 공자의 초상화를 손수 그려 벽에 걸어두고 매일 절함

◇ 15세(1557, 명종 12)

- 〈취생몽사탄(醉生夢死歎)〉 시를 지음

◇ 37세(1558, 명종 13)

- 〈천손하고칠석변(天孫河鼓七夕辨)〉을 지음

◇ 17세(1559 명종 14)

- 덕계(德溪) 오건(吳健)에게 나아가 『주역』을 배움

◇ 21세(1563 명종 18)

- 봄에 퇴계(退溪) 이황(李滉)을 배알함
- 풍기에서 금계(錦溪) 황준량(黃俊良)을 조문함
- 진사시에 합격함
- 12월에 광주 이씨(光州李氏)와 혼인함

◇ 22세(1564 명종 19)

- 봄에 회시에 응시하였으나 과장에 들어가지 않고 돌아옴
- 4월에 백씨 정괄(鄭适)의 상을 당함

◇24세(1566, 명종 21)

- 봄에 남명(南冥) 조식(曺植)을 배알함

◇26세(1568, 선조 1)

- 봄에 퇴계에게 품의하여 영봉서원(迎鳳書院)을 천곡서원(川谷書院)으로 고침
- 11월에 모친상을 당함

◇27세(1569, 선조 2)

- 5월에 판서공을 창평산으로 이장하고 부인과 합장함

◇28세(1570, 선조 3)

- 12월에 퇴계가 세상을 떠나 곡함

◇30세(1572, 선조 5)

- 2월에 남명이 세상을 떠나 곡함

◇31세(1573, 선조 6)

- 12월에 동강(東岡) 김우옹(金宇顒)의 추천으로 예빈시 참봉에 제수되었으나 나아가지 않음

김우옹의 '동강대'

- 한강정사가 완성됨
- 『주자서절요』의 총목을 개정함, 『가례집람보주』를 편찬함

◇ 32세(1574, 선조 7)

- 7월에 덕계(德溪) 오건(吳健)이 세상을 떠나 곡함

◇ 33세(1575, 선조 8)

- 6월에 건원릉(健元陵) 참봉에 제수되었으나 나아가지 않음
- 한훤당(寒暄堂) 김굉필(金宏弼)의 『연보』 및 『사우문인록』을 편찬함

◇ 36세(1578, 선조 11)

- 6월에 사포서(司圃署) 사포에 제수되었으나 나아가지 않음
- 가을에 의흥(義興) 현감, 12월에 종부시(宗簿寺) 주부 및 삼가현감(三嘉縣監)에 제수되었으나 모두 나아가지 않음

◇ 37세(1579 선조 12)

- 학생들을 모아 『소학』을 가르침
- 9월에 가야산을 유람하고 〈유가야산록(遊伽倻山錄)〉을 지음
- 3월에 지례현감(知禮縣監)에 제수되었으나 나아가지 않음

-『혼의(昏儀)』를 지음

◇38세(1580, 선조 13)

- 윤 4월에 창녕현감(昌寧縣監)에 제수되어 나아감
-『창산지(昌山志)』가 완성됨

◇39세(1581, 선조 14)

- 9월에 승의랑(承議郎) 사헌부 지평에 제수되었으나 창녕현감(昌寧縣監) 때의 일로 체직됨
- 10월에 종친부(宗親府) 전부(典簿)에 제수되었으나 사직원을 냄
- 11월에 의빈부(儀賓府) 도사(都事)에 제수되었으나 사직원을 냄
- 사직서 영(社稷署令)에 제수되었으나 사양하여 체직됨

◇40세(1582, 선조 15)

- 봄에 군자감 판관에 제수되었으나 나아가지 않음
- 중씨 서천군 정곤수(鄭崐壽)를 파주로 찾아가 뵘
- 4월에 고향으로 돌아옴
-『관의(冠儀)』를 지음

◇41세(1583, 선조 16)

- 2월에 강원도 도사, 3월에 충청도 도사, 여름에 공조 정랑, 겨울에 형조와 호조 정랑에 제수되었으나 모두 나아가지 않음
- 문하의 제생들과 월삭강회계(月朔講會稧)를 함
- 회연초당(檜淵草堂)이 완성됨

◇ 42세(1584, 선조 17)
- 5월에 동복현감(同福縣監)에 제수 됨
- 10월에 봉훈랑(奉訓郎)으로 품계가 올라감
- 12월에 변산을 유람했으며, 『동복지(同福志)』가 완성됨

◇ 43세(1585, 선조 18)
- 1월에 『소학』과 『사서언해(四書諺解)』 교정청(校正廳) 낭청(郎廳)으로 부름을 받아 나아감
- 2월에 장악원(掌樂院) 첨정에 제수되고, 5월에 공조 정랑에 제수됨
- 8월에 말미를 청하여 고향으로 내려옴
- 10월에 군자감(軍資監) 첨정, 12월에 고부군수(古阜郡守)에 제수되었으나 상소하여 사양함

◇ 44세(1586, 선조 19)
- 2월에 경상도(慶尙道) 도사(都事)에 제수되었으나 나아가

지 않음

- 8월에 함안군수(咸安郡守)에 제수되어 10월에 부임함

◇ 45세(1587, 선조 20)

- 박한주(朴漢柱)의 사우를 건립하고, 창원에 관해정(觀海亭) 지을 터를 미리 정함
- 수우당(守愚堂) 최영경(崔永慶)을 방문함
- 『함주지(咸州志)』가 완성됨

◇ 46세(1588, 선조 21)

- 4월에 통선랑(通善郎)으로 품계가 오르고, 5월에 조봉대부(朝奉大夫)로 품계가 달라짐
- 8월에 병으로 사직하고 돌아옴
- 함안 군민들이 송덕비(頌德碑)를 세움

◇ 47세(1589 선조 22)

- 학자들과 『심경(心經)』을 강론함
- 최영경이 회연으로 찾아옴

◇ 48세(1590, 선조 23)

- 학자들과 『근사록(近思錄)』을 강론함

주자의 '오부사창'

◇ 49세(1591 선조 24)

- 봄에 사창으로 살 곳을 옮기고, 주자의 오부사창(五夫社倉)을 생각하며 강계(講契)를 결성함
- 11월에 통천군수(通川郡守)에 제수됨
- 양주(楊州)와 양근(楊根)에 있는 선영을 둘러 봄

◇ 50세(1592, 선조 25)

- 1월에 통천 임지에 부임
- 금강산(金剛山)을 유람함
- 여름에 왜적이 침입하자 창의토적(倡義討賊)함
- 『통천지(通川志)』를 완성함

◇ 51세(1593 선조 26)

- 8월에 하릉군(江陵君)의 유해를 찾은 공로로 통정대부(通政大夫)에 오름
- 11월에 강릉부사(江陵府使)가 됨

◇ 52세(1594, 선조 27)

- 11월에 동부승지 겸 경연참찬관에 제수됨
- 『임영지(臨瀛誌)』가 완성됨

◇ 53세(1595 선조 28)

- 2월에 우부승지에 제수됨, 4월에 승정원 좌부승지로 승진, 6월에 의흥의 상호군(上護軍)을 거쳐 장례원(掌隷院) 판결사(判決事)에 제수됨, 9월에 다시 우부승지에 제수, 10월에 좌부승지로 옮김
- 명나라 사신을 문안하는 문안사에 차임되어 남원을 거쳐 밀양으로 감

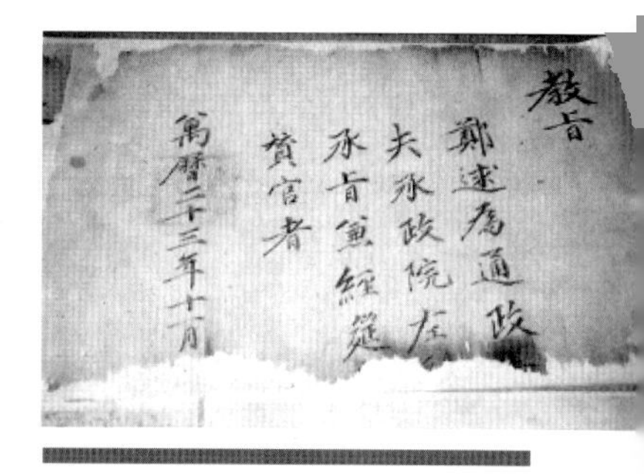
敎旨
鄭逑爲通政
大夫承政院左
承旨兼經筵
參贊官者
萬曆二十三年十月

교지, 통정대부 승정원좌부승지(1595년)

◇ 54세(1596, 선조 29)

- 1월에 강원도 관찰사에 제수됨, 영원산성(鴒原山城)을 쌓음
- 8월에 고려 원충갑(元冲甲)의 사당을 세움, 10월에 승정원 우승지 제수, 12월에 형조 참의에 제수됨
- 9월에 『관동지(關東志)』를 완성함

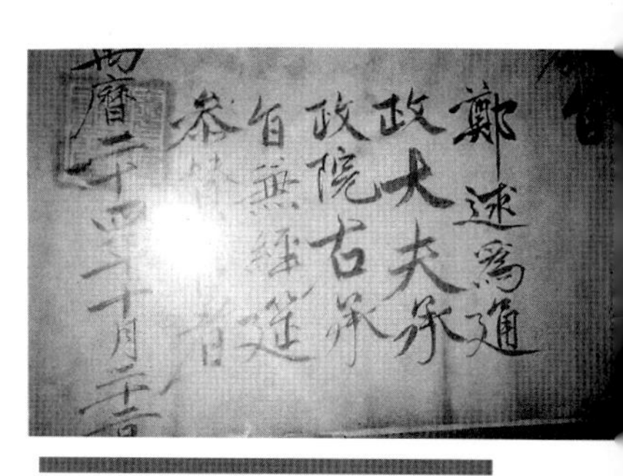
鄭逑爲通
政大夫承
政院右承
旨兼經筵
參贊官者
萬曆二十四年十月二十三日

교지, 통정대부 승정원우승지(1596년)

◇ 55세(1597, 선조 30)

- 1월에 우부승지, 3월에 장례원 판결사, 6월에 성천도호부사(成川都護府使)에 제수되어 7월에 부임

◇ 56세(1598, 선조 31)

- 조정의 명으로 무학사(武學祠)를 세워 정의(鄭顗)와 최춘명(崔椿命)을 향사함
- 『중화집설(中和集說)』과 『고금충모(古今忠謨)』를 편차함

◇ 57세(1599, 선조 32)

- 『고금회수(古文會粹)』, 『낙천한적(樂天閒適)』, 『주자시분류(朱子詩分類)』 등을 편차함

◇ 58세(1600, 선조 33)

- 1월에 부호군(副護軍), 9월에 충무위 사직(司直), 10월에 오위도총부 부총관(副摠管)에 제수되고 형조참판 겸 관상감 제조에 제수됨

◇ 59세(1601, 선조 34)

- 3월에 의흥위 사정(司正), 9월에 영월군수(寧越郡守), 10월에 용양위호군 겸 경서언해교정청 당상에 제수되었으나 나아가지 않음
- 『성현풍범(聖賢風範)』를 편차함

◇ 60세(1602, 선조 35)

- 11월에 중형 정곤수(鄭崐壽)가 세상을 떠남
- 1월에 충주목사(忠州牧使), 4월에 경서언해교정청 당상,

12월에 용양위 호군에 제수됨

◇61세(1603, 선조 36)

- 여름에 홍주목사(洪州牧使)에 제수되었으나 나아가지 않고 9월에 환향함
- 한강 북쪽에 숙야재(夙夜齋)를 세움
- 내암(來庵) 정인홍(鄭仁弘)과 절교함
- 『오선생예설분류(五先生禮說分類)』와 『심경발휘(心經發揮)』 등을 편찬함

◇62세(1604, 선조 37)

- 3월에 공조 참판이 되었으나 나아가지 않음
- 봄에 한강 북쪽에 오창정(五蒼亭), 서쪽에 천상정(川上亭)을 지음, 무흘정사(武屹精舍)를 건립함
- 현풍 사류들과 의논하여 도동서원(道東書院)을 세움
- 『염락갱장록(濂洛羹墻錄)』과 『수사언인록(洙泗言仁錄)』을 편차함, 『경현속록(景賢續錄)』, 『와룡암지(臥龍巖志)』, 『곡산동암지(谷山洞庵志)』 등을 지음

◇63세(1605, 선조 38)

- 4월에 해주목사(海州牧使)에 제수되었으나 나아가지 않음
- 회연초당을 복설함, 망운암(望雲庵)을 지음

◇ 64세(1606, 선조 39)

- 5월에 삭망통독규(朔望通讀規)를 정함
- 11월에 삼가의 용암서원, 진주의 덕산서원, 산음의 덕계 무덤, 함양의 남계서원 등을 참배함
- 8월에 광주목사(光州牧使)에 제수되었으나 나아가지 않음
- 『치란제요(治亂提要)』를 지음

◇ 65세(1607, 선조 40)

- 1월에 안동부사(安東府使)에 제수되어 부임하였다가 11월에 사직함
- 조정의 명으로 『역전(易傳)』을 간행함, 『태극도설(太極圖說)』과 『계몽도서(啓蒙圖書)』 등을 간행함, 『서원세고(西原世稿)』를 판각하여 무흘정사에 보관함
- 『고금인물지(古今人物志)』, 『유선속록(儒先續錄)』, 『복주지(福州志)』 등을 완성함

◇ 66세(1608, 선조 41)

- 1월에 정인홍이 나포되어 가까운 지역을 지나가자 아들 장(樟)을 보내 위문함
- 3월에 대사헌 겸 세자보양관에 특배됨, 6월에 형조참판 겸 세자보양관이 되어 선조의 장사에 참여함

8월에 말미를 얻어 고향으로 돌아옴

◇67세(1609, 광해 1)

- 8월에 부인상을 당함
- 봄에 창평산 아래 모암(慕庵)을 지음

◇68세(1610, 광해 2)

- 여름에 고을 사람 박이립(朴而立)이 무함을 하여 대죄(待罪)함

◇69세(1611, 광해 3)

- 삼경(三經) 경문의 구결을 정리함

◇70세(1612, 광해 4)

- 1월에 정인홍이 사는 곳과 가까워 팔거현(八莒縣) 노곡(蘆谷)으로 이사하고 노곡노인(蘆谷老人)으로 자호함

◇71세(1613, 광해 5)

- 여름에 계축옥사(癸丑獄事)가 일어나 상경하다가 병으로 영동(永同)에서 차자(箚子)를 올림

◇72세(1614, 광해 6)

- 1월에 노곡정사(蘆谷精舍)의 화재로 많은 저술이 불에 탐, 사빈(泗濱)으로 이사함

- 10월에 아들 장(樟)의 상을 당함
- 불에 타다 남은 책을 수습하고 『오선생예설(五先生禮說)』을 개찬함, 『광사속집(廣嗣續集)』을 지음

◇ 73세(1615, 광해 7)
- 5월에 중풍으로 오른쪽이 마비됨
- 가을에 박이립이 상소하여 중률(重律)을 시행하라고 요청함
- 5월에 『예기상례분류(禮記喪禮分類)를 편차함

◇ 74세(1616, 광해 8)
- 7월에 영주의 초정(椒井)에서 목욕하고 8월에 돌아옴

◇ 75세(1617, 광해 9)
- 7월에 동래 온천에서 목욕하고 8월에 돌아옴
- 사양정사(泗陽精舍)를 짓고 사양병수(泗陽病叟)로 자호함
- 『오복연혁도(五服沿革圖)』를 완성하고, 『일두정선생실기(一蠹鄭先生實記)』를 지음

◇ 76세(1618, 광해 10)
- 하락도(河洛圖)와 태극도(太極圖)를 그린 두 병풍을 만듦

인현산의 한강 묘소

◇ 77세(1619, 광해 11)

- 6월에 도동서원(道東書院)과 신산서원(新山書院)을 배알함
- 7월에 울산 초정(椒井)과 동래 온천에서 목욕하고 창원의 관해정(觀海亭)에서 조리하다 11월에 돌아옴

◇ 78세(1620, 광해 12)

- 1월 5일에 사양정사 지경재(持敬齋)에서 졸함
- 4월 2일에 창평산(蒼坪山)의 부인묘(夫人墓)에 합장함
- 8월에 광해군(光海君)이 사제(賜祭)함

◇ 사후 43년(1663, 현종 4)

- 3월에 성주(星州) 인현산(印懸山)으로 이장함

정우락

1964년 경상북도 성주 출생
경북대학교 국어국문학과 졸업
경북대학교 대학원 문학박사
영산대학교 교수 역임
영산대 동양문화연구원장 역임
중국 북경대학 방문학자
현 경북대학교 국어국문학과 교수

◇저서

『남명문학의 철학적 접근』(1998), 『남명 설화 뜻풀이』(2001), 『남명문학의 현장』(2006), 『남명과 이야기』(2007), 『남명과 퇴계 사이』(2008), 『문화공간, 팔공산과 대구-아버지산에 관한 추억』(2009), 『남명학파의 문학적 상상력』(2009), 『조선의 서정시인 퇴계 이황』(2009), 『안동 퇴계 이황 종가-영남의 큰집』(2011), 『삼국유사, 원시와 문명 사이』(2012), 『상주 우복 정경세 종가-영남을 넘어』(2013)

한강 정구와 무흘구곡 이야기

인　　쇄　2014년 6월 17일　초판 인쇄
발　　행　2014년 6월 27일　초판 발행
글 쓴 이　정우락
발 행 인　한정희
발 행 처　경인문화사
등록번호　제10-18호(1973년 11월 8일)
주　　소　서울시 마포구 마포대로4다길 8 (마포동 324-3)
대표전화　02-718-4831~2 · 팩 스　02-703-9711
홈페이지　http://kyungin.mkstudy.com
이 메 일　kyunginp@chol.com

ISBN　978-89-499-1028-4　03810
값 15,000원